W0296748

BASTEI
LÜBBE
TASCHENBUCH

Weitere Titel der Autorin

Jahre der Sehnsucht
Stunden des Glücks
Das Glück der Sonnenstunden
Ein Haus in Cornwall
Die Wärme eines Sommers
Das Spiel der Wellen
Das goldene Licht des Himmels
Jene Jahre voller Träume
Der Tanz des Schmetterlings
Ein Geschenk der Freundschaft
Ein Paradies in Cornwall
Ein Hauch von Frühling
Der Ruf der Amsel
Julias Versprechen
Wildblumen im Winter
Das verborgene Kind
Der Duft des Apfelgartens
Das Paradies am Fluss
Der geheimnisvolle Besucher
Der verborgene Moment
Ein Versprechen aus Liebe
Ein unverhoffter Gast
Das Haus der schönen Erinnerungen

Über die Autorin

Marcia Willett, geboren in Somerset, studierte und unterrichtete klassischen Tanz, bevor sie ihr Talent für das Schreiben entdeckte. Ihre warmherzigen atmosphärischen Romane erscheinen in 18 Ländern. Sie lebt im südenglischen Devon, dessen wunderschöne Natur in vielen ihrer Romane als stimmungsvolle Kulisse wiedererkennbar ist.

Besuchen Sie Marcia Willett unter www.marciawillett.co.uk

Marcia Willett

Sommertage in der Strandvilla

Roman

Aus dem Englischen von
Barbara Röhl

BASTEI
LÜBBE
TASCHENBUCH

BASTEI LÜBBE TASCHENBUCH
Band 17941

Dieser Titel ist auch als E-Book erschienen

MIX
Papier aus verantwortungsvollen Quellen
FSC
www.fsc.org
FSC® C014496

Vollständige Taschenbuchausgabe

Deutsche Erstausgabe

Für die Originalausgabe:
Copyright © 2017 by Marcia Willett
Titel der englischen Originalausgabe: »Seven Days in Summer«
Originalverlag: Bantam Press an imprint of Transworld Publishers

Für die deutschsprachige Ausgabe:
Copyright © 2020 by Bastei Lübbe AG, Köln
Titelillustration: © piovesempre/iStockphoto;
© Lee Avison/Arcangel; © s_oleg/Shutterstock
Umschlaggestaltung: Kirstin Osenau
Satz: two-up, Düsseldorf
Gesetzt aus der Garamond
Druck und Verarbeitung: GGP Media GmbH, Pößneck
ISBN 978-3-404-17941-1

1 3 5 4 2

Sie finden uns im Internet unter www.luebbe.de
Bitte beachten Sie auch: www.lesejury.de

Für Tom Dunne

1. Kapitel

Freitag

Sommerferien. Auf der Fahrt von Truro zur Strandvilla singen oder plappern die Zwillinge unentwegt.

»Du meine Güte, Charlie Brown!«, ruft Baz, ihr Großvater, dreht sich auf dem Beifahrersitz um und lächelt ihnen zu. »Könnt ihr zwei denn niemals still sein?«

»Du meine Güte, Charlie Brown!«, schreien sie wie aus einem Munde zurück und schütten sich vor Lachen aus – und ihre Mutter, die am Steuer sitzt, fällt ein.

Liv liebt ihren Schwiegervater über alles. Matt und er sind einander so ähnlich, groß und elegant, obwohl Baz breiter ist als sein Sohn. Beide fühlen sich in ihrer Haut wohl und sind immer bereit zu einer improvisierten Party. Die Aussicht auf zwei Wochen in Baz' Strandhaus an der Küste von South Devon in der Nähe von Kingsbridge erfüllt Liz mit Freude. Sie fühlt sich ein wenig schuldig, weil sie es Matt überlassen hat, allein mit ihrem Bistro, dem *The Place*, fertigzuwerden, das im Schatten der Kathedrale liegt. Aber von Truro aus sind es nur zwei Stunden mit dem Auto, sodass Matt gelegentlich am Meer zu ihnen stoßen kann.

Sie wirft einen Blick in den Rückspiegel und reckt sich, um ihre Zwillinge in den Kindersitzen zu sehen – das hellblonde Wuschelhaar, die großen blauen Augen und die Köpfchen, die sie immer zusammenstecken: Freddie und Flora. Ihr Herz zieht sich vor Liebe, Zärtlichkeit und Furcht zusammen; sie sind ihr so kostbar.

»Schon komisch«, meint sie zu Baz. »Mum hat mir ein Foto von Andy und mir im gleichen Alter gezeigt, und die Ähnlichkeit ist fast schon unheimlich.«

»Die Gene«, sagt Baz.

»Ich weiß«, gibt sie zurück, biegt in Liskeard auf die A38 ab und fährt in Richtung Saltash und zur Brücke über den Fluss Tamar. »Schätze, was mich beeindruckt, ist, dass sie auch Zwillinge sind. Dieses Jahr werden sie richtig Spaß in der Strandvilla haben, Baz. Fast fünf ist so ein tolles Alter, nicht wahr?«

Er lacht sie aus. »Meinst du, ich kann mich so weit zurückerinnern? Ich bitte dich.«

»Ich wette, du hast das Haus am Strand geliebt, als du vier warst.«

Baz sieht vor sich hin und runzelt ein wenig die Stirn, als versuchte er, sich über sechzig Jahre zurückzuerinnern. »Meine Mutter hat sie geliebt«, sagt er. »Wir haben ganze Ferien dort verbracht, und mein alter Pa ist am Wochenende aus Bristol dazugekommen.«

»Und ihr habt wunderbare Partys im Atrium gegeben«, fügt sie hinzu.

Baz schmunzelt nostalgisch. »Oh ja. Als ich klein war, habe ich immer unter dem Tisch gesessen und die Füße der Gäste beobachtet. Die Sprache der Füße verrät sehr viel, weißt du?« Er stößt einen Seufzer aus, in dem sich Zufriedenheit mit Bedauern mischt. »Ich fahre nicht so oft hinunter, wie ich sollte. Die Straße, die von Bristol zur Küste führt, scheint jedes Mal länger und der Verkehr immer schlimmer zu werden. Das war ein guter Plan von dir, Liv, dass ich mit dem Zug zu euch nach Truro komme und wir dann alle zusammen fahren.«

»Vollkommen egoistisch«, gibt Liv zurück. »Ich brauche meine Dosis Meer. Ich liebe Truro, unser Bistro und alles, ich liebe den Trubel und unsere Events, aber trotzdem muss ich raus, wenn die Sonne scheint.«

»Dabei bist du doch im Herzen ein Mädchen aus dem Norden von Cornwall«, zieht er sie auf. »Diese hohen schwarzen Klippen, die gewaltigen Atlantikwellen, das Surfen und all das. Du bist nicht wirklich geschaffen für die friedlichen kleinen Sandstrände und Gezeitentümpel von South Devon, stimmt's?«

»Ich liebe das alles, aber vor allem die Strandvilla«, sagt sie. »Ich genieße diesen abgelegenen Sandstrand, und die Zwillinge lieben die kleinen warmen Tümpel. Es ist vollkommen.« Sie bremst das Auto ein wenig ab. »Wir sind fast an der Brücke. Seht doch, Zwillinge. Schaut euch den Tamar und die Schiffe an.«

Sie setzen sich gerade auf und recken den Hals, um flussaufwärts nach Bere Ferrers und dann flussabwärts zum schimmernden Wasser der Hamoaze-Mündung zu sehen, wo weiße und blaue Segel wie winzige Flügel hin- und herflattern.

»Dieses Jahr kannst du mit ihnen im Boot hinausfahren«, meint Liv verschmitzt, während sie von Cornwall nach Devon hineinfahren, auf die Umgehungsstraße von Plymouth und weiter zurück auf die A38. »Kann kaum abwarten, das zu sehen.«

»Aber nicht beide auf einmal«, protestiert Baz sofort. »Oder zumindest nicht ohne Begleitung. Das Boot ist sehr klein.«

»Sie sind ja auch sehr kleine Leute«, gibt Liv zurück. »Und sie können inzwischen beide schwimmen.«

Er lacht. »Rabenmutter.«

»So sind wir eben aufgewachsen«, sagt Liv. »Dad pflegte immer den Satz aus *Der Kampf um die Insel* zu zitieren: ›Besser ersoffen als ein Schwachkopf, und wer keiner ist, ersäuft auch nicht.‹«

»Ich bin mir nicht sicher, ob das in unserem politisch korrekten Zeitalter gut ankommen würde«, murmelt Baz. »Dein alter Dad ist ein Original. Wie gefällt es ihm und Julia in den Staaten?«

»Sie genießen es und sind glücklich, Zack und Caroline und die Enkelkinder zu sehen. Ich glaube, Dad hat eine neue Idee und will nächstes Mal eine Jacht chartern und selbst hinübersegeln.«

Baz prustet vor Lachen. »Der gute alte Pete! Und was sagt Julia dazu?«

»Mum würde lieber ihren Arm essen, als mit Dad in irgendein Boot zu steigen. Sie hat mit Wasser nicht das Geringste am Hut. Sie versteht es einfach nicht. Aber Dad macht das nichts aus. Er würde viel lieber ab und zu mit einem alten Kameraden segeln gehen.«

»Das sind die vielen Jahre in der U-Boot-Flotte«, meint Baz. »Die Kameradschaft unter den Männern und die Landgänge. Alte Gewohnheiten sind schwer abzulegen.«

Die Zwillinge fangen an zu quengeln: Sie wollen etwas zu trinken, und es muss *jetzt* sein.

»Okay«, sagt Liv friedfertig. »Bisher habt ihr euch gut gehalten. Machen wir eine Pause und trinken wir etwas! Und Jenks kann sich die Beine vertreten.«

Ein schwarz-weißer Hund, eine Kreuzung aus Border Collie und Retriever, der zusammengerollt zwischen dem Gepäck gelegen hat, steht mit hoffnungsvoller Miene auf. Die Zwillinge drehen sich auf den Kindersitzen um und versprechen ihm Leckerbissen, wenn er brav ist.

Liv fährt von der A38 auf kleinere Straßen und schließlich auf schmale Feldwege ab. Sofort umfängt die friedliche Atmosphäre sie alle. In den hohen Hecken rankt zwischen Dornen und Eschen süß duftendes Geißblatt, und schlanker, kopflastiger Fingerhut biegt sich und streift die Seiten des Wagens. Liv setzt rückwärts in die Einfahrt zu einem Feld hinein. Die Ernte ist eingebracht, das Gatter steht offen, und sie klettert hinaus, öffnet die Heckklappe und lässt Jenks herausspringen und in das goldgelbe Stoppelfeld hineinlaufen. Baz macht die hinteren Türen auf, und bald sausen Flora und Freddie über das Feld, während Liv mit heißem Wasser aus einer Thermoskanne Kaffee für Baz aufgießt und ihm den Becher reicht.

Wenn sie mit den Zwillingen unterwegs ist, ist sie immer auf Pausen und schnelle Snacks eingerichtet, und sie zieht es vor, auf freiem Feld anzuhalten, statt in stickigen Straßencafés zu sitzen.

»Sieh dir Jenks an«, sagt sie und trinkt einen erfrischenden Schluck aus ihrer Wasserflasche. »Das gefällt ihm, was?«

Der Hund rennt auf eine kleine Schar Krähen zu, die zwischen den Stoppeln nach Würmern picken; die Zwillinge laufen dicht hinter ihm, wedeln mit den Armen und jubeln laut. Unter rauem, misstönendem Krächzen erheben sich die Krähen in die Luft und schlagen mit den schwarzen Flügeln, und Jenks bellt triumphierend, als hätte er einen Sieg errungen. Freddie fällt hin und schreit auf. Flora bleibt neben ihm stehen und bückt sich, um sich das anzusehen, und dann steht er auf, und beide kommen zurückgerannt.

»Mein Knie«, ruft Freddie. »Es blutet, Mummy. Das Gras ist ganz scharf.« Keuchend und mit empörtem Blick erreicht er sie und streckt das Bein aus, um ihr die Wunde zu zeigen. Unheil verheißend zieht er die Mundwinkel nach unten.

»Dieses Gras ist zu steif«, sagt Flora und reibt sich die nackten Beine. »Das tut weh.«

Liv zieht Feuchttücher und eine kleine Tube hervor und gibt mitfühlende Geräusche von sich. Sie säubert die Kratzer und trägt Salbe auf. »So«, sagt sie. »Jetzt ist es besser. Möchtest du einen Smoothie?«

Sie lächelt, als Freddie zögert und sichtlich überlegt, ob seine Verletzung schon so viel Aufmerksamkeit und Mitleid erhalten hat, wie sie verdient, aber Flora hüpft auf und ab und ruft: »Smoothies!« Er beschließt, dass dieses süße Extra Entschädigung genug ist. Die Zwillinge gehen in das Feld hinein, trinken ihre Smoothies und rufen nach Jenks. Liv sieht ihnen zu und erfreut sich an der Schönheit und Zerbrechlichkeit ihrer Kinder und diesem warmen Sommermorgen: So viel Glück kann schon fast Furcht einflößend wirken.

Sie lehnt sich an die Heckklappe und hält das Gesicht mit geschlossenen Augen in den Sonnenschein. Unwillkürlich lächelt sie bei der Aussicht auf den Urlaub, der vor ihr liegt: zwei Wochen in Baz' Haus am Strand in der hübschen, abgelegenen Bucht. Zwei Wochen, ohne als Elterntaxi unterwegs zu sein, ohne schnell ins Bistro zu laufen und frei von der üblichen Routine. Natürlich ist es enttäuschend, dass der arme Matt zurückbleiben musste, und schrecklich, dass sich Joe, ihr Geschäftsführer, beim Sprung in ein Schwimmbecken die Achillessehne angerissen hat.

»Das Timing ist furchtbar«, hatte Matt gemeint, »aber es wäre verrückt, jetzt den Urlaub abzublasen, nachdem Dad schon hier ist und alles vorbereitet ist. Ich versuche, mir etwas einfallen zu lassen, und so lange kann ich mich ins Auto setzen und zu euch kommen, wenn ich Zeit habe.«

Trotz ihres schlechten Gewissens und des Gefühls, dass sie in die Freiheit geflüchtet ist, erlaubt Liv sich, sich zu entspannen. Die Ferien haben begonnen.

Baz schlendert an einer Hecke entlang und trinkt den Kaffee. Ein Fasan schießt aus dem Unterholz und läuft steifbeinig den

Graben entlang, und über den Dornbüschen, an denen Brombeeren reifen, flattern kleine braune Schmetterlinge. Über ihm schießen Schwalben dahin oder gehen in den Sturzflug, und hinter dem fernen Rand des hellen Stoppelfeldes kann Baz flirrend blaues Wasser erkennen, die grauen Dächer von Outer Hope und die dunkle, steinige Halbinsel Bolt Tail. Er seufzt vor Vergnügen. Dies sind die Klippen und Strände seiner Kindheit: Bantham, Bigbury, Thurlestone. Der Aufenthalt in der Strandvilla, Spaziergänge auf den Klippenpfaden, mit seinem Dingi nach Salcombe und in die Flussmündung bis hinauf nach Kingsbridge zu segeln – all das war ein wesentlicher Teil jeden Sommerurlaubs gewesen. Auch wenn ihn heute nichts mehr lange aus seiner eleganten Wohnung in Caledonia Place oder seiner Kunstgalerie in Clifton Village weglocken kann, liebt er seine Ausflüge zur Strandvilla immer noch. Er hat es stets genossen, jemanden über das Wochenende einzuladen, eine kleine Party für seine Freunde aus der Gegend zu geben oder sein kleines Dingi zu segeln. Und jetzt kann er all das mit Matt und Liv und den Zwillingen teilen, sodass es auch für sie zu einem alljährlichen Familienereignis geworden ist, im Sommer ein paar Wochen in der Villa am Strand zu verbringen. Es ist unglücklich, dass Matt in Truro zurückbleiben muss, obwohl Baz den leisen Verdacht hegt, dass seinem Sohn eine kleine Atempause von Floras und Freddies Überschwang vielleicht ganz recht ist. Wahrscheinlich freut sich Matt auf die Ruhe und Stille in dem gemütlichen Stadthaus, wenn er nach den geschäftigen, lauten Abenden im *The Place* nach Hause kommt.

Jenks kommt auf Baz zugerannt, legt ihm einen Stein vor die Füße und blickt hoffnungsvoll zuerst zu ihm auf und dann auf den Stein, damit Baz ihn für ihn wirft. Gespannt wedelt er mit dem fedrigen Schwanz und spitzt die Ohren.

»Dummer Hund«, murmelt Baz voller Zuneigung. Er bückt sich, um den Stein aufzuheben und ihn über das Feld zu schleudern.

Jenks hechtet ihm nach. Sein Schwanz rotiert geradezu, und mit den Pfoten wirbelt er die staubtrockene Erde auf. Die Zwillinge spornen ihn lachend an.

Baz' Telefon gibt ein »Pling« von sich, und er fischt es aus der Jeanstasche und klappt es auf: eine SMS von seinem alten Freund Maurice.

Lust auf einen letzten Ausritt um der alten Zeiten willen, mon vieux? Mein Alter.

Nachdenklich sieht Baz auf die Nachricht hinunter, klappt das Handy zu und schlendert zurück zu Liv, die sich eine Tasse Kamillentee aufgegossen hat, im offenen Kofferraum des Wagens sitzt und den Zwillingen zusieht. Jenks ist mit dem Stein zurück, und Baz wirft ihn noch einmal.

»Er scheint deine Eltern nicht allzu sehr zu vermissen«, bemerkt er. »Ist ein netter Bursche. Sagtest du nicht, er sei aus dem Tierheim oder so?«

Liv nickt. »Der arme Jenks. Wahrscheinlich vermisst er sie schon, doch er ist zu sehr Gentleman, um es zu zeigen. Ja. Mum hat ihn nach dem Tod seines Besitzers, eines älteren Herrn, vom Cinnamon Trust bekommen – du weißt schon, dort werden Tiere vermittelt, deren Besitzer verstorben sind. Er hatte Jenks gehabt, seitdem er ein Welpe war. Anscheinend war der alte Herr *Times*-Leser und ein großer Fan von Sir Simon Jenkins, und da hat er den Welpen nach dem großen Journalisten benannt. Er ist so ein sanfter Hund und hat sich so schnell an sein neues Heim gewöhnt. Danke, dass er mitkommen darf, Baz. Er wird dir bestimmt nicht lästig fallen. Wirklich, er ist der freundlichste aller Hunde. Und er wird das Schwimmen lieben.«

»Je mehr wir sind, desto besser«, gibt Baz zurück – doch er ist ein klein wenig abgelenkt. Er trinkt den Kaffee aus, denkt über Maurices Nachricht nach und spürt, wie sich die alte Aufregung regt. Wäre es Wahnsinn, noch ein letztes Mal die Würfel rollen zu lassen? Er weiß, dass es verrückt wäre, natürlich. Doch heute Morgen ist er unruhig, ist sich des Umstands bewusst, wie die Jahre vergehen, und jetzt gerade wirkt eine solche leichtsinnige Aktion verlockend.

Die Zwillinge kommen mit Jenks zurückgelaufen, und Liv schickt sich an, alles einzupacken und weiterzufahren.

»Soll ich dich am Steuer ablösen?«, fragt Baz. Mit einem Mal spürt er das Bedürfnis, aktiv zu sein, die Kontrolle zu übernehmen, während er sie über diesen vertrauten schmalen Weg alle zum Strandhaus steuert.

»Wenn du magst«, sagt Liv, die seine Stimmung zu spüren scheint. »Dann steige ich aus und öffne uns die Gatter.«

»Großartig.« Er lässt sich auf dem Fahrersitz nieder und schiebt ihn zurück, um Platz für die langen Beine zu haben. »Dann kommt. Auf geht's!«

Liv schnallt die Zwillinge auf ihren Sitzen an, nimmt Jenks den Stein weg und schließt die Heckklappe. Sie klettert auf den Beifahrersitz, dreht sich um und lächelt den Zwillingen zu. »Fertig?«, fragt sie. »Alles bereit für die Strandvilla?«

»Zur Strandvilla«, rufen sie. »Yippie!«

Und Jenks bellt einmal kurz, als fiele er in die allgemeine Aufregung ein.

»Vorwärts«, sagt Baz, biegt auf den Fahrweg ein und fährt los, zum Meer.

2. Kapitel

Baz steuert sie über Klippenpfade und tief ausgefahrene schmale Wege, wo die wenigen buckligen Bäume dem Meer den Rücken zuwenden. Der hohe, endlose blaue Himmel zeigt, dass sie sich in der Nähe der Küste befinden. Der Wagen biegt auf einen Feldweg ein, und Liv steigt aus, um das erste Gatter zu öffnen. Früher hat dieses ganze windumtoste Land Baz' Familie gehört, aber heute besitzt er nur noch die Strandvilla mit ihrer Wildblumenwiese und der kleinen verborgenen Bucht.

Liv steigt wieder ins Auto. Sie schlagen den abwärts führenden Weg zum Strand ein, und die Zwillinge recken den Hals, um den ersten Blick auf das hübsche hellblaue Haus am Meer zu erhaschen. Sogar in ihren ersten Anfängen war die sogenannte »Strandvilla« so viel mehr als ein einfaches viktorianisches Badehaus. Baz' Urgroßvater hatte die Unterbringung seiner vielköpfigen Brut bei zukünftigen Besuchen auf dem Hof im Blick, und dafür war das geräumige Strandhaus genau das Richtige. Gewiss, das aus festem Stein errichtete Gebäude war mit bemalten Schindeln verkleidet und besaß ein hohes, spitzes Dach, sodass es einem Badehaus in gewisser Weise ähnelte, doch zwei recht weitläufige Flügel zu beiden Seiten des großen zentralen Raumes ermöglichten es, Schlafzimmer und eine Küche einzurichten sowie Toiletten und Duschen, als im Laufe der Jahre fließendes Wasser und Strom zur Verfügung standen. Die »Strandvilla« war ein Spitzname, der in der Familie gebraucht wurde, eine Art liebevolle Übertreibung, doch Besucher, die sie zum ersten Mal sahen, waren beeindruckt.

»So groß und schön hatten wir uns das Haus nicht vorgestellt«, pflegen sie auch heute noch zu murmeln und sehen sich in dem Atrium mit seinem langen französischen Bauerntisch, den bequemen, mit gestreiftem Drillich bezogenen Sofas und dem Holzofen um. Und Baz genießt die anerkennenden Blicke und plant die erste Party des Urlaubs.

»Wahrscheinlich hatte die getreue Meggie viel zu tun«, murmelt Liv, während der Wagen gemächlich den Weg hinunterrumpelt und die Zwillinge zu den grasenden Schafen hinaussehen.

Bei der Aussicht auf seinen Empfang strahlt Baz. »Sie hat mir vorhin eine SMS geschrieben. Heute Morgen war sie zum Lüften dort und ist dann nach Hause gegangen, um zu kochen. Wir müssen die alljährliche Tradition wahren. Ankunft am Freitag. Party am Samstag. Die Einladungen sind ausgesprochen. Meggie weiß, wie das geht.«

»Du kannst dich so glücklich schätzen, sie zu haben«, meint Liv. Aber sie weiß, dass auch Meggie Glück hat. Seit ihr Mann einen Unfall hatte, seitdem er nicht mehr arbeiten kann, ist Meggie froh über das Einkommen, das sie bei Baz hat. Sie kümmert sich während seiner Abwesenheit um die Strandvilla und kocht und putzt für seine Gäste und für Baz, wenn er kommen kann. Liv vermutet, dass Baz Meggie gegenüber sehr großzügig ist, und lächelt ihm von der Seite zu. Seine Fähigkeit, zu lieben und zu teilen, ist einer der Gründe, warum Liv ihn so gernhat, eine Eigenschaft, die sein Sohn von ihm geerbt hat. Deshalb hat sie sich in Matt verliebt. Wenn Baz etwas verschenkt, dann auf bescheidene Art und mit einer wahren Großmut, die niemals herablassend wirkt.

»Ich weiß, was du denkst«, sagt er. »Aber ich halte große Stücke auf Meggie. Sie klagt und jammert nicht. Sie arbeitet schwer. Seit der arme alte Phil von der Leiter gefallen ist, sich das Bein zerquetscht und dann auch noch diesen scheußlichen Krankenhauskeim eingefangen hat, arbeitet sie wie ein Pferd, um sich und ihn durchzubringen. Außerdem ist er ein ganz lieber Kerl.«

Die Zwillinge quietschen, und Jenks steht wieder auf, um zu sehen, was los ist. Endlich sind sie da. Das in der Farbe verblasster Glockenblumen gestrichene Haus, das dort im Sonnenschein steht, wirkt einladend. Die Flut zieht sich zurück und hinterlässt kleine Gezeitentümpel und schimmernden Seetang; und der Sand ist frisch gewaschen und glatt.

Liv klettert aus dem Wagen und lässt eilig die Zwillinge und Jenks heraus, damit sie umherlaufen können.

»Aber nicht ins Wasser«, ruft sie. »Wartet, bis wir das Auto ausgeräumt haben. Schaut, hier habe ich eure Schaufeln und Eimerchen.«

»Ich behalte sie im Auge«, sagt Baz, öffnet die Tür und hievt Livs Koffer hinein. »Komm erst mal an. Wir sehen zu, wer die schönste Muschel findet, und dann kannst du auf die beiden aufpassen, während ich das Mittagessen zubereite.«

»Danke«, sagt sie. »Ich will mich bloß ein bisschen sortieren.« Doch dann zögert sie einen Moment und sieht sich um. Wenn sie an ihre Kindheit auf dem Bodmin-Moor zurückdenkt, an die wilde, großartige Landschaft an der Nordküste von Cornwall, dann kommt ihr diese nach Süden liegende Bucht beinahe harmlos vor: Ein schützender Felsvorsprung hält den Westwind ab, in ihrem Hinterland liegen Klippen und Ackerland, und flankiert wird sie von einer kleinen Wiese, die über und über mit Wildblumen übersät ist.

Liv strahlt vor Freude – und plötzlich durchschießt sie die Sehnsucht nach Matt. Er sollte ebenfalls hier sein, zum Strand hinunterschlendern, den Zwillingen etwas zurufen und über Jenks' Mätzchen lachen, der in dem sich zurückziehenden Wasser hin und her springt.

»Das wirst du jetzt nicht glauben«, hat Matt gesagt, als er sie gestern Morgen aus dem Bistro anrief, »aber Joe hat sich die Achillessehne angerissen, als er ins Schwimmbecken gesprungen ist. Er ist gerade in der Notaufnahme.«

Sie stand im Zimmer der Zwillinge, wo Kleidung, Spielzeug und Bücher auf Floras Bett aufgetürmt lagen und ihre kleinen Koffer und Rucksäcke darauf warteten, gepackt zu werden, hielt das Telefon in der Hand und lauschte bestürzt. »O Gott. Armer Joe. Kommt das wieder in Ordnung?«

»Ja, er kann nur ein paar Tage nicht laufen.«

»Aber was heißt das?«, fragte sie nervös. »Ich meine, können wir dann morgen nicht zur Strandvilla fahren?«

Matt schwieg einen Moment lang. »So kurzfristig kannst du Dad und die Zwillinge nicht enttäuschen«, meinte er. »Doch ich muss wohl bleiben und mir etwas einfallen lassen, und dann komme ich in ein paar Tagen nach.«

Liv hat immer noch ein schlechtes Gewissen, wenn sie daran denkt, wie erleichtert sie darüber war, dass der Urlaub nicht gestrichen wurde. Aber ein Geschäftsführer ist nicht so leicht zu ersetzen, und Liv ist nicht allzu zuversichtlich. Matt liebt das hellblaue Haus am Strand – er schwimmt gern und genießt es, Baz' Dingi zu segeln. Trotzdem ist sie nicht naiv genug, um nicht zu argwöhnen, dass er eine kurze Trennung von seiner kleinen Familie genießt. Vielleicht, sagt Liv sich, wird Matt sich erholen, auch wenn er im *The Place* gut zu tun hat. Sie wünscht sich trotzdem, er könnte bei ihnen sein, doch bei dieser Überlegung fühlt sie sich weniger schuldbewusst, weil sie sich so bereitwillig davongemacht hat. Sie nimmt eine der Taschen und geht ins

Haus. Dann sieht sie sich beifällig in dem vertrauten Atrium um, wo auf dem langen, polierten Tisch ein Krug mit frisch gepflückten Wildblumen steht, und geht dann nach oben, ins Zimmer der Zwillinge.

Am Ufer schlendert Baz über den weichen, von Kieselsteinen durchsetzten Sand. Die Zwillinge beugen sich über Schätze, die die Ebbe zwischen den langen Streifen der Braunalgen zurückgelassen hat: Muscheln und Steine, einen Seestern, einen abgewetzten alten Strandschuh. Den Seestern legen sie behutsam in Freddies Eimer und tragen ihn zu einem Tümpel, wo sie darüber diskutieren, an welche Stelle sie ihn am besten setzen, damit er es gut hat.

Mit den Händen in den Taschen seiner Jeans bleibt Baz stehen und lauscht ihren Stimmen, die sich mit dem Kreischen der Möwen und dem endlosen Seufzen und Auf- und Abschwellen des Meeres mischen. Die Erinnerung spielt ihm einen kleinen Streich. Die Szene verschwimmt und nimmt dann wieder feste Formen an, und jetzt ist es Matt, dem er zusieht – ein kleiner Matt, der fasziniert von dem geheimnisvollen Leben in dem warmen Wasser ist. Lucy, seine junge Mutter, steht dabei und lächelt zu ihm hinab; die Hände hat sie unbewusst zärtlich und schützend um ihren runden Bauch gelegt.

Der Kummer durchfährt Baz wie ein Messerstich ins Herz, die Erinnerung an die Trauer und den Zorn und das schon vertraute Gefühl der Ohnmacht, das dieser verrückte Ritt mit Maurice nur teilweise lindern konnte. Nach dem Tod Lucys und des Babys, der den kleinen Matt mutterlos zurückgelassen hatte, war er so gefangen in seinem Schmerz, dass ihm das gefährliche Spiel, auf das er sich einließ, wie ein wütender Racheakt vorkam.

Dabei hätte er keine Antwort auf die Frage geben können, an wem oder was er sich rächte. Am Schicksal vielleicht?

Das ist so lange her, und doch ist sein Schmerz angesichts des Verlusts noch frisch, und seine Schuldgefühle quälen ihn immer noch. Er hätte mehr für Lucy tun müssen.

»Das geht vorbei«, erklärten ihm die Leute – für gewöhnlich solche, die noch nie so eine Tragödie erlebt hatten. Seine Freunde waren schockiert. Es veränderte ihre Beziehung zu ihm, und er lernte, ihre eilig aufgesetzten tieftraurigen, betrübten, mitfühlenden Mienen zu fürchten, ihre gedämpften Stimmen. Nichts war mehr normal. Es war, als störte er ihre Feste und sie dürften sich nicht ganz so gut amüsieren, weil er anwesend war. Ihre Wachsamkeit und Zurückhaltung schien auszudrücken, dass sie es an Respekt vor seiner Trauer fehlen ließen, wenn sie lachten und scherzten, sodass er umgekehrt ein schlechtes Gewissen hatte, wenn er in irgendeiner Situation Freude fand oder sich gut unterhielt. Er begann, ihnen aus dem Weg zu gehen, und war froh, als er nach Bristol zog und dort ein neues Leben anfing.

Jenks kommt herangesprungen und legt ihm einen Stein vor die Füße. Der Hund geht auf die Vorderpfoten hinunter, streckt sein Hinterteil in die Luft und wedelt hoffnungsvoll mit dem Schwanz. Baz holt tief Luft, sodass der Schmerz sich ein wenig zurückzieht, und bückt sich, um den Stein zu nehmen. Verächtlich schleudert er ihn am Strand entlang, als werfe er mehr von sich als den Stein – doch dann muss er unwillkürlich lächeln, als er sieht, wie Jenks ihm hinterherstürmt und mit den Pfoten den Sand aufwirbelt.

Der stoßweise wehende, salzige Wind trägt die hohen, durchdringenden Stimmen der Zwillinge heran, die nach ihm rufen. Sie graben in dem kalten, nassen Sand, stechen mit ihren Schaufeln hinein, drehen ihn um, klopfen ihn flach und bringen ihn in Form.

»Das ist eine Burg«, erklären sie ihm, und ihre kleinen Gesichter leuchten vor Aufregung und Anstrengung. »Wir brauchen Muscheln, um sie zu schmücken, Baz. Ganz, ganz viele Muscheln.«

»Also, schaut nicht mich an«, erklärt er bestimmt. »Ich bin zu alt, um am Strand herumzukriechen und Muscheln zu suchen. Denkt doch an meine armen alten Knie.«

»Aber wir *brauchen* sie, Baz«, rufen sie. »*Bitte*, Baz«, und sie drücken ihm ein Plastikeimerchen in die Hand.

»Tyrannen«, sagt er, nimmt den Eimer und macht sich an die Arbeit. Doch er blickt zur Strandvilla und hofft, Liv zu sehen.

Jenks kehrt stolz mit dem Stein zurück, und Baz stöhnt auf und wirft ihn weit in die zurückweichende Flut hinein. Langsam, den Kopf gebeugt, geht er dahin und hält Ausschau nach Muscheln, von der See glatt geschliffenen Glasstücken oder hübschen Kieseln, die die Billigung der Zwillinge finden werden. Sein Schmerz ist verflogen, sein natürlicher fröhlicher Optimismus wiederhergestellt. So versunken ist er in seine Arbeit, dass er nicht sieht, wie Liv aus dem Haus kommt und winkt.

»Essenszeit«, ruft sie.

Erleichtert richtet Baz sich auf und bringt den Zwillingen den Eimer voll Muscheln. »Mummy hat gerufen«, erklärt er. »Wir machen das nachher fertig. Kommt schon. Mittagessen.«

Die Zwillinge jammern und suchen Ausflüchte; aber sie sind hungrig, und mit einem Mal lassen sie ihre Schaufeln und die Sandburg im Stich, laufen den Strand hinauf und rufen einander und Liv etwas zu. Jenks taucht mit seinem Stein wieder auf, und zusammen gehen sie zurück zum Haus.

Der Tisch ist mit hübschen Steingutschalen mit Blattsalaten und winzigen roten und gelben Tomaten und einer Quiche gedeckt.

»Das sieht gut aus, was, Zwillinge?«, sagt Baz. »Danke, Liv. Eigentlich wollte ich doch das Mittagessen kochen.«

»Ach, das ist ja eigentlich nur ein Picknick«, erwidert Liv. »Und ich habe doch gesehen, dass du Spaß daran hattest, Steine für Jenks zu werfen und Muscheln zu sammeln.«

Sie grinst ihm schelmisch zu, hilft Flora, auf einen Stuhl zu klettern, und schiebt ihn dicht an den Tisch, und Baz erwidert ihr Lächeln.

»Allein dafür nehme ich dich nach dem Essen nicht im Dingi mit«, sagt er und setzt sich.

Sofort fangen die Zwillinge an zu quengeln; *sie* wollen im Dingi mitfahren.

»Wir fahren alle mit dem Dingi«, erklärt Liv energisch und gibt Quichestücke und Salat auf ihre Teller, »aber nur, wenn ihr versprecht, ganz still zu sitzen und genau das zu tun, was Baz euch sagt.«

»Kein Herumspringen«, ermahnt er sie streng. »Und nicht über die Reling beugen.«

Freddie und Flora sehen Baz an, und Liv weiß, dass sie entscheiden, ob sie versprechen sollen, sich zu benehmen. Sie sieht, dass sie lautlos miteinander kommunizieren, genau wie ihr Zwillingsbruder Andy und sie früher. Wie merkwürdig ist diese verborgene, unerklärliche Verbindung, wie geheimnisvoll und bedeutsam. Sie erkennt exakt den Moment, in dem sie sich schweigend darauf einigen, dass die Segeltour mit Baz es wert ist, sich von ihrer besten Seite zu zeigen – und ihn aus offenen, unschuldigen Gesichtern engelhaft anstrahlen.

Er erwidert ihren Blick misstrauisch, und Liv schmunzelt.

»Sie werden brav sein«, verspricht sie, »und wir machen ein paar Fotos, die wir Daddy zeigen können.«

»Hm«, meint Baz. Diese unerwartete Fügsamkeit überzeugt ihn nicht.

»Glaubst du, Jenks wird das Segeln gefallen?«, fragt Freddie.

»Auf gar keinen Fall«, gibt Baz sofort zurück. »Auf keinen Fall kommt Jenks mit in das Dingi. Er ist kein Seehund, und außerdem wird ihm vielleicht übel.«

»Ihm würde schlecht werden?«, will Flora wissen.

»Ja«, entgegnet Baz schnell und blickt Liv herausfordernd an, damit sie ihm nicht widerspricht. »Hunden wie Jenks wird auf dem Meer immer schlecht. Er ist ein Colliemischling und hütet gern Schafe und so. Er ist eine Landratte.«

Die Zwillinge sehen Liv an, um sich rückzuversichern, und sie nickt.

»Der arme Jenks ist zu alt, um noch zu lernen, mit einem Boot zu fahren«, erklärt sie ihnen. »Außerdem ist er erschöpft, weil er sich heute Morgen so viel bewegt hat. Er kann ein schönes Schläfchen halten, und nach dem Tee gehen wir mit ihm auf der Klippe spazieren. So, wenn ihr genug gegessen habt, lauft nach oben und packt schon mal die Rucksäcke aus, während ich hier aufräume, und dann machen wir uns zum Segeln fertig.«

Die Zwillinge klettern von ihren Stühlen, aber zuerst laufen sie hinaus zu Jenks, hocken sich neben ihn, streicheln ihn und murmeln ihm etwas zu. Er hebt den Kopf, schlägt mit dem Schwanz auf den Boden und streckt sich dann wieder in der Sonne aus. Liv schaut ihnen zu. Wie niedlich sie in ihren hübschen Strandsachen aussehen! Ihr Herz läuft vor Liebe über. Sie kommen wieder herein und steigen die Treppe hinauf, und als sie sich zum Tisch umdreht, bemerkt sie, dass Baz sie mit einem eigenartigen Blick betrachtet.

»Männer lieben ihre Frauen, Frauen lieben ihre Kinder, und Kinder lieben ihre Tiere«, sagt er.

Sie starrt ihn an, und aus irgendeinem Grund denkt sie beinahe schuldbewusst an Matt. Es stimmt, dass Matt und sie seit der Geburt der Zwillinge nicht mehr so viel Zeit füreinander haben. Immer ist so viel zu tun, wenn sie das *The Place* und die Zwillinge jonglieren. Manchmal – öfter, als sie sich eingestehen mag – schläft Matt im Gästezimmer, um sie nicht zu stören, wenn er spät aus dem Bistro nach Hause kommt; und diese kostbaren intimen Momente, die sie vor den Zwillingen genossen haben, sind weit seltener geworden. Vielleicht macht sie sich deswegen weniger Sorgen, als sie sollte, weil sie die Zwillinge so sehr liebt und so viel mit ihnen zu tun hat. Aber wie empfindet Matt das? So ein Pech, dass er jetzt nicht bei ihnen ist, um auszuspannen! Sie wird ihm eine SMS schicken und ihm sagen, dass sie angekommen sind und er ihnen fehlt.

Liv wirft Baz ein kurzes Lächeln zu und geht ihr Handy suchen.

3. Kapitel

In seinem kleinen Büro hockt Matt über der Buchhaltung, als mit einem »Pling« Livs SMS hereinkommt. Er schiebt die Papiere beiseite und stützt die Ellbogen auf dem Schreibtisch auf, um sie zu lesen.

Sicher angekommen. Gehen gleich segeln. Hilfe! Wir vermissen dich. Wie läuft's bei dir? Xxxx

Er lächelt schief. Die Nachricht enthält gleich mehrere Botschaften, einige davon unterschwellig. Die hauptsächliche besteht einfach darin, dass sie wohlbehalten angekommen sind; die zweite ist ein Scherz darüber, dass sie mit den Zwillingen in diesem winzigen Dingi sitzen wird; und die dritte ist komplizierter. Er weiß, dass Liv ein schlechtes Gewissen hat, weil sie es ihm allein überlassen hat, ohne den tüchtigen Joe zurechtzukommen. Aber er vermutet auch, dass die Liebe mit der Entfernung größer wird, obwohl er ganz so schnell nicht damit gerechnet hat.

Matt wendet sich auf seinem Drehstuhl vom Computer ab und starrt ins Leere. Die letzten paar Jahre waren arbeitsreich, stressig und kompliziert. Sie hatten Zeiten mit großem Spaß, Freude und Lachen – schließlich lieben sie beide die Zwillinge über alles –, aber die guten alten Zeiten voll ungezwungener Gemeinsamkeit, spontanem Sex und sorgloser Intimität sind vorüber. Bis Ende dreißig waren Liv und er Freigeister, und diese neue Verantwortung – die zu jeder Zeit hundertprozentiges Engagement fordernde Aufgabe der Elternschaft – hat die Dynamik ihrer Beziehung verändert. Nachdem Freddie und Flora inzwischen länger im Kindergarten bleiben, ist es ein wenig einfacher geworden, doch das hilft ihnen an den Abenden nicht, an denen besondere Veranstaltungen es erfordern, dass Liv an vorderster Front steht, Veranstaltungen, auf denen der Ruf des *The Place* basiert: Vorträge und Signierstunden lokaler Autoren, Lyrik-Lesungen, Quizrunden, Livemusik. Bei diesen Gelegenheiten ist sie brillant. Sie fungiert als Gastgeberin und Moderatorin und ist einfach da, redet mit den Gästen und bringt sie zum Lachen.

Matt verschränkt die Arme vor der Brust und streckt die langen Beine aus. Liv und er haben das *The Place* gemeinsam aufgebaut und aus einem reinen Bistro zu einem Veranstaltungsort für Events, Partys oder Empfänge gemacht. Der erste Stock, das *The Place Upstairs*, ist ständig ausgebucht für alle möglichen Veranstaltungen und hat eine ganz spezielle Ausstrahlung: eine Mischung aus klaren, minimalistischen Kunstwerken neben Regalen voller zerlesener Bücher und hellen Rohrsesseln zwischen dunkelbraunen, abgeschabten Ledersofas. Irgendwie funktioniert das. Livs Instinkt trifft ausnahmslos ins Schwarze, und davor hat Matt großen Respekt.

Inzwischen ist es schwierig, diese Veranstaltungen gemeinsam zu betreuen, wenn sie keinen Babysitter finden, und ihnen beiden fehlen die gemeinsame Aufregung und Erleichterung, wenn alles gut läuft, und die zutiefst zufriedene Rückkehr nach Hause, um zusammen ins Bett zu fallen – nicht immer, um sich zu lieben, oft sind sie zu müde –, doch um eng umschlungen und noch wie berauscht vom Erfolg ihrer harten Arbeit dazuliegen.

Jetzt muss meist einer von ihnen an diesen Abenden als Gastgeber auftreten, während der andere bei den Zwillingen bleibt. Heute, denkt Matt betreten, begrüßt Liv ihn, wenn sie aus dem *The Place* zurückkehrt, nicht mehr mit einem Bericht über die Veranstaltung, sondern mit weit profaneren Fragen. »Hast du die Waschmaschine angestellt? Hast du daran gedacht, den Müll hinauszubringen?«

Manchmal, wenn er die Veranstaltung betreut, trifft er Liv bei seiner Heimkehr schon im Bett und schlafend an, und dann übernachtet er im Gästezimmer, um sie nicht zu stören. Doch ihm fehlen diese intimen Nächte, die körperliche Erlösung nach der Aufregung eines erfolgreichen Abends, und er macht sich Sorgen, weil das Liv nicht so viel auszumachen scheint wie ihm.

»Ich bin so *müde*«, sagt sie – genau wie er –, und er weiß, dass er oft mürrisch und ungeduldig ist, und sie verstehen beide, warum das so ist. Außerdem ist ihm klar, dass Liv gerade in letzter Zeit angedeutet hat, dass sie bereit zu einer Veränderung ist.

Kennenglernt hatte er sie, als sie einen Freund von der Uni und dessen Frau dabei unterstützte, einen Komplex mit Ferienwohnungen aufzubauen: Penharrow, drüben in Port Issaac, an der Nordküste von Cornwall. Eine von Livs großen Stärken ist die Fähigkeit, sich ein Projekt vorzustellen und es dann voranzutreiben, bis es funktioniert. Sie besitzt so viel Energie, ein unerschöpfliches Engagement und eine große Vision – und zusätzlich zu diesen Gaben noch Geschäftssinn. Doch sobald alles in Betrieb ist und läuft, verliert sie das Interesse und sieht sich nach neuen Ufern um. Matt, der von ihrem Ruf gehört hatte, suchte sie in Penharrow genau an diesem Punkt auf, an dem sie bereit für ein neues Projekt war, und nahm sie mit nach Truro, um sich das *The Place* anzusehen und über seine Möglichkeiten zu diskutieren. Sie sah das Potenzial, nahm die Herausforderung an, zog in die kleine Wohnung, die oben im selben Gebäude lag, und stürzte sich in die neue Unternehmung.

Sehr rasch verliebte er sich in Liv. Sie war so originell in ihrem Humor, ihrer direkten Art und ihrem absoluten Bedürfnis davonzustürzen, sobald die Sonne schien und der weiche

Westwind über die Halbinsel strich. Und doch besaß sie eine hohe Arbeitsmoral und war zuverlässig. Er lernte, sich an diese merkwürdigen Fluchten in die Freiheit zu gewöhnen und Livs Lebens- und Arbeitsweise zu akzeptieren, und als sie ihm ihre Liebe erklärte, konnte er sein Glück kaum fassen. Innerhalb von achtzehn Monaten entwickelte sich das Geschäft zu einem großen Erfolg, sie heirateten, und zwei Jahre später kamen die Zwillinge zur Welt.

Doch jetzt wird Liv unruhig. Sie lebt gern in Truro, aber Matt weiß, dass sie ein Mädchen vom Land ist. Liv ist auf dem Bodmin-Moor, nicht weit entfernt von Tintagel, groß geworden und vermisst die Moore, die Strände und das Surfen – und sie würde gern eine Luxus-Campinganlage betreiben.

Matt seufzt. Er kann sich nicht wirklich überwinden, sich mit dieser Veränderung auseinanderzusetzen, und fürchtet inzwischen das Thema »Jurten« und Gespräche, die mit »Ich habe einen netten kleinen Campingplatz gesehen, der zu verkaufen ist« beginnen. Es fällt ihm immer schwerer, Ausflüchte zu finden, und es ist leicht besorgniserregend, dass er zwar ärgerlich ist, weil er nicht bei seiner Familie in der Strandvilla sein kann, aber sich eigentlich auf diese Auszeit von der aktuellen Phase seiner Ehe und seinen Vaterpflichten freut. Es hat auch seinen Reiz, für eine Woche oder so wieder Junggeselle zu sein.

Matt tippt eine SMS.

Sag Dad, er soll euch nicht alle ertränken. X

Er sieht sie vor seinem inneren Auge, wie sie segeln, auf den Klippen spazieren gehen und die Party planen, die Baz jeden Sommer bei seiner Ankunft gibt. Unterdessen hat Matt zu arbeiten. Er steckt das Telefon in die Tasche und geht in die Bar hinaus. Für den Mittagstisch nehmen sie keine Reservierungen an, aber es ist schon voll. Das Personal läuft eilig umher, und im Lokal ist es hell und laut. Die Flaschen hinter der Theke schimmern im Licht, die Kaffeemaschine zischt, und Eiswürfel klirren, die in Gläser geschaufelt werden. Als er eine der Kellnerinnen anspricht, um sich davon zu überzeugen, dass alles gut läuft, hört er, wie jemand seinen Namen sagt.

»Hi, Matt.«

Sie steht direkt neben ihm, spindeldürr und chic in schwarzes Leinen gekleidet. Wie merkwürdig attraktiv dieser Blick aus ihren schräg und eng zusammenstehenden Augen wirkt, denkt er und spürt, wie in ihm Vergnügen und schlechte Vorahnungen miteinander wetteifern.

»Catriona«, gibt er beiläufig zurück. »Urlaub?«

Sie lächelt. »Ja, ich bin im Cottage in Rock. Ich habe gehört, dass Liv die Zwillinge genommen hat und mit deinem alten Dad weggefahren ist und dass du hiergeblieben bist, um auf den Laden aufzupassen.«

Typisch, wie sie die Fakten mit wenig schmeichelhaften Andeutungen garniert.

»So ähnlich«, pflichtet er ihr bei. Er weigert sich, darauf anzuspringen und ihr zu erklären, wie die Sache sich wirklich verhält. »Ich hoffe, du wirst gleich bedient. Willst du zu Mittag essen?«

»Danke, sehr gern«, gibt sie sofort zurück und erwischt ihn vollkommen auf dem falschen Fuß. »Wunderbar. Setzen wir uns in die Ecke?«

Matt beginnt zu lachen; er kann nicht anders. Und warum eigentlich nicht? Er weiß, dass Liv außer sich wäre – »Cat ist gefährlich«, erklärt sie immer nach einem dieser Überraschungsbesuche, »sie stiftet nur Unruhe« –, doch Liv ist nicht hier, und mit einem Mal beschließt er, sich einfach treiben zu lassen. »Normalerweise habe ich gar keine Zeit, um zu Mittag zu essen«, beginnt er.

»Aber heute machst du eine Ausnahme«, beendet sie seinen Satz, und ihre schwarzen Augen glitzern. »Ich lade dich auf einen Drink ein.«

Er schüttelt den Kopf. »Nein, nein. Ich muss arbeiten. Was ist mit dir?«

»Ich muss fahren«, erklärt sie. »Lästig, nicht wahr? Demnächst komme ich einmal abends und suche mir etwas zum Übernachten. Dann können wir uns entspannen.«

Ihre verschwörerisch hochgezogenen Augenbrauen strahlen einen Hauch von Gefahr aus. Er ist verärgert und fühlt sich gleichzeitig geschmeichelt.

»Dann etwas Kaltes zu trinken?« Er bleibt stehen, während sie sich setzt und nach einer Speisekarte greift. »Sieh dir die Tageskarte an der Tafel an.«

Catriona lässt ihn warten, während sie die Karte überfliegt. »Ich nehme die gemischte Aufschnittplatte«, erklärt sie, indem sie seinen Vorschlag ignoriert. »Und eine kalte Ingwerlimonade. Kein Eis.«

Er quittiert ihre fast herrische Bestellung mit einem leichten Schulterzucken und tritt an die Theke. Während er darauf wartet, bestellen zu können, sieht er sie in dem langen Spiegel, der hinter der Bar hängt. Sie berührt weder ihr Haar noch nestelt sie an ihrem Telefon oder ihrer Tasche herum, sondern starrt einfach mit einer Miene, in der sich Belustigung und Berechnung mischen, seinen Rücken an.

»Als Kinder haben wir sie nur Cat genannt«, hat Liv ihm einmal erzählt, wie er sich erinnert. »Jetzt lässt sie sich lieber Catriona rufen, aber für mich wird sie immer Cat bleiben. Sie macht nur Ärger, darauf kannst du mein Wort nehmen.«

Aber nur dieses eine Mal will er nicht Livs Wort darauf nehmen. Heute geht er das Risiko ein und entscheidet selbst.

Catriona beobachtet ihn. Matt ist so cool; dieses kurze silberblonde Haar, sein direkter, harter Blick, diese langen Beine. Sie lächelt in sich hinein. Vielleicht kann sie Matt ja ein wenig für sich erwärmen, ihn zum Lachen bringen. Jedes Mal, wenn sie bisher im *The Place* war, war Liv an seiner Seite. Möglich, dass sie jetzt ihre Chance hat festzustellen, ob Matt wirklich so ein Familienmensch ist.

Das leise Lächeln verschwindet, als sie an die blonde, hübsche Liv denkt. Die vom Glück begünstigte Liv mit der fröhlichen, selbstbewussten Ausstrahlung, der Lebhaftigkeit, mit der sie alle um sich herum ansteckt, und ihrem ungezähmten Abenteuerdrang. Ihr Zwillingsbruder Andy ist genauso. Plötzlich ist Catriona das Lächeln vergangen. Für kurze Zeit, während Andy unter ihrem Bann stand, glaubte sie, endlich Zugang zu dieser Familie gefunden zu haben, die ihr schon ihr ganzes Leben lang als auserwählt und etwas Besonderes erscheint. Catriona erinnert sich an die lange zurückliegenden Streitereien zwischen ihren Eltern, die bitteren gegenseitigen Schuldzuweisungen und daran, wie sie als einsames Einzelkind zuschaute und zuhörte. Sie denkt zurück an die Besuche in Trescairn, dem Haus auf dem Bodmin-Moor, wo Liv und Andy und ihre kleinen Brüder Charlie und Zack lebten, und die nie in Worte gefasste Abneigung und die Spannungen zwischen den beiden Müttern. Die Väter waren für gewöhnlich auf See, beide bei der U-Boot-Flotte und anscheinend gute Kameraden, doch hinter der freundlichen Fassade zwischen den beiden Frauen lag etwas Unausgesprochenes. Catriona hatte bei diesen Besuchen gespürt, dass sie ungestraft unartig sein durfte, ohne dass ihre Mutter sie tadelte – im Gegenteil, sie billigte ihr Verhalten. Catriona glaubt, dass es ihr schon damals zur zweiten Natur geworden ist, Gemeinheiten zu begehen, wenn niemand zusah: ein Bild zerreißen, das einer der Zwillinge gemalt hatte, um es dem Vater zu schicken, ein Lieblingsspielzeug zu zerbrechen oder Charlie, der damals ein Kleinkind war, einen schnellen Stoß zu versetzen. Doch die Bodrugans mit ihrer Einheit, Nähe und Liebe erwiesen sich als unbesiegbar. Sie wünschte sich ebenso sehnlich, einen Anteil an all dem zu haben, wie sie es zerstören wollte.

»Ingwerlimonade.« Matt stellt die Flasche und ein Glas vor sie auf den Tisch. »Kein Eis.«

Er öffnet die Flasche nicht, noch schenkt er ihr die Limonade ein, und sie wartet, weil sie will, dass er es tut. Stattdessen nimmt er ihr gegenüber Platz und öffnet seine eigene Flasche mit Holunderlimonade.

»Und, was machst du in Truro?«, fragt er müßig und sieht sie nicht an, sondern beobachtet, wie die Flüssigkeit langsam schäumend ins Glas rinnt.

»Dich besuchen«, gibt sie sofort zurück, »und Liv. Natürlich hatte ich keine Ahnung, dass sie sich aus dem Staub gemacht hat.«

Matt lächelt, als ließe er die abfällige Bemerkung gelten, während er sie zugleich zurückweist. »Wir verbringen diese Zeit des Jahres immer in der Strandvilla«, erklärt er. »Mein alter Dad kommt aus Bristol herunter, und wir machen Urlaub mit der Familie. Ich fahre in ein paar Tagen hinterher. Es ist toll da unten. Schwimmen und Segeln, und eine Menge Freunde kommen vorbei.«

Einen winzigen Moment lang kann Catriona ihre Haltung nicht wahren und schaut trostlos drein. Liv ist immer noch vom Glück begünstigt, das goldene Kind mit Familie und Freunden, den Kindern und Matt. »Klingt lustig«, meint sie leichthin. »Oder genießt du deine kleine Auszeit von deinen Vaterpflichten?«

Sie sieht, wie er rasch den Blick niederschlägt und wie sich seine Lippen leicht spannen, und weiß, dass sie einen Volltreffer gelandet hat. Innerlich jubelt sie. »Es muss ganz schön viel Arbeit sein«, sagt sie nachdenklich und greift nach der Flasche Ingwerlimonade, »das alles hier zu betreiben und rund um die Uhr Vater zu sein. Respekt.«

Sie sieht ihn an, und als er aufschaut, hält sie seinen Blick einen Moment lang fest und reicht ihm dann die Flasche. Wortlos nimmt er sie, öffnet sie und gießt die Hälfte des Inhalts in ihr Glas. Dankend lächelt sie ihm zu und greift danach. »Muss auch für Liv schwierig sein«, setzt sie hinzu. »Liv, der große Freigeist. Ich bin voller Bewunderung für euch beide. Dieses Lokal ist großartig.« Sie hebt ihr Glas, als stieße sie auf ihn an, und nach kurzem Überlegen tut er es ihr nach. »Eigentlich«, erklärt sie, »bin ich gekommen, um mir einen Rat bei dir zu holen.«

»Wirklich?« Er stößt ein leises, ungläubiges Schnauben aus. »Ich kann mir nicht vorstellen, zu welchem Thema.«

Sie holt tief Luft; er ist darauf angesprungen. »Es hat mit dem Cottage in Rock zu tun. Seit meine Mutter im Frühjahr verstorben ist, frage ich mich, was ich damit anfangen soll. Du erinnerst dich wahrscheinlich, dass ich in London als Investmentmanagerin arbeite. Nach der Scheidung ist Mum sehr gern in das Cottage gezogen, das Teil ihrer Abfindung war, doch jetzt weiß ich nicht, ob ich es verkaufen, als Ferienhaus anbieten oder in Vollzeit vermieten soll. Was halten die Einheimischen heutzutage von Ferienhäusern?«

Sie sieht ihm an, dass er ernsthaft darüber nachdenkt. Er glaubt wirklich, dass sie seinen Rat braucht, und fühlt sich geschmeichelt.

»Nun, beliebt sind sie nicht bei den Einheimischen«, erklärt er. »Zu viele Städtchen und Dörfer stehen leer und werden im

Winter zu Geisterstädten, da solche Zweitwohnsitze den größten Teil des Jahres unbewohnt sind. Mit Quartieren für Urlauber sieht es ein wenig besser aus, weil Touristen das ganze Jahr über herkommen. Am besten suchst du dir einen Mieter, eine Familie aus der Gegend, und hoffst, dass sie das Haus gut behandelt. Alternativ könntest du es auch einfach verkaufen und das Geld investieren.«

Sie grinst ihm zu. »Zumindest dazu brauche ich keinen Rat.«

Er lacht, wenn auch ziemlich widerwillig, und sie stimmt in sein Lachen ein, weil es sie aufrichtig belustigt, dass er den Köder geschluckt hat. Sie hat sich bereits für den Verkauf entschieden – sie kennt in Rock sehr wenige Menschen, und die Anfahrt aus London ist ziemlich weit. Ihr Makler hat drei Kandidaten, die darauf brennen, das Haus zu besichtigen.

»Du meinst also, ein Mieter?«, sagt sie nachdenklich und nippt an ihrer Ingwerlimonade. Sie nickt, als denke sie über seinen Rat nach. »Okay. Danke schön. Wahrscheinlich weißt du niemanden?«

Das ist ein Risiko – wenn er einen potenziellen Mieter kennt, bekommt sie Probleme –, aber Matt schüttelt den Kopf.

»In der Gegend kenne ich mich nicht so aus«, antwortet er.

Sie entspannt sich. Ihre Aufschnittplatte wird serviert, und sie mustert sie beifällig. »Sieht gut aus«, murmelt sie.

Er nickt, als wollte er sich das Können seines Koches als Verdienst anrechnen, denn jetzt will er unbedingt, dass es ihr schmeckt. Sie holt tief und zufrieden Luft: Die erste Runde ist an sie gegangen.

So beginnt es.

4. Kapitel

In den umgebenden Ortschaften bereiten Baz' Freunde sich auf die jährliche Party in der Strandvilla vor. Einige kennen ihn schon fast ihr Leben lang, ein paar sind Bekanntschaften, die er später geschlossen hat, und eine Person ist ihm noch nie begegnet.

Sofia Talbot sieht auf die Auswahl an Kleidungsstücken hinunter, die sie auf ihrem Bett ausgelegt hat, und fragt sich, was sie anziehen soll. Eine jähe, aber vertraute Panik ergreift sie, und sie setzt sich auf die Bettkante und atmet mehrmals tief durch. Seit ihrer Trennung von Rob wird sie diese elenden Depressionen nicht mehr los, die Panikattacken mit sich bringen und sie unfähig machen, Entscheidungen zu treffen.

»Es ist bloß eine Party«, sagt sie sich. »Nur keinen Stress. Niemand wird darauf achten, was du anhast.«

Sie sieht sich in dem hübschen Zimmer um. Es besitzt Eichenbalken und ein großes Dachfenster; und im Stehen kann sie gerade eben das Meer erkennen, einen schimmernden blauen Streifen am Rand der Welt. Nebenan befinden sich Dusche und Toilette.

»Dein eigenes Reich«, hat ihr ihre Patentante Janet erklärt. »Hier oben unter dem Dach stört dich niemand. Es ist so schön, dich bei uns zu haben, liebe Sofes.«

Sofia, die immer noch auf dem Bett sitzt, kann sich das Gespräch zwischen ihrer Mutter und Janet vorstellen.

»Es würde ihr so guttun, wenn du sie für eine Woche oder so einladen könntest«, hatte ihre Mutter wahrscheinlich gesagt.

»Sie braucht einen kompletten Tapetenwechsel, und sie mag dich und Dave so gern.«

Und das ist wahr. Janet und Dave sind warmherzig, gütig, angenehm im Umgang und haben jede Menge Freunde. Baz gehört dazu, und die Aussicht auf seine jährliche Party ist der Grund für diese törichten Panikattacken.

»Du wirst den alten Baz mögen«, erklärte Dave ihr. »Er ist ein ganz lieber Kerl. Wenn du ihn bittest, nimmt er dich bestimmt mit zum Segeln.«

»Und Liv kommt auch«, warf Janet ein. »Du wirst dich ganz sicher gut mit ihr verstehen. Und erst ihre süßen Zwillinge …«

Und dann trat eine winzige schreckliche Pause ein, bevor Janet eilig vorschlug, dass sie später, nach dem Mittagessen, auf den Klippen spazieren gehen könnten.

Ruhig sitzt Sofia da, wartet darauf, dass ihr Herz wieder langsamer schlägt, und denkt daran, wie sie sich gefühlt hat, als Rob sie entlassen hat. Sie hatte sich vorgestellt, dass sie immer zusammenbleiben würden, Rob und Seb und sie.

»Was für ein großer Name für ein so kleines Menschlein«, hatte sie gesagt, als sie Seb zum ersten Mal in seinem Bettchen gesehen hatte. »Du bist hinreißend, Sebastian Weaver.«

Sie war sich bewusst, dass Rob neben ihr stand, stämmig, hart und abwehrend. Herrisch und fürsorglich sah er auf seinen Sohn hinunter. Sebs Mutter war mit einem Mann verheiratet, der sich herumgetrieben hatte, und ihre Affäre mit Rob war eine Trotzreaktion aus Einsamkeit gewesen. Ihr Mann hatte ihr erlaubt, das Kind zu bekommen, allerdings unter der Bedingung, dass Rob nach der Geburt die volle Verantwortung übernahm. Sofort danach waren Sebs Mutter und ihr Mann nach Australien gezogen.

»Hat sie denn nie vorgeschlagen, ihren Mann für Sie und Seb zu verlassen?«, fragte Sofia vorsichtig.

»Das war keine Option«, antwortete Rob. »Unter diesen Bedingungen wollte ich sie nicht. Es war eine kurze Affäre, die wir beide bereut haben. Sie ist katholisch, und eine Abtreibung kam für sie nicht infrage, und ihr Mann war nicht bereit, mein Kind großzuziehen, also haben wir uns arrangiert. Ich wollte nur Seb.«

Schockiert von der traurigen, grausamen Geschichte, meinte Sofia: »Vielleicht bekommt sie ja noch andere Kinder.«

»Er ist zeugungsunfähig«, erklärte Rob knapp.

Sofia verstummte. Sie spürte eine eigenartige Verbundenheit mit diesem unbekannten Paar. Ihre eigene Langzeitbeziehung war durch eine schwere Depression in der Folge einer Eileiterschwangerschaft gescheitert, zerschellt an den Klippen ihres Unzulänglichkeits- und Versagensgefühls und der wachsenden Ungeduld und Enttäuschung ihres Partners.

»Also, wollen Sie jetzt den Job oder nicht?«, fragte Rob.

»Ja«, antwortete sie schnell. »Ja, doch.« Sie war ihrer Arbeit in einem Kindergarten überdrüssig, die zu einem zu großen Teil aus Verwaltungstätigkeiten bestand, und brauchte eine Veränderung. »Ich weiß, ich bin ein wenig älter als das durchschnittliche Au-pair-Mädchen«, gestand sie und lächelte ihm zu, »aber ich habe als Kindermädchen angefangen und würde es gern versuchen.«

Er taxierte sie, ohne zu lächeln, machte sich offenbar ein Bild von ihr und nickte dann. »Okay. Wann können Sie einziehen?«

Sie sah, dass ein Lächeln, ein Händedruck oder vielleicht das Anbieten eines Drinks nicht Robs Art war, eine Übereinkunft zu besiegeln. Anscheinend fehlten ihm jegliche Umgangsformen. Trotzdem fühlte Sofia sich von ihm angezogen. Er liebte sein Kind so unbeirrbar und aufrichtig, dass es sie faszinierte. Doch es dauerte fast ein Jahr, bis sie miteinander schliefen. Das war, nachdem sie zu Sebs erstem Geburtstag zusammen zu Abend gegessen hatten. Ihr Wohnbereich lag im ersten Stock neben Sebs Kinderzimmer; und Robs Schlafzimmer, Büro und Bad befanden sich im Erdgeschoss neben der großen Wohnküche, in der sie alle aßen. Erstaunlicherweise erwies er sich als erfahrener Liebhaber, obwohl er nachher sanft, aber bestimmt erklärte: »Das heißt jetzt nicht, dass ich verliebt in dich wäre.«

Verblüfft hatte sie sogar gelacht, doch wenn sie nun darüber nachdenkt, wird ihr klar, dass sie bereitwillig akzeptiert hat, sich zu Robs Bedingungen auf die Beziehung einzulassen. Seb liebte sie über alles, was zu Robs Anerkennung beitrug, aber es beeinflusste ihn auf keine Weise, und ihre Rolle war weiterhin die des Kindermädchens, obwohl sie von da an regelmäßig miteinander schliefen. Nach und nach rutschten sie in eine merkwürdige Dreierbeziehung hinein. Rob war kein besonders geselliger Mensch, und sie traf sich an den Tagen, an denen sie freihatte oder Rob auf den Kleinen aufpasste, mit ihren eigenen Freunden. Sie überzeugte sie davon, dass der Job perfekt war, dass Sebs Liebe und die unkonventionelle Freundschaft zu Rob alles war, was sie brauchte. Alle waren so beschäftigt mit ihrem eigenen Leben, ihren Liebesdingen und Katastrophen, dass niemand die Wahrheit erriet. Und es verblüffte keinen von ihnen, als sie erklärte, sie gönne sich einen langen Urlaub, bevor sie sich nach einem neuen Job umsehen würde.

Was hätte auch selbstverständlicher sein können als der Umstand, dass sie nicht mehr benötigt wurde, sobald Sebastian die Grundschule besuchte?

»Du brauchst trotzdem noch Hilfe«, sagte sie zu Rob, denn sie konnte sich ein Leben ohne die beiden nicht vorstellen. »Ganz allein kommst du nicht zurecht.«

»Ich werde nicht ganz allein sein«, gab er zurück. »Meine

Mutter zieht aus Schottland hierher. Seit Dads Tod fühlt sie sich einsam, und sie möchte einen größeren Anteil an Sebs Leben haben.«

Er hielt alle Trümpfe in der Hand; Seb betete seinen Vater an und liebte seine Großmutter. Sofia versuchte es anders.

»Es sind jetzt vier Jahre.« Sie versuchte, nicht so zu klingen, als flehte sie ihn an. »Wirst du mich denn gar nicht vermissen? Seb fehle ich bestimmt. Wir waren wie eine Familie.«

»Du wusstest doch, dass es so kommen würde«, erklärte er nüchtern. »Es war großartig für Seb, aber jetzt ist es Zeit für eine neue Phase.«

Sie versuchte es mit Überredung und Einwänden, doch Robs Entschluss war unverrückbar. Auf die Woge ihrer Emotionen reagierte er ebenso wenig wie eine Granitwand.

Jetzt sitzt Sofia auf ihrem Bett im Dachzimmer und erlebt den Schmerz noch einmal: diese große Flutwelle, die sie überrollt und sie erschöpft und einsam zurücklässt, wenn sie sich zurückzieht. Die beiden fehlen ihr so sehr. Sie weiß, dass sie ihr Leben weiterführen, einen neuen Job und eine Wohnung finden muss, aber in diesem Moment hat sie das Gefühl, dass sie nicht weiß, wohin die Reise geht, und das Leben kommt ihr leer und sinnlos vor.

Sie ist froh über diese Abwechslung, und sie ist Janet dankbar für die Einladung. Sofia weiß, wie viele Gedanken ihre Mutter sich um sie macht; ihre kurzen, nervösen Blicke und die aufmunternden Gespräche über die Zukunft verraten sie. Da ist es fast eine Erleichterung, ihr ein paar Tage zu entkommen, obwohl sie Janet und Dave die gleiche Sorge anmerkt.

Sofia sehnt sich danach, ihr Leben wieder in die eigenen Hände zu nehmen, Entscheidungen zu treffen, die nicht unterminiert oder infrage gestellt werden – bisher waren die beiden

Männer in ihrem Leben äußerst willensstark und kontrollierend. Sie möchte wieder ihrem eigenen Urteil trauen, auch wenn es nur um die Frage geht, was sie zu Baz' Party anziehen soll.

Sie beginnt zu lachen. »Reiß dich zusammen«, sagt sie sich. Sie nimmt eine grüne Seidentunika, lehnt sich zur Seite und sieht sich in dem Spiegel an, der über der kleinen Eichenkommode hängt. Der eigentümliche blaugrüne Farbton steht ihr, passt zu ihrer Augenfarbe und schmeichelt ihrer kupferfarbenen Löwenmähne. Dazu wird sie Leggins tragen, keine Jeans – sie weiß, dass ihre Beine wohlgeformt sind –, und Espadrilles. Schließlich ist es eine Strandparty.

Nachdem Sofia diese Entscheidung getroffen hat, fühlt sie sich besser, stärker. Sie steht auf und beginnt, die Kleidungsstücke wegzuräumen, die auf dem Bett verstreut liegen.

Unten reden Janet und Dave leise und nervös über sie. Die beiden sind ein sanftes, freundliches Paar, praktisch, besorgt um Sofia und entschlossen, dafür zu sorgen, dass es ihr bald besser geht. Nachdem sie ihr ganzes Leben in Taunton für die Kommunalverwaltung gearbeitet hatten, haben sie sich erst kürzlich in ihrem kleinen Ferienhaus in dem beschaulichen Dorf zur Ruhe gesetzt. Alles ist für sie noch neu und voller Freude. Erstaunt und vergnügt wachen sie jeden Morgen in der ständig wechselnden Stimmung des launischen Meeres auf, angesichts von rosigen Wolkenlandschaften, die hoch über kleinen grünen Feldern und abgezirkelten Hecken aufragen.

Diese beiden sind einander sehr ähnlich; sie sind grauhaarig, neigen ein wenig zur Fülle und bewegen sich ohne Hast. Sie sitzen in Komitees, engagieren sich für wohltätige Organisationen und arbeiten gemeinsam im Garten.

»Wie taktlos von mir«, sagt Janet gerade, »so von Livs Zwillingen zu schwärmen, obwohl ich weiß, wie sehr sie Seb vermisst.«

»Aber du kannst nicht ständig auf Zehenspitzen um das Thema herumschleichen. Das würde es nur noch schlimmer machen.« Daves Stimme klingt gelassen, jedoch beruhigend. »Nur, wenn wir uns normal verhalten, helfen wir ihr, wieder auf die Beine zu kommen. Und Baz wird ihr guttun. Und Liv und die Zwillinge, auch wenn es manchmal schmerzt. Aber schon komisch, dass wir Sofes immer noch als Kind betrachten, obwohl sie so alt wie unsere Mädchen sein muss, oder?«

»Dreiundvierzig«, gibt Janet zurück, »doch sie sind eben unsere Kinder, und wir glauben, dass sie ab und zu alle noch unsere Hilfe brauchen. Wahrscheinlich ziemlich anmaßend von uns.«

»Nun ja, der Umstand, dass sie hier ist, weist ja darauf hin, dass sie etwas von uns braucht, und wenn es nur ein Tapetenwechsel ist. Waren wir eigentlich auch so, als wir jung waren?«

»Wir hatten keine große Chance, nicht wahr?«, gibt Janet beinahe düster zurück. »Mit zwanzig waren wir verlobt und mit dreiundzwanzig verheiratet. Kinder. Wir hatten gar nicht die Möglichkeit, all diese Existenzängste und katastrophalen Liebesaffären zu kultivieren.«

»Du klingst, als würdest du das bereuen«, meint Dave amüsiert.

»Vielleicht waren wir ziemlich vorhersehbar«, sagt sie nachdenklich.

»Ich kann mich erinnern, wie du eines Abends in meinem alten Morris Minor ziemlich unberechenbar geworden bist«, überlegt Dave laut. »Das war aufregend.«

Janet lacht. »Unbequem war es auf jeden Fall«, sagt sie. »Daran kann ich mich erinnern. Und wir hatten so selten Gelegenheit dazu.«

»Aber du musst zugeben, dass wir sie genutzt haben, so oft wir konnten. Und meine gute alte Mum hat dich für so ein braves Mädchen gehalten.«

Sie lachen beide, als sie hören, wie Sofia die Treppe herunterkommt.

»Tee«, erklärt Janet. »Auch so etwas Vorhersehbares.« Sie seufzt. »Mit uns ist einfach nichts mehr los.«

»Ich könnte uns jederzeit wieder einen Morris Minor kaufen«, schlägt Dave vor.

Janet schnaubt wegwerfend. »Mit deiner Hüfte? Träum weiter.«

Als Sofia die Treppe hinuntergeht und an der Küchentür zögert, findet sie, dass Janet und Dave in dieser Umgebung – dem alten Küchenbuffet voll hübscher Teller, dem altmodischen Spülstein und den Balken an der Decke – wirken wie zwei Mäuse aus den *Brombeerhag*-Büchern von Jill Barklem. Sie strahlen so etwas Sicheres, Tröstliches aus. Dave lächelt ihr zu, und instinktiv umarmt sie ihn und schmiegt die Wange an sein Hemd aus weicher Baumwolle. Sie ist ein ganz klein wenig größer als er. Er klopft ihr beruhigend auf den Rücken, und Janet strahlt die beiden beifällig an.

»Den Tee gibt's im Garten«, erklärt sie.

Sofia lächelt über Janet und die wunderbare Vorhersehbarkeit des Ganzen und sehnt sich plötzlich und unerwartet danach, etwas Wildes, Aufregendes und Welterschütterndes würde Besitz von ihr ergreifen. Kleinlaut folgt sie Janet in den gepflegten Garten und über den Rasen zu einem Kirschbaum, unter dem

Stühle und ein Tisch stehen. Wie erstaunt diese beiden sanftmütigen Menschen wären, wenn sie ihre ungebärdigen Gedanken lesen und erkennen würden, wie weit von ihrer liebevollen Fürsorge und diesem friedlichen Garten ihre Sehnsüchte sie wegführen. Stattdessen wägt sie gemeinsam mit ihnen ihre Idee ab, nächste Woche ein kleines Mittagessen für Baz zu geben, die Notwendigkeit eines neuen Gartenschirms und die Anschaffung einiger Pflanzen für Janets kürzlich angelegten Steingarten, und versucht, nicht an Seb und Rob zu denken.

»Ein Jammer«, meint Annabel Carver in ihrem hübschen kleinen georgianischen Haus am anderen Ende des Dorfes, »dass Baz heutzutage immer Liv im Schlepptau hat, wenn er uns besucht. Ich finde, mit diesen Kindern beansprucht sie viel zu viel von seiner Zeit.«

Ihr Mann Miles mustert sie nachdenklich, als sie stehen bleibt, um sich in dem Spiegel mit dem vergoldeten Rahmen zu betrachten, der über dem Marmorkamin hängt. Miles hält die Zeitung immer noch in Leseposition, aber er studiert Annabels Bewegungen: wie sie sich schnell mit den Händen durch das dunkle Haar fährt, instinktiv die Schultern zurücknimmt und leicht die Lippen schürzt.

»Sie sind seine Enkelkinder«, merkt er leichthin an. »Und Liv ist in Ordnung. Ich glaube, Baz hat sie gern hier. Sie leistet ihm Gesellschaft.«

»Früher hat er keine Gesellschaft gebraucht.« Annabel klingt unzufrieden. »Das ist ja, als hätte man sein eigenes Kind um sich. Schränkt einen ein.«

Miles schnaubt verächtlich. »Kann mir nicht vorstellen, dass jemand *dich* einschränkt«, sagt er, um ihr zu schmeicheln, und wird sofort mit einem Lächeln belohnt. »Und außerdem haben Janet und Dave ein Patenkind zu Besuch, eine junge Frau, die Liv Gesellschaft leisten kann.«

»Hm, ja.« Annabel runzelt wieder die Stirn. »Auch wahr. Du hast sie also heute Morgen im Laden getroffen, dieses Patenkind?«

»Ja. Hübsches Mädchen. Sofia.« Er raschelt ein wenig mit der Zeitung und blättert um. Sie ist sogar ein sehr hübsches Mädchen mit erstaunlichen grünen Augen und prachtvollem kupferrotem Haar und bringt es fertig, gertenschlank und wohlgeformt zugleich zu sein. Aber vor Annabel geht er lieber nicht in Einzelheiten, denn sie wird das Mädchen nur als weitere Konkurrentin um Baz' Aufmerksamkeit betrachten.

»Sie ist auf der Suche nach einem neuen Job, hat Janet mir erzählt.« Annabel wendet sich von ihrem Spiegelbild ab. »Anscheinend vermisst sie ihren letzten Schützling sehr. Wie töricht, sich so an jemanden zu hängen! Sie sollte heiraten und eigene Kinder bekommen.«

Miles bedenkt seine Frau mit einem eigenartigen Blick. Mitgefühl scheint ihrem Charakter vollkommen abzugehen, obwohl sie es von den Menschen in ihrer Umgebung einfordert. Niemand leidet so tief wie Annabel; und niemand weiß genauer, was ihr zusteht. Sie ist davon überzeugt, dass Baz ihr insgeheim leidenschaftlich zugetan ist, und wenn sie zusammen sind, ist ihr Verhalten schon fast peinlich.

Schade, denkt Miles, dass die beiden nicht einfach ohne viel Aufhebens miteinander ins Bett springen können, um es hinter sich zu bringen. Aber vielleicht sind die Schmeicheleien und Aufmerksamkeiten des guten Baz ja reine Höflichkeit.

»Ich vermute, El kommt auch?«

Instinktiv hebt er die Zeitung ein wenig an, als wollte er das

Lächeln verstecken, zu dem sich seine Mundwinkel verziehen, den zufrieden eingesogenen Atem. »Das nehme ich an«, gibt er gleichmütig zurück. »Das Semester ist zu Ende, oder? Ihre Studenten werden nach Hause fahren. Ich vermute, sie verbringt wie üblich ihren Sommerurlaub hier.« Bald wird er sie sehen, darf offiziell in ihrer Nähe sein. Noch einmal seufzt Miles vor lauter Freude.

»Ich kann nicht verstehen, warum sie nicht in den Vorruhestand geht«, sagt Annabel gerade. »Keine Ahnung, weshalb sie ihre Zeit mit einem Haufen schmuddeliger Studenten verbringen will.«

»Weil sie Pädagogin ist?«, meint er und tut, als wäre er von einem Thema in der Zeitung gefesselt. »Sie genießt die Arbeit als Dozentin und ist gern mit jungen Leuten zusammen.«

Er blättert noch eine Seite um und fragt sich, ob Annabel glücklicher oder erfüllter gewesen wäre, hätte sie einen Beruf ergriffen. Seit er bei der Marine in den Ruhestand getreten ist, hat er einen Posten im hiesigen Schulvorstand angenommen und ist einem Fotoklub beigetreten, doch obwohl er versucht hat, sie in seine Tätigkeiten einzubeziehen, bleibt sie distanziert und desinteressiert.

»Ein Jammer, dass sie nie geheiratet und eine Familie gegründet hat«, sagt Annabel. »Zumindest müssten sie und das Patenkind sich verstehen.«

Er hat sich niemals ganz an diese Anfälle von Abneigung gegenüber seiner Frau gewöhnt, doch er ringt diesen nieder, legt die Zeitung zusammen und steht auf. »Bin ich nicht heute mit dem Abendessen an der Reihe?«, fragt er. »Heute Morgen war der Fischwagen im Dorf, und ich habe sehr schöne frische Makrelen gekauft. Ich fange schon einmal an, und dann können wir etwas trinken.«

Durch die Diele geht er in die Küche, wo er einen Moment stehen bleibt und sich mit gesenktem Kopf auf die Stange des Aga-Herds stützt. Ein älterer goldblonder Labrador erhebt sich mit knarrenden Knochen aus seinem Korb, tappt auf ihn zu und begrüßt ihn. Miles bückt sich, um die Hündin zu streicheln, und legt die Stirn an ihren breiten, kuppelförmigen Kopf.

»Morgen sehe ich sie«, flüstert er Daffy zu, und sie wedelt mitfühlend mit dem Schwanz. Er fühlt sich von der vertrauten Mischung aus schlechtem Gewissen, Vorfreude und Traurigkeit erfüllt. Dann schiebt er all das beiseite, steht auf und denkt über das Abendessen nach.

Annabel sieht ihm nach und fühlt sich ein wenig unruhig. Sie kann diesen Drink gebrauchen. Ihr Blick schweift durch das hübsch eingerichtete Zimmer und huscht über ein Foto, das Lily auf ihrem Pony Buttons zeigt, Lily im Alter von ungefähr zwölf Jahren. Damals war Buttons für sie das einzig Wichtige im Leben. Empört starrt Annabel das Foto ihrer gemeinsamen Tochter an. Lily wuchs zu einem schönen Mädchen heran, das nie Probleme machte, studierte und Ärztin wurde und so viele Freunde beiderlei Geschlechts hatte, dass ihr »Coming-out« ein furchtbarer Schock war.

Annabel findet, es war schlimm genug, dass sie beschloss, einen Job in Neuseeland anzunehmen, aber diesen Schlag, der kurz nach ihrer Ankunft in Christchurch kam, war unmöglich rational zu verarbeiten, obwohl Miles nicht besonders überrascht wirkte.

»Du hast das gewusst«, fuhr Annabel ihn an. »Sie muss dir das vorher gesagt haben.«

Doch er stritt alles ab und versuchte, sie zu beruhigen. Natürlich stimmte es, dass Lily und sie sich nie wirklich verstanden hatten, zumindest nicht mehr, seit das Mädchen dem Pony-Alter entwachsen war. Annabel dreht dem Foto den Rücken zu und verschränkt die Arme vor der Brust. Lily ist willensstark und streitlustig, und die beiden sind oft aneinandergeraten. Miles hat sich weder in ihre Dispute hineinziehen lassen noch Partei ergriffen, und außerdem war er ohnehin meist auf See oder später im Verteidigungsministerium in London. Als Lily dorthin ging, um ihre Ausbildung abzuschließen, teilten Miles und Lily sich allerdings eine Weile eine Wohnung.

Um ehrlich zu sein, denkt Annabel, war es eine Erleichterung, als sie nach London zog. Wir haben uns einfach nicht verstanden.

Und jetzt ist sie … nun ja, froh darüber, dass Lily in Neuseeland lebt. Annabel würde nicht das Geringste davon halten, wenn sie hier in der Gegend wohnte und sie mit Jenny, ihrer Freundin – oder wie immer sie das nennt –, besuchen käme. Die Leute hier würden das nicht verstehen. Bei dem bloßen Gedanken schüttelt Annabel den Kopf. Es ist schon peinlich genug, dass ihre Freundinnen ständig fragen, ob Lily noch nicht verheiratet ist, und Anspielungen darauf machen, dass Miles und sie sich allmählich sorgen sollten, keine Enkelkinder zu bekommen. Wie in aller Welt soll sie erklären, dass ihre schöne, kluge Tochter lesbisch ist?

Miles würde es natürlich nichts ausmachen, wenn alle Bescheid wüssten, denkt Annabel verärgert. Ihm ist das gleichgültig. Er hat ja keine Ahnung, wie ich mich dabei fühle.

Sie stößt einen tief empfundenen Seufzer aus; das Leben ist so ungerecht. Dann fällt ihr Baz' Party wieder ein, und das muntert sie ein wenig auf. Sehr bald wird sie ihn sehen.

Annabel wirft einen Blick zur Uhr – es ist noch ein wenig zu früh –, zuckt dann mit den Schultern, tritt an das Tablett mit den Getränken und mixt sich einen ziemlich starken Gin Tonic. Als Miles mit Daffy auf den Fersen zurückkehrt, fühlt sie sich schon weniger nervös und denkt an Baz und daran, was sie zu seiner Party anziehen wird.

»Aha, ich sehe, du hast bereits ohne mich angefangen«, sagt Miles.

Sie bemerkt, dass er ganz fröhlich wirkt, und sieht ihn mit hochgezogenen Augenbrauen an. Er lächelt ihr zu.

»Wahrscheinlich freust du dich auf den ganzen Auflauf«, meint er und gießt sich einen Drink ein. »Das große Wiedersehen zwischen Freunden und all das.« Er prostet ihr zu. »Auf Baz' Party«, sagt er.

El ist gerade angekommen und stellt ihr Auto auf den Parkplatz neben der kleinen ausgebauten Scheune. Einen Moment lang bleibt sie noch im Wagen sitzen und sieht an der Küste entlang westwärts nach Plymouth. Zufrieden denkt sie an die zwei Wochen, die vor ihr liegen. Sie wird auf dem herrlichen Küstenpfad zwischen Bolt Head und Bolt Tail wandern, zeichnen und Zeit mit Baz und seinen Freunden verbringen. Schade, dass sie sich nicht früher freimachen und Baz mit hinunternehmen konnte, doch er hat ihr erklärt, er freue sich darauf, zuerst ein paar Tage in Truro zu verbringen. Aber vielleicht werde er sie für den Rückweg um eine Mitfahrgelegenheit bitten.

Sie zuckte mit den Schultern, was immer für ihn das Beste war. Sie waren alte Freunde und hatten Verständnis für die Eigenheiten des jeweils anderen. Beide waren unabhängig und eigenständig, doch glücklich in der Gesellschaft des anderen. El kennt ihn jetzt seit fast vierzig Jahren, seit er nach dem tragischen Tod Lucys und des Babys nach Bristol gezogen war. Damals stand er unter Schock und war noch dabei, seine Trauer zu verarbeiten, während er gleichzeitig versuchte, dem kleinen Matt ein guter Vater zu sein. El unterrichtete Englisch an der Highschool von Clifton.

Sie lernte die beiden im Zoo kennen, wo sie die Pinguine zeichnete und er Matt in die Höhe hielt, damit er besser sehen konnte. Angesichts der Aufregung des Kleinen lächelte sie, und Baz schüttelte in einer Mischung aus Belustigung, Erschöpfung und Höflichkeit den Kopf. Er kaufte Matt ein Eis, und dann setzten sich die beiden neben sie auf die Bank und begannen ziemlich schüchtern ein Gespräch.

Ihre Lehrtätigkeit und der Umstand, dass Baz in Cambridge Englisch studiert hatte, bildeten einen guten Ausgangspunkt für eine Freundschaft. Sie diskutierten über Theater und Musik, und ganz langsam freundeten sie sich an. Baz' Schmerz war noch zu frisch für alles andere, und als es zwischen ihnen zu Intimitäten hätte kommen können, war es schon zu spät. Sie fühlten sich zu wohl miteinander und waren gemeinsam zu glücklich, und diese Beziehung war zu kostbar, um sie aufs Spiel zu setzen.

Im Rückblick ist El froh darüber, dass sie sich für ihre Freundschaft entschieden haben. Nach einer leidenschaftlichen Liebesbeziehung, die destruktiv wurde und dann in Missbrauch umschlug, spürte sie keinerlei Wunsch, das Experiment zu wiederholen. Ihr wurde klar, dass das, was sie für Liebe gehalten hatte, einfach der Wille ihres Liebhabers gewesen war zu besitzen, und es war eine Erleichterung, frei von ihm zu sein. Jetzt hat El ihre Studenten und ein paar gute Freunde wie Baz, und sie hat gelernt, dass es Schlimmeres gibt, als allein zu sein. Sie kennt auch ihre Grenzen und weiß, dass sie nicht der mütterliche Typ ist, obwohl sie Matt sehr gern mag – und auch Liv und die Zwillinge. Manchmal verblüfft es sie, dass Baz sich nie von einer seiner vorübergehenden Liebesaffären einfangen lässt. Sie zieht ihn mit diesen Frauen auf, die sich in ihn verlieben und mit denen er kurz eine leidenschaftliche Zeit verbringt, bis sie sich anders orientieren, doch er lächelt einfach nur, zuckt mit den Schultern und sagt: »So läuft das nun einmal.«

Einer seiner Lieblingssätze. Und jedes Mal, wenn das passiert, führt sie ihn aus und lädt ihn auf einen Drink ein, und sie planen ihren nächsten Konzert- oder Theaterbesuch. Vielleicht wird sich Baz ja eines Tages verlieben, und dann kann er endlich von dem Schmerz über den Tod Lucys und des Babys genesen.

El steigt aus dem Auto, beugt sich vor, um ihre Tasche herauszuholen, und richtet sich dann auf. Die Besitzerin der Scheune kommt fröhlich winkend auf sie zu, und El geht ihr entgegen.

5. Kapitel

Samstag

Der Morgen vor der Party zieht mit klarem Himmel und kaum einem Windhauch auf. Später wird es heiß werden, und Baz kurbelt die gestreifte Markise heraus, die die Liegestühle auf dem gepflasterten Areal vor der Haustür der Strandvilla beschattet. Aus Erfahrung weiß er, dass seine Freunde zu jeder möglichen Tageszeit hereinschneien werden, obwohl die Party offiziell mit dem Prosecco um fünf beginnt. Miles wird einen besonderen Wein vorbeibringen; El wird eines ihrer berühmten sommerlichen Desserts beisteuern: eine Art mit Beeren gefüllten Brotpudding. Gleich kommt Meggie mit Essen, das in den Kühlschrank gestellt werden muss, frisch gewaschenen Stoffservietten und Blumen aus ihrem Garten.

»Sinnlos, ihr deine Hilfe anzubieten, Liv«, erklärt Baz. »Eigentlich ist das Ganze Meggies Show. Besser, du überlässt alles ihr. Bis auf den Wein. Der ist mein Baby.«

Wie still es ist, wie ruhig! Er kann das Brummen eines Traktors oben auf den Klippen hören, den Schrei einer Mauerschwalbe, der durch die Luft hallt, und das stetige Seufzen der Flut, die über den Sand läuft. Die Zwillinge hocken auf ihrer ewigen Suche nach der perfekten Muschel am Strand, und neben ihnen sitzt Jenks, aufmerksam und mit aufgestellten Ohren. Ab und zu wirft ihm einer von ihnen einen Stein. Ohne dass sie es bemerken, kriecht das Meer auf sie zu.

Liv tritt nach draußen. Sie schlingt Baz einen Arm um den

Hals und küsst ihn auf die Wange. »Es ist so unglaublich schön hier«, erklärt sie und lässt sich in einen der Liegestühle sinken. »Kann ich mich nützlich machen?«

»Ich habe keine Ahnung«, gibt er zurück. »Kannst du das?«, und sie prusten beide vor Lachen los.

»Sieh dir meine Zwillinge an«, sagt sie. »Sie sind im siebten Himmel. Ich kann es kaum abwarten, all deine Freunde wiederzusehen. Ich versuche gerade, mich vom letzten Jahr an sie zu erinnern. Wie furchtbar, wenn ich sie alle verwechsle.«

»Ach, du schaffst das schon«, meint er. »Es wird niemandem etwas ausmachen. Schließlich triffst du einige davon nur einmal im Jahr für ein paar Stunden. Wichtig ist nur, dass du über Sofia Bescheid weißt.«

»Das muss wirklich schwer sein, wenn man eine so enge Bindung zu einem Kind entwickelt und es dann verlassen muss. Auch für den Kleinen ist es schrecklich. Hoffentlich streut es bei ihr nicht allzu viel Salz in die Wunden, die Zwillinge zu sehen.«

»Nun ja, irgendwann muss sie ja darüber hinwegkommen«, meint Baz philosophisch. »Ich bin ihr noch nicht begegnet, daher kann ich nur weitergeben, was Janet und Dave mir erzählt haben.«

»Janet und Dave«, wiederholt Liv, als prägte sie sich die Namen ein, »und Miles und Annabel und die nette Frau, die an der Uni von Bristol unterrichtet.«

»El«, hilft Baz ihr aus. »Elinor Wickham. El ist sehr nett.«

So geht er mit Liv die Gästeliste durch, und sie nickt. Er weiß, dass sie sich großartig schlagen wird, wenn es so weit ist. Die Jahre, in denen sie das Gesicht des *The Place* gewesen ist, werden ihr von Nutzen sein.

Baz hört ein Auto, das langsam den Weg herunterkommt.

»Das wird Meggie sein«, meint er. »Ich gehe und helfe ihr, das ganze Zeug in die Küche zu tragen. Du bleibst hier und passt auf die Zwillinge auf.«

Als er um die Hausecke verschwunden ist, streckt Liv die Beine aus und seufzt vor Vergnügen. Tage am Strand, Schwimmen, Segeln und Spaziergänge auf den Klippen bedeuten, dass die Zwillinge tief und fest schlafen werden, und sie selbst auch. Die Aussicht auf lange, ungestörte Ruhestunden erfüllt sie mit Freude. In letzter Zeit war sie so erschöpft, und ihr gemeinsames Leben ist ein nicht enden wollender Balanceakt. Wenn Matt sie begleitet hätte, wäre das eine Atempause von den Sorgen wegen des Bistros und von der langweiligen Hausarbeit gewesen, doch wenn sie ehrlich ist, genießt sie die Freiheit, die es bedeutet, ohne ihn hier zu sein.

In letzter Zeit haben sie sich dumme Streitigkeiten geliefert, nicht einfach Diskussionen darüber, wer den Müll hinausbringen soll, sondern persönlichere Angriffe. Eines Abends saßen sie zusammen auf dem Sofa, wobei sie nicht wirklich den Dokumentarfilm im Fernsehen verfolgten, sondern über die Zwillinge redeten. Oder zumindest sie erzählte von den Zwillingen und schilderte eine Episode aus dem Kindergarten, bis sie sich irgendwann zu Matt umdrehte und sah, dass er eingeschlafen war.

Sie stieß ihm einen Finger zwischen die Rippen. »Langweile ich dich etwa?«, fragte sie. Das war ein alter Scherz zwischen ihnen; nur dass er an diesem Abend nicht komisch war. Matt wachte auf, sah sie stirnrunzelnd an und schob sie weg.

»Lass mich«, sagte er ziemlich verärgert. »Ich habe keine Lust darauf«, und sie fühlte sich verletzt, wütend und leicht ängstlich, alles zugleich. Er ging ins Bett, und als sie nach oben kam, tat er, als schliefe er. Doch sie wusste, dass das nicht stimmte. Sie hatte keine Lust auf einen Versöhnungsversuch, und die Nacht wurde lang, einsam und unbehaglich. Am nächsten Morgen war Matt immer noch gereizt, obwohl Liv und er vor den Kindern ihre schlechte Laune nicht allzu sehr zeigen konnten. Matt ging früh ins Bistro, und nachdem Liv die Zwillinge in den Kindergarten gebracht hatte, fuhr sie nach Portscatho ans Meer und ging am Strand spazieren. Sie war sich des altvertrauten Gefühls von Unzufriedenheit bewusst, von Rastlosigkeit und dem Drang, etwas ganz anderes anzufangen. Von Kindheit an wird sie von dieser Lust auf Neues angetrieben, dem Bedürfnis nach einer Herausforderung. An Matt hatte sie die gleiche Eigenschaft wahrgenommen – noch ein Teil ihrer gegenseitigen Anziehung. Jetzt jedoch scheint er nicht bereit zu sein, etwas zu ändern. Sie sind beinahe zu beschäftigt für alles außer der täglichen Routine, und Liv hatte gehofft, dieser Urlaub würde ihnen Freiraum dazu verschaffen. Zeit, um über neue Optionen und Ideen zu diskutieren.

Jetzt sitzt sie in der Sonne im Liegestuhl, lauscht den Stimmen der Zwillinge und dem Krächzen der Möwen und hört dann, dass sich ein weiteres Auto nähert. Sie steht auf und sieht, wie es auf dem Weg anhält und ein Mann aussteigt. Sie meint, Miles zu erkennen, und geht ihn begrüßen. Inzwischen hat sich die Beifahrertür geöffnet, und eine schlanke Frau klettert heraus. Sie trägt eine grüne Tunika und Leggins, und das kupferrote Haar steht ihr wie ein leuchtender Heiligenschein um den Kopf. Unsicher tritt sie dicht neben Miles heran.

»Liv«, ruft er ihr zu. »Ich habe ein paar Flaschen mitgebracht, um das Schiff vom Stapel zu lassen. Und das ist Sofia. Janet und Dave sind einkaufen gefahren, also habe ich angeboten, sie mitzunehmen, damit sie euch kennenlernt.«

Liv spürt, wie ein Anflug von Nervosität sie befällt, aber sie streckt die Hand aus und lächelt herzlich. »Oh, das ist nett«, sagt sie. »Was für eine gute Idee, Sie vorher schon kennenzulernen! Baz hat mir gerade einen Schnellkurs in Sachen ›Gästeliste‹ verpasst, und ich bin ganz schön nervös.«

Sofia nickt. »Kann ich mir gut vorstellen. Ich fühle mich ziemlich eingeschüchtert, und deswegen bin ich jetzt schon mitgekommen. Wenigstens kenne ich dann Sie und Baz bereits. Und Miles natürlich. Es war nett von ihm, daran zu denken.« Sie sieht sich um, aber Miles ist verschwunden, und von Baz ist keine Spur zu entdecken.

»Sie werden in der Küche sein«, erklärt Liv ihr. »Überlassen wir sie einen Moment sich selbst. Gleich ist der Kaffee fertig, aber kommen Sie zuerst mit und lernen meine Zwillinge kennen.« Liv fühlt sich immer noch nervös, doch sie ist entschlossen, es hinter sich zu bringen, und Sofia wirkt ganz gelassen. Die Zwillinge haben inzwischen mit ihren Muscheln Muster in den Sand gelegt, stehen zusammen und mustern die Wirkung. Liv wirft Sofia einen kurzen Seitenblick zu, um ihre Reaktion abzuschätzen, und bemerkt verblüfft die Mischung aus Vergnügen, Sehnsucht und Traurigkeit, mit der sie die Kinder betrachtet.

»Sie sehen niedlich aus«, erklärt Liv rasch, »aber in Wirklichkeit sind sie Monster. Sagen Sie ihnen doch rasch Hallo.«

Als sie näher kommen, blicken die Zwillinge auf, und sie erkennt, dass sie mitten in einem ihrer komplizierten privaten Spiele stecken. Sie stellt Sofia trotzdem vor, und sie lächelt den beiden zu und schaut sich dann die ausgelegten Muscheln an.

»Sie sind wunderschön«, meint Sofia. »Mir gefällt das Bild von dem Hund am besten.«

Sie starren sie aus großen blauen Augen an, und Freddie schüttelt bedauernd den Blondschopf.

»Du bist erledigt, Kumpel«, sagt er.

Damit stürzt er Liv in Verlegenheit, denn sie weiß, den Spruch hat er von Joe, der den Satz gegenüber jemandem vom Küchenpersonal ausgesprochen hat; doch bevor sie etwas erklären kann, platzt Sofia vor Lachen heraus.

»Nun, man kann nicht behaupten, ich wäre nicht vorgewarnt gewesen«, sagt sie. »Was habe ich falsch gemacht?«

Liv seufzt. »Es tut mir so leid. Das war sehr unhöflich, Freddie. Sag Sofia richtig Hallo.«

Aber Freddie ist so erfreut über ihre Reaktion, dass er einfach zu lachen anfängt und umherspringt, und Jenks kommt angerannt und tobt mit. Flora schließt sich ihnen an. Die drei rennen am Strand entlang, und Liv macht ein betretenes Gesicht.

»Immer blamieren sie mich«, sagt sie. »Ich gehe sie einfangen, damit sie etwas trinken. Wenn wir Glück haben, hält sie das fünf Minuten lang ruhig, doch ich vermute, sie werden vor Ihnen einfach angeben.«

Sofia wirkt entspannt und belustigt. »Sie sind großartig«, erwidert sie herzlich. »In meinem letzten Job, der gerade zu Ende gegangen ist, habe ich mich um einen kleinen Jungen gekümmert, den seine Mutter nach seiner Geburt zu seinem Vater gegeben hatte. Jetzt geht er zur Schule, doch ich war ungefähr vier Jahre bei dem Jungen, da war der Abschied schon ein wenig schmerzhaft.«

»Ja, ganz bestimmt.« Liv sucht nach etwas Vernünftigem, das sie sagen kann, doch ihr fällt nichts ein. »Dann haben Sie auch dort gewohnt?«

»Ja.« Stirnrunzelnd betrachtet Sofia die Zwillinge. »Und ich hatte auch etwas mit Sebs Vater. Verrückt, aber …« Sie zuckt mit den Schultern. »Ich dachte, er liebt mich ein wenig, doch offensichtlich war dem nicht so.«

»O Gott«, murmelt Liv, angerührt von Sofias Miene. »Das Leben ist manchmal einfach großer Mist, oder?«

Livs Reaktion nimmt Sofia für sie ein, und sie lächelt. »Eindeutig. Jedenfalls bin ich hier zu einer Art Therapie bei meiner Patentante, um darüber hinwegzukommen. Das ist zumindest der Plan.«

»Kommen Sie mit und helfen Sie mir, die Zwillinge zusammenzutreiben«, sagt Liv spontan. »Dann trinken wir Kaffee und gehen mit ihnen auf die Klippe, damit sie Baz nicht vor die Füße laufen. Wie wäre es für den Anfang damit?«

»Klingt gut«, pflichtet Sofia ihr bei. »Gern. Obwohl das vielleicht nicht so einfach wird.« Mit einer Kopfbewegung weist sie auf die Zwillinge, die jetzt kurze Vorstöße ins Wasser unternehmen, während Jenks aufmunternd kläfft.

Liv lacht. »Wir schnappen uns jede einen. Wer zuletzt wieder an der Strandvilla ist, kriegt keinen Kaffee.«

Baz schaut sich um, als alle in die Küche kommen, und stutzt dann, als er Sofia sieht, die Flora an der Hand hält und Jenks anlacht. Mit ihrem ungebärdigen Haar, den riesigen grünen Augen und ihrer hellen sommersprossigen Haut kommt sie ihm vor wie ein magisches Wesen aus einem Märchen. Rasch bringt er seine Reaktion unter Kontrolle und streckt eine Hand aus, als Miles sie einander vorstellt.

»Baz«, sagt sie, und ihr Lächeln stellt komische Dinge mit seinem Herzen an. »Nett von Ihnen, mich zu Ihrer Party einzuladen.«

»Unsinn«, gibt er zurück, lässt ihre Hand los und reißt sich zusammen. »Es ist schön, wenn Liv jemanden in ihrem Alter hat, nicht nur uns alte Knaben.«

»Sag nicht ›uns‹, wenn du von dir sprichst«, gibt Miles empört zurück, sodass alle lachen, und dann stellt Baz Meggie vor, die Sofia sofort in die Suche nach Bechern für den Kaffee einbezieht, während Liv im Kühlschrank nach der Milch und den Getränken für die Kinder fahndet.

Die Zwillinge stürmen auf Baz zu und erzählen ihm von ihren aus Muscheln gelegten Bildern. Für das beste soll es einen Preis geben, und sie brauchen ihn, damit er sein Urteil darüber abgibt. Er ist froh über die Ablenkung und weiß schon, was er als Preis stiften wird. Die Zwillinge machen einander keine Konkurrenz – sie funktionieren wie eine Person –, daher muss der Preis einfach die Qualität des Musters spiegeln, doch Baz weiß, dass er sich ein abgewogenes Urteil bilden muss. Die Zwillinge verstehen und erwarten das und sind sehr selbstkritisch. Sie lassen sich von Erwachsenen nicht gern von oben herab behandeln und nehmen das alles sehr ernst.

»Ich werde jetzt meinen Kaffee trinken«, erklärt er ihnen, »und dann gehen wir alle und inspizieren eure Arbeit. Drängeln nützt gar nichts. Nun setzt euch anständig an den Tisch und trinkt was.«

Während sie ihm eilig gehorchen, dreht Baz sich um und sieht, dass Sofia ihm zulächelt.

»Sie haben Ihre Berufung verfehlt«, sagt sie zu ihm. »Ich wünschte, Sie hätten in meinem letzten Kindergarten gearbeitet.«

»Nein, nein«, gibt er zurück. »Eigentlich bin ich ein großer Softie. An der Uni hatte ich schon überlegt, ob ich unterrichten soll, doch mir fehlt die Autorität dazu. Ich mag Scherze zu gern. Die kleinen Biester würden mich sofort durchschauen. Deswegen bin ich Investmentmanager in London geworden und betreibe jetzt eine Kunstgalerie in Bristol. Dann haben Sie es also durchgezogen?«

»Irgendwie schon«, pflichtet sie ihm bei und tritt als Erste nach draußen. »Ich habe eine Ausbildung zum Kindermädchen absolviert. Nicht ganz das Gleiche wie die zur Erzieherin oder Lehrerin.«

»Aber genauso anspruchsvoll.« Er versucht, sie nicht anzustarren, ihre Augen, die das Grün ihrer Tunika dunkler erscheinen lässt, und dann reicht Liv die Kaffeebecher herum und lenkt ihn ab, und Miles beginnt, über das Sommerfest im Dorf zu reden.

Baz trinkt seinen Kaffee aus und schlendert zurück in die Küche, wo die Zwillinge am Tisch sitzen und Meggie beobachten, die mit ihnen plaudert, während sie trinken. Er ist sich des kurzen, scharfen Blickes bewusst, den sie ihm zuwirft, und fühlt sich merkwürdig in die Enge getrieben.

»Sofia scheint sehr nett zu sein.« Er hofft, beiläufig zu klingen.

Alle drei sehen ihn an, und Freddie schüttelt bedauernd den Kopf.

»Du bist erledigt, Kumpel«, sagt er.

Baz starrt ihn an, während Meggie den Jungen tadelt und die Zwillinge sich vor Lachen ausschütten.

»Ja«, murmelt er. »Das könnte tatsächlich sein.«

Sofia schlendert hinter der Jury her, folgt ihr am Strand entlang und versucht, Klarheit in ihre Emotionen zu bringen. Zuerst die Zwillinge, die bei ihrer Ankunft dort im Sand gespielt haben, so konzentriert, so reizend. Sie spürte einen heftigen Anflug von Neid auf Liv, der rasch einem unerwarteten Gefühl von Zuneigung zu dieser hübschen blonden Frau in abgewetzten Shorts und T-Shirt wich, die sie so herzlich begrüßt und so einfach in ihre Familie aufgenommen hat.

Und dann, als sie sich so entspannt und glücklich fühlte, stand sie auf einmal Baz gegenüber. Wie außerordentlich gut er aussieht, so elegant und stark und …

Sofia versucht, sich auf das richtige Wort zu besinnen, um ihn zu beschreiben. Baz wirkt so gelassen, so fähig, aber es ist noch mehr daran, eine Art Tiefe, Freundlichkeit, Stabilität. Sie schüttelt den Kopf in dem Versuch, ihre chaotischen Gedanken zu ordnen.

Außerdem ist er alt genug, um dein Vater zu sein, sagt sie sich und weiß, dass ihr das gleichgültig ist.

Die Jury hat ihr Ziel erreicht, und Baz tritt vor. Kritisch untersucht er jedes Muster, und die Zwillinge sehen ihm nervös zu. Er hockt sich hin, steht wieder auf, tritt einen Schritt zurück und umrundet jedes Exemplar.

Sofia schaut ihm zu und bemerkt seine breiten Schultern, die langen Beine und die Art, wie sein silbrig blondes, kurz geschnittenes Haar in der Sonne glänzt. Nachdem er noch einmal in sich gegangen ist, tritt er wieder vor und steckt neben einem der Bilder eine kleine Fahne in den Sand. Sofia sieht den Zwillingen an den Gesichtern an, dass sie erfreut sind; sie sind mit seiner Wahl einverstanden. Gespannt schauen sie ihn an, um festzustellen, was der Preis sein könnte, und jetzt fällt ihr auf, dass Liv eine Tüte hinter ihrem Rücken festhält, eine ziemlich große. Sofia fragt sich, was sie wohl enthält.

Baz blickt sich um, und Liv tritt vor ihn und reicht ihm die Tüte. Er nimmt sie, öffnet sie vorsichtig und zieht einen Drachen hervor. Er hält ihn in die Höhe und zeigt ihn den Zwillingen, die ihn mit aufgerissenen Augen ansehen. Baz erläutert seine Eigenschaften und wie er funktioniert und verspricht, dass sie damit auf die Klippe klettern und ihn steigen lassen werden. Die Kinder sind vor Aufregung ganz aus dem Häuschen, springen herum und verlangen, dass sie jetzt aufbrechen müssen, *sofort*. Doch Sofia sieht die Zwillinge nicht an, sondern betrachtet immer noch Baz.

Du bist erledigt, sagt sie sich. Du bist so was von erledigt.

6. Kapitel

Miles beobachtet die Jury und wartet darauf, Els Auto zu hören. Sie bringt ihren Beitrag immer früh vorbei, und es ist grundsätzlich ein Sommerpudding.

»Etwas anderes kann ich nicht«, pflegt sie zu erklären. »Zumindest nicht gut genug, um es öffentlich zu präsentieren.«

El ähnelt niemandem, dem Miles je begegnet ist, und jedes Jahr zur Ferienzeit wartet er ungeduldig darauf, sie hier in seiner eigenen Umgebung wiederzusehen. Nur wegen Baz kommt sie jeden Sommer aus ihrer Bristoler Wohnung in der Nähe der Universität hierher, um in einer kleinen ausgebauten Scheune im nahen Weiler unterzukommen. Baz hat sie davon überzeugt, dass zwei Wochen Seeluft ihr guttun werden und sie an ihren Zeichenkünsten arbeiten kann. Miles bekommt El normalerweise zu sehen, wenn er Baz in Bristol besucht. Sie gehen alle zusammen ins Theater oder Konzert, und Miles nutzt jede Gelegenheit, in ihrer Nähe zu sein. Das ist nicht immer leicht, da El eine Einzelgängerin ist und behauptet, durch ihre Studenten habe sie ausreichend Gesellschaft und Anregung. Sie hat ihm erzählt, als sie jünger war, habe sie ihre Berufung zur Nonne auf die Probe gestellt, sich aber widerwillig dagegen entschieden.

»Ich bin nicht diszipliniert genug«, erklärte sie. »Ich bin zu egoistisch. Mir fehlt die notwendige Unbeirrbarkeit. Es heißt, die Gartenraute sei das Kraut, das dafür gewachsen ist, oder? ›Ihr könnt Eure Raute mit einem Zeichen tragen‹, heißt es im *Hamlet.* Man nennt sie auch das Gnadenkraut, doch an Unbeirrbarkeit fehlt es mir ein wenig.«

Sie besitzt eine skurrile Einstellung zum Leben und hat für jede ungewöhnliche Situation ein literarisches Zitat parat. Annabel nennt das »Angeberei«, doch Miles weiß, dass El einfach so denkt. Baz und sie amüsieren sich damit, sich gegenseitig mit Zitaten zu übertreffen, und Miles liebt das – obwohl er Baz darum beneidet, wie ungezwungen er in Els Gesellschaft ist. Natürlich hat Annabel keine Ahnung von seiner heimlichen Liebe zu El. Es ginge auch über ihr Vorstellungsvermögen hinaus, dass sich jemand in diese merkwürdige Frau mit dem kurz geschnittenen, von weißen Strähnen durchzogenen dunklen Haar verlieben könnte, die komplett auf Make-up verzichtet und nicht auf ihre Kleidung achtet.

»Ich kann mir nicht vorstellen, was Baz in ihr sieht«, pflegt Annabel zu sagen. »Sie ist überhaupt nicht sein Stil. Um ehrlich zu sein, glaube ich, sie tut ihm leid.«

Aber Miles weiß, dass El niemandes Mitleid braucht. Und hier kommt sie, rumpelt mit ihrem verbeulten alten Citroën den Weg herunter und parkt neben seinem Auto. Er unterdrückt den Impuls, laut auszurufen: »Da ist sie!«, und ihr entgegenzueilen. Stattdessen wartet er darauf, dass Baz sich als Erster in Bewegung setzt, und folgt ihm langsam den Strand entlang. Er sieht zu, wie Baz sich vorbeugt, um El zu küssen, dann ist er selbst an der Reihe, sie zu begrüßen, und er spürt das gewohnte Vergnügen beim Anblick ihrer klaren blauen Augen und ihres strahlenden Lächelns.

»Miles«, sagt sie. »Wie geht es dir? Ich habe meinen üblichen Beitrag mitgebracht.«

»Du kommst gerade rechtzeitig zum Kaffee«, erklärt Baz und nimmt El die Schüssel ab. »Komm und lerne Janets Patentochter kennen.«

Wie immer in Els Gegenwart fühlt sich Miles ruhig und mit

einem Mal friedlich. Wie seltsam das alles ist und wie bedeutend! Aufgeregte Begrüßungen werden ausgetauscht, und lautes Geschrei erhebt sich, als die Zwillinge verlangen, dass jemand mit ihnen auf die Klippe geht, um den Drachen steigen zu lassen, und zwar *sofort*. El ist belustigt, brennt aber nicht besonders darauf, sich der Drachenflieger-Expedition anzuschließen.

»Alles muss immer sofort sein«, seufzt Liv.

»Natürlich muss es das«, meint Sofia mitfühlend. »Sie leben in der Gegenwart. Ich wünschte, ich wäre dazu in der Lage. Falls es hilft, schließe ich mich auch an.«

»Baz«, rufen die Zwillinge. »Baz soll mitkommen.«

Miles sieht, dass sein Freund gern gehen würde, daher bietet er an, El mit Kaffee zu versorgen, und verspricht den Zwillingen, dass sie ihnen vom Strand aus zusehen werden.

Die Drachenflieger brechen auf und diskutieren über die Mechanik des Steigenlassens von Drachen und darüber, ob sie genug Wind haben werden, und El lächelt Meggie zu.

»Was für ein Glück, dass kein starker Westwind weht«, meint sie, »sonst würden wir sie vielleicht nie wiedersehen. Sie würden davongetragen wie Mary Poppins mit ihrem Regenschirm. Ich habe noch Sahne für den Nachtisch mitgebracht, Meggie.«

Meggie erwidert ihr Lächeln, und Miles fällt auf, dass ihr braunes Haar sorgfältig gelegt ist und ihre blauen Augen erwartungsvoll strahlen. Sie liebt diese besondere Party und das Zusammensein mit alten Freunden. »Man kann nie genug Sahne haben«, pflichtet sie ihr bei, nimmt den Becher und stellt ihn in den Kühlschrank. »So, hier ist Ihr Kaffee. Hinaus mit Ihnen, um sich den Spaß anzusehen. Die Zwillinge lieben es, Publikum zu haben.«

Miles und El gehen zusammen wieder in die Sonne, stellen die Becher auf den Tisch und schlendern dann ein Stück am

Strand entlang, damit sie die Gruppe auf der Klippe sehen können. Liv rennt mit dem Drachen los, der sich ein wenig hebt und dann wieder zu Boden fällt. Die Zwillinge schreien. Jetzt nimmt Baz den Drachen, und mit einem Mal – ob es an Baz' Körpergröße oder an einem plötzlichen Windstoß liegt – erhebt er sich in die Lüfte und hüpft über ihren Köpfen auf und ab. Die Zwillinge verstummen vor Staunen und sehen fast ehrfürchtig zu, und dann beginnen Miles und El fast gleichzeitig zu applaudieren und zu jubeln. Die Gruppe über ihnen sieht hinunter und fällt dann ein. Und die ganze Zeit über fliegt der Drachen auf und ab und segelt dann ebenso unvermittelt zu Boden.

Einen Moment lang stehen Miles und El schweigend da.

»Das war wunderbar«, sagt er. Das Schauspiel hat ihn merkwürdig angerührt. »Ich fühle mich ziemlich enthusiastisch.«

Er sieht El an, die ihn mit ihrem vertrauten Gesichtsausdruck betrachtet, aufmerksam, belustigt.

»Ein kleines Wunder«, sagt sie.

»Was, dass der Drachen so abgehoben ist? Ganz erstaunlich bei so wenig Wind.«

»Das auch«, pflichtet El ihm bei. »Aber ich meinte eigentlich, dass die Zwillinge eine ganze Minute lang still waren. Eindeutig ein Wunder.«

Miles lacht. »Du bist so zynisch. Und dabei war ich so überwältigt von dem Ganzen.«

»Und zu Recht«, erwidert sie. »So, nachdem wir jetzt unsere Pflicht als Publikum getan haben, werde ich meinen Kaffee trinken. Ist es nicht eigenartig, dass Baz zu seiner Party immer schönes Wetter hat? Wie das Kriegerdenkmal.«

»Das Kriegerdenkmal?« Verblüfft starrt er sie an, während sie zu dem Tisch unter der Markise zurückschlendern.

»Hm.« El nickt. »Ist dir schon aufgefallen, dass es am Kriegsgedenktag in London niemals regnet? Manchmal ist es düster und grau, das schon, aber es schüttet nie.«

Miles lächelt. »Ist mir noch nie aufgefallen, aber von jetzt an achte ich darauf.«

»Was ist denn das?« El zeigt auf die Muschelkunstwerke und die kleine Fahne.

»Nimm deinen Kaffee mit und sieh es dir an«, schlägt er vor, und als sie dann zusammen über den Strand schlendern, ist er so glücklich, dass er es kaum ertragen kann.

El betrachtet die aus Muscheln gelegten Muster, aber sie ist sich bewusst, dass Miles hinter ihr steht, und spürt die Spannung, die er ausstrahlt. Sie begreift, dass er seine Einsamkeit und sein Bedürfnis danach, verstanden zu werden, auf ein Idealbild von ihr projiziert. Ihr Blick ist auf die Muscheln gerichtet, doch sie sieht Miles: seine kräftige, breite Gestalt, die verschränkten Arme und die zu Fäusten geballten Hände. Er sehnt sich danach, dass sie etwas sagt, das er auf sich beziehen und zu einem besonderen Dialog zwischen ihnen hochstilisieren kann. Sie mag ihn außerordentlich gut leiden, doch sie kann ihm nicht helfen. Er ist an die leidige Annabel gebunden, die ihrerseits durch eine aggressive Unsicherheit so verkrüppelt ist, dass sie ihnen damit beiden das Leben schwer macht.

El fühlt sich von dem Wunsch ergriffen, die zwei zu befreien, doch sie weiß, dass das nicht in ihrer Macht liegt. Zumindest kann sie Miles zum Lachen bringen und diesen Moment mit ihm teilen.

»Ich frage mich, wie Baz zu seiner Entscheidung gekommen ist«, sagt sie und zeigt auf die Fahne. »Waren die Zwillinge damit einverstanden?«

»Ich glaube schon«, antwortet Miles. »Zumindest ist der Hund vollkommen erkennbar.«

»Vorhin habe ich einen Hund bei ihnen gesehen. Ist das eine Neuerwerbung?«

»Liv hütet ihn für ihre Eltern. Die haben ihn kürzlich vom Cinnamon-Trust übernommen. Kommt mir wie ein netter Bursche vor.«

El lächelt. Sie weiß, dass Miles sich nicht im Geringsten für die Zwillinge oder den Hund interessiert, sondern auf etwas wartet, was sie enger miteinander verbinden wird, etwas, an das er sich später erinnern kann. Sie sieht ihn an, sein eifriges, hoffnungsvolles Gesicht, und wünscht sich, sie könnte ihn umarmen, ihn küssen – aber sie weiß, dass seine Gefühle für sie zu nahe an Liebe heranreichen und so etwas mehr schaden als nützen würde. Seine Bedürftigkeit ist mit Händen zu greifen und verhindert, dass sie normal mit ihm kommunizieren kann.

»Hattest du ein gutes Semester, El?«, fragt er.

»Ja«, gibt sie schnell zurück und ist froh, dass er dieses normale Thema anschneidet. »Es war ein gutes Semester, doch ich frage mich, ob ich in den Ruhestand gehen soll, Miles, so in den nächsten ein, zwei Jahren. Noch weiß niemand Bescheid. Bitte erzähle es nicht weiter.«

Sie sieht, wie er sich aufrichtet. Es freut ihn, dass sie Vertrauen zu ihm hat und er dieses Geheimnis mit ihr teilen kann.

»Natürlich nicht.«

Erleichtert atmet El auf. Das kann sie ihm geben. Bei diesem Thema existieren keine Hintergedanken, nichts Persönliches, was man missverstehen könnte, doch er wird es in seinem Herzen hegen.

»Vielleicht wechsle ich ja in Teilzeit«, erklärt sie, indem sie weiter ins Detail geht, »oder gebe Privatunterricht. Ich kann mich zwischen den beiden Möglichkeiten nicht entscheiden. Ich würde auch gern reisen.«

»Nun«, sagt er leichthin, »wenn dir noch jemand fehlt, der dir den Koffer trägt, brauchst du nur Bescheid zu geben.«

Sie lacht und tut, als wäre das ein Scherz. »Ich kann mir vorstellen, dass Annabel nicht viel davon halten würde«, erwidert sie, doch er nimmt sogar diese leicht dahingesagte Antwort ernst.

»Eigentlich hat sie das Fliegen ziemlich aufgegeben«, erklärt er. »Hat Angst vor Bomben und Terroristen. Ich glaube, sie wäre ganz froh, wenn ich meinen Bruder und seine Familie in Genf ohne sie besuche.«

El schweigt und fragt sich, wohin das führen soll, und dann sieht sie erleichtert, dass die Drachenflieger über den Klippenpfad herunterkommen. Die Zwillinge und Jenks laufen vorneweg.

»Habt ihr das gesehen?«, jubeln sie. »Baz hat den Drachen steigen lassen. Habt ihr das gesehen? Das war toll.«

Und es ist ganz natürlich, zu ihnen zu gehen und sich von der Aufregung anstecken zu lassen. Doch El spürt Miles' Frustration und sieht zu ihm zurück.

»Ich muss nach Hause«, sagt sie, »aber wir sehen uns später. Und denk daran, kein Wort darüber. Das ist unser Geheimnis.«

Sofort sieht sie, wie der Funke in seinem Lächeln wieder aufleuchtet, das Bewusstsein der kleinen Verschwörung, die etwas Besonderes zwischen ihnen ist.

»Kein Wort«, wiederholt er freudig.

Sie sagt sich, dass das nur eine unbedeutende Kleinigkeit ist, doch sie fragt sich, ob sogar dieses wenige Miles gegenüber unfair ist, weil er viel hineininterpretieren wird. Er ist so ein freundlicher Mann, so aufmerksam und intelligent. Was für ein Jammer, dass Annabel und er in einer Beziehung voller Unzufriedenheit verstrickt sind, voneinander gelangweilt und unfähig, im anderen die Eigenschaften zu sehen, in die sie sich einmal verliebt haben.

Während sie sich verabschiedet und zu ihrem Wagen zurückgeht, fragt sie sich, warum sie Miles von ihren Plänen für ihren Ruhestand erzählt hat. Schließlich ist noch nichts entschieden. Um ehrlich zu sein, kann sie sich ihr Leben ohne ihre Studenten nicht wirklich vorstellen, ohne ihren strukturierten Arbeitstag und die Disziplin, die das erfordert. Es ist, als hätte sie das Gefühl gehabt, Miles etwas schenken zu müssen, um diesen leeren Ausdruck aus seinem Blick zu vertreiben.

Baz hat sie zum Auto gebracht und über die Party geredet, und sie sieht, dass Miles sie beobachtet und Baz darum beneidet, wie ungezwungen er in ihrer Gegenwart ist, um sein Recht, mit ihr zu sprechen, sie kurz zu umarmen und einen Scherz zu machen.

El lächelt Baz voller Zuneigung zu. Er ist so ein guter Freund und ein so angenehmer Begleiter. Seine eigene Erfahrung war zwar ganz anders als ihre, doch sie hat in ihm das gleiche Misstrauen gegenüber engen Beziehungen verankert, und sie beide sind einander dankbar für die anspruchslose Gesellschaft. El streckt die Arme aus, um ihn zu drücken.

»Komm nicht zu spät«, sagt er zu ihr. »Wir starten um fünf.«

»Ich bin da«, verspricht sie. Sie steigt ins Auto, wendet vorsichtig und fährt über den steinigen Pfad davon.

Die Zwillinge stehen am Ufer und beobachten die mit weißem Schaum geränderten Wellen, die um ihre nackten Zehen laufen. Beide erleben noch einmal den magischen Augenblick auf der Klippe, als der Drachen sich in die Luft erhob, weiter in die Höhe stieg und dann ebenso plötzlich wieder zu Boden sank. Der Vorgang geht über ihr Begriffsvermögen hinaus und ist ebenso geheimnisvoll wie jedes Märchen, und sie brauchen Zeit, um dieses unermessliche Erlebnis zu verarbeiten. Sie sehnen sich nach einer Wiederholung und fürchten sie zugleich beinahe, denn sie könnte ja misslingen. Dieses ganze Sehnen und Ängstigen zur gleichen Zeit verunsichert sie, und instinktiv fassen sie sich an den Händen, um einander Trost zu spenden.

Auf einer anderen Ebene fragen sie sich, ob sie all ihre kostbaren Muscheln und Kieselsteine wegnehmen sollen, bevor die Flut sie sich zurückholt und wieder willkürlich über den Strand verteilt. Sie versuchen zu entscheiden, was das größere Vergnügen sein wird: zur Rettung ihrer Schätze herbeizueilen oder die ganze Aufregung darüber, sie neu zu entdecken.

Lautlos kommunizieren sie miteinander und kommen im selben Moment zu dem Schluss, dass es mehr Spaß machen wird, sie noch einmal zu suchen. Nachdem sie zu dieser Entscheidung gelangt sind, drehen sie dem Meer den Rücken zu und gehen sich ein letztes Mal ihre Muschelkunstwerke ansehen.

Baz beobachtet sie und fühlt sich seltsam bewegt von diesen zwei kleinen Menschen, die ganz still vor dem großen Meer stehen; er sieht, wie sie ihre Hände nacheinander ausstrecken und sie ergreifen. Er denkt an Matthew Arnolds Zeilen aus *An Marguerite.*

»Ja, als Inseln im Ozean des Lebens
Getrennt durch weite Meeresstraßen
Verstreut in uferloser Wasserwildnis
Leben wir Sterblichen zu Millionen *allein.*«

Aber diese beiden, denkt Baz neiderfüllt, werden nie wirklich allein sein.

Liv tritt hinter ihn und hakt ihn unter. Es gefällt ihm, dass sie ihre Zuneigung auch durch Berührungen zeigt. Diese Momente menschlichen Kontakts fehlen ihm sogar viele Jahre nach Lucys Tod noch. Aus diesem Grund sucht er sich Frauen, die ihn trösten, ihn in den Armen halten und mit ihm schlafen, aber von ihm nicht verlangen, dass er sich bindet. Nur El kennt die ganze Wahrheit über Lucys Tod; niemand sonst weiß Bescheid. Er sehnt sich danach, Sofia zu erwähnen und ihren Namen auszusprechen, doch er fürchtet, das könnte zu offensichtlich sein.

»Ich mag Sofia gut leiden«, sagt Liv, als hätte sie seine Gedanken gelesen. »Sie ist so eine Liebe. Und sie sieht toll aus. Die Zwillinge haben sie richtig ins Herz geschlossen.«

»Mmm«, gibt er zurück und schützt Gleichgültigkeit vor. »Ja, sie scheint nett zu sein. Sie hat Spaß bei unserer Drachenexpedition gehabt.«

»Das war aber auch großartig, Baz. Ehrlich, was für eine fantastische Idee! Ihre kleinen Gesichter waren so süß.«

Sie beobachtet die Zwillinge, die jetzt Hand in Hand näher kommen, und Baz sieht Liv an und fühlt sich angesichts von so viel Liebe beinahe beklommen. Sie lässt seinen Arm los, geht ihnen entgegen, setzt ein Knie auf den Boden und streckt die Arme nach ihnen aus. Sie umschlingen sie, zeigen zurück zu den Muscheln und erklären, dass das Meer sie wieder verstecken soll. Flora hält die kleine Fahne in der Hand, mit der Baz das schönste Muster gekennzeichnet hat, und steckt sie plötzlich in Livs dicken blonden Haarknoten.

»Mummy hat gewonnen«, ruft sie. Beide Zwillinge springen herum und klatschen in die Hände, und Liv steht lächelnd auf.

Erneut spürt Baz bei der Zurschaustellung von so viel Glück

einen Anflug von Furcht und denkt wieder an Maurices SMS. *Lust auf einen letzten Ausritt um der alten Zeiten willen, mon vieux?*«

Hinter ihm ruft Meggie. Zeit fürs Mittagessen.

Liv nimmt die Zwillinge an den Händen, und sie gehen alle zusammen ins Haus.

7. Kapitel

Um fünf Uhr kommen die Autos nach und nach langsam den Weg herunter und parken in einer ordentlichen Reihe an der Hecke. Alle Gäste wissen, dass der Prosecco jetzt gekühlt ist und Meggies köstliche Kuchen auf den Tischen unter der Markise stehen. Es ist noch so heiß, dass Schäfchenwolken am Himmel hängen, die wie gekräuselter Sand am Strand wirken, und das Meer ist platt wie ein Mühlteich.

Irritiert stellt Annabel fest, dass Miles und sie keineswegs die Ersten sind. Sie bezieht gern mit einem Drink in der Hand an Baz' Seite Stellung, als richtete sie die Party zusammen mit ihm aus. »Ich habe dir doch gesagt, wir sollten früher aufbrechen«, bemerkt sie. »Wie ich sehe, sind Janet und Dave schon da. Und ich vermute mal, die junge Frau mit der unglücklichen Haarfarbe ist das Patenkind.«

Miles ist zu beschäftigt mit dem Einparken, um ihr eine Antwort zu geben, und Annabel springt schon aus dem Wagen, bevor er den Motor abgeschaltet hat. Sie glättet ihr hübsches Leinenkleid und freut sich an seinem eleganten Schnitt. Annabel weiß, dass sich alle für Baz' Party ins Zeug legen – nun ja, alle bis auf die altbackene El, die keine Ahnung davon hat, wie man sich kleidet –, und sie liebt einen großen Auftritt. Vorsichtig sucht sie sich einen Weg zwischen Gras- und Sandnelkenbüscheln und eilt auf die Strandvilla zu. Sie bemerkt mehrere Gäste sowie Liv und die Zwillinge, die mit Janets Patenkind reden, aber sie hat nur Augen für den großen eleganten und absolut hinreißenden Baz.

Annabels Herz scheint sich vor Vergnügen und Vorfreude zusammenzuziehen, und es verschlägt ihr den Atem, als sie auf ihn zugeht. Er strahlt sie an, streckt die Hand, in der er kein Glas hält, nach ihr aus und ruft ihren Namen. Oh, wie herzlich sein Lächeln ist, wie besonders der leichte Kuss (immer auf die Lippen), wie lieb er ihr ist! Und heute Nachmittag scheint er sich ihrer bewusster als sonst zu sein; seine Augen strahlen stärker. Sie haben noch nie über diese Chemie zwischen ihnen gesprochen, doch Annabel weiß, dass er sie liebt, weiß es einfach. Sie nimmt ein Glas Prosecco entgegen, lehnt kopfschüttelnd den Kuchen ab – sie rührt Kuchen niemals an – und holt tief und glücklich Luft.

»Ach, Baz«, sagt sie. »Wie schön, dich wiederzusehen! Du kommst uns nicht mehr so oft besuchen wie früher. Es ist viel zu lange her.«

Wie merkwürdig und wie notwendig es ist, diese Verbindung, dieses besondere Gefühl in ihrem Leben zu haben. Es erhellt dunkle Tage und vermittelt ihr den Eindruck, wieder jung und begehrenswert zu sein. Sie nippt an dem Wein und sieht sich unter seiner Familie und seinen Freunden um, obwohl sie sich nur Baz' Gegenwart bewusst ist.

Armes Liebchen, denkt Baz. Er pariert ihre koketten Bemerkungen und versucht, das Gespräch so zu steuern, dass er sich weder in Verlegenheit bringt noch Annabel direkt zurückweist.

Er hofft, dass jemand zu seiner Rettung herbeieilen wird, doch einstweilen macht er Annabel Komplimente über ihr Aussehen. »Überwältigend wie immer, Belle.« Er weiß, dass sie es liebt, wenn er sie »Belle« oder »Schöne« nennt, übertriebene Namen, die alle zum Spiel gehören. Er ist sich sicher, dass Miles nichts dagegen hat. Im Gegenteil, ihm gefällt das, weil es Annabel einen Moment lang glücklich macht, sie – wenn auch nur kurz – aus ihrer Unzufriedenheit herausholt und Miles eine Gelegenheit gibt, Zeit mit El zu verbringen.

Was für ein abscheuliches Durcheinander!, denkt Baz und spürt plötzlich Zorn auf das hoffnungslose menschliche Dasein. Er sieht sich um, und sein Blick bleibt an Sofia hängen. Sie beobachtet ihn und lächelt leise, und sein Herz tut einen kleinen Freudensprung. Wie ungewöhnlich und wunderschön sie in diesem eigentümlichen Meergrün wirkt und wie herzlich ihr Lächeln ist! Sein Zorn verfliegt so schnell, wie er gekommen ist, und Baz ist wieder in der Lage, auf Annabel zu reagieren und seine Gäste und die Party zu genießen.

»Wer ist die Frau bei Baz?«, erkundigt sich Sofia bei Liz. Sie lässt ihre Stimme unbekümmert und beiläufig klingen. »Ich kenne nicht einmal die Hälfte der Leute hier.«

»Das ist Annabel. Sie ist mit Miles verheiratet. Ich kenne die beiden auch kaum. Ich treffe sie nur, wenn wir im Sommer hier herunterkommen.«

Liv stürzt davon, um zu verhindern, dass Jenks sich über den Kuchen hermacht, und Sofia mustert Annabel. Sie sieht der Älteren an, dass sie Baz anhimmelt. Sofia bemerkt den dick aufgetragenen roten Lippenstift auf dem schmalen Gesicht, das rastlose Klappern goldener Reifen an den dünnen Armen und die Art, wie Annabel ihre Körperhaltung ständig an die von Baz anpasst. Ganz nahe steht sie bei ihm und braucht seine Aufmerksamkeit.

Baz schaut sich um – nimmt sie da Verzweiflung in seinen Augen wahr? –, und für einen Moment treffen sich ihre Blicke. Sofia lächelt ihm zu. Er reagiert darauf, indem er rasch die Augen weitet, als hätten sie eine kurze Nachricht ausgetauscht oder eine Art Erkennen eingestanden, und sie sieht, wie seine Schultern sich entspannen.

Sofia wendet sich ab. Sie wird ihn nicht noch einmal anschauen. Diese unerwartete Verbindung zwischen ihnen ist zu bedeutsam, um leichtsinnig eingesetzt zu werden, und außerdem hat sie ihn möglicherweise missverstanden. Das mangelnde Selbstvertrauen, das sie nur allzu leicht beschleicht, meldet sich gebieterisch zu Wort, und erleichtert reagiert sie auf Floras Bitte, dass sie sich die Bilder ansehen soll, die Freddie und sie gerade ausmalen.

Die Zwillinge sind sich der Zwischentöne dieser Zusammenkunft vage bewusst. Die Leute verhalten sich komisch, was auf eine Art verwirrend ist, obwohl Mummy sich fast wie immer benimmt. Meggie auch. Sie mögen Meggie, die immer die Gleiche ist. Nie macht sie Theater oder regt sich auf. Sie ist energisch, und bei ihr fühlen sie sich sicher.

Sie spüren, dass sie gern hier ist und es genießt, ein Teil von Baz' Party zu sein. Sie hat sich die Haare heute anders frisiert, und sie trägt ein Kleid statt der Hosen, die sie sonst anhat. Aber sie keift und kreischt nicht wie die Frau, die bei Baz steht, und sie ist auch nicht still geworden wie Sofia, obwohl sie ihnen immer noch beim Ausmalen hilft. Flora und Freddie kommt es vor, als würde niemand Meggie richtig wahrnehmen. Sie ist fast wie der Junge aus einer ihrer Geschichten, der Junge mit dem Umhang, der ihn unsichtbar macht. Leise bewegt sie sich umher und sorgt dafür, dass immer genug zu essen und zu trinken da ist, und versucht, nicht im Weg zu stehen. Doch niemand scheint sich um sie zu kümmern. Keiner bringt ihr eine Tasse Tee oder ein Stück

Kuchen. Sie beobachten Meggie, die allein dasteht, verständigen sich lautlos und beschließen, ein Geschenk für sie zu suchen.

Sie lächeln Sofia zu, klettern vom Tisch und laufen zusammen am Strand entlang. Das Geschenk muss ein ganz besonderer Stein oder eine schöne Muschel sein. Oder etwas aus einem der Gezeitentümpel. Zufrieden und von ihrem gemeinsamen Ziel erfüllt, beginnen sie zu suchen.

Miles sieht sich um. Er hält Ausschau nach El, aber er spürt auch die Strömungen unter den Partygästen. Einige sitzen unter der Markise, während andere am Strand entlangschlendern. Er nimmt wahr, wie Annabel hektisch nach Aufmerksamkeit sucht und Baz mit Beschlag belegt, und empfindet die übliche Mischung aus Traurigkeit, Verärgerung und Zuneigung. Seine Liebe zu ihr ist nie genug gewesen, und seine Tochter Lily, die er anbetet, ist weit weg in Christchurch. Sie halten die Verbindung über E-Mail und Skype, obwohl Annabel dabei außen vor bleibt. Die beiden stehen einander nicht nahe, und seit Lilys »Coming-out« weigert sich Annabel, darüber zu reden, und er kann ihr immer noch nicht helfen, sich damit abzufinden.

Ich gebe zu oft nach, denkt Miles. Das war schon immer so. Für ein ruhiges Leben tue ich alles. Die arme Annabel. Sie war niedergeschmettert, als ich bei den Beförderungen übergangen wurde. Wollte mich als Admiral sehen. Aber wir haben einander doch einmal geliebt. Da waren Leidenschaft und Zärtlichkeit. Wann ist Annabels Spaß am Vergnügen in diesen schrillen Ton umgeschlagen und ihr Scharfsinn in Verbitterung?

Voll unendlicher Trauer sieht Miles zu, wie sie plappernd an Baz' Seite posiert.

Und dann taucht ruhig und gelassen El auf. Miles beobachtet, wie Annabel abfällig lächelt und Baz sie herzlich umarmt, und eilt zu ihnen, um El zu begrüßen.

Janet und Dave freuen sich darüber, dass Sofia so schnell in das Familienleben in der Strandvilla aufgenommen worden ist.

»Genau das braucht sie«, meint Janet. »Liv ist so ungezwungen. Es wird Sofes so guttun, wenn sie jemand Gleichaltrigen zum Reden hat, und für Liv ist es auch schön. Mit Kindern in diesem Alter ist das immer schwierig.«

Während Janet sich abwendet, um mit Freunden zu plaudern, trinkt Dave von seinem Prosecco und schaut zu, wie Annabel sich widerstrebend von einigen Neuankömmlingen entführen lässt, sodass Baz Gelegenheit hat, mit seinen Freunden zu reden. Er sieht, wie Miles El begrüßt, und errät mit einem Mal, warum Miles so regelmäßig nach Bristol fährt: vordergründig, um Baz zu sehen und mit ihm ein Konzert in St. George's oder Colston Hall zu besuchen. Miles' Leidenschaft für klassische Musik – und Annabels Gleichgültigkeit ihr gegenüber – sind allgemein bekannt. Jetzt fragt sich Dave, wie oft El bei solchen Konzertbesuchen mit von der Partie ist.

Janet tritt wieder zu ihm. »Wieso stehst du nur herum?«, fragt sie. »Du solltest dich unter die Leute mischen. Worüber denkst du nach?«

»Ich hatte nur überlegt, dass Annabel ihre heimliche Leidenschaft für Baz ziemlich offen zeigt«, antwortet er.

Sie schnaubt wegwerfend. »Immer machst du dir Gedanken darüber, wer gerade für wen schwärmt.«

Daves Blick huscht zu El und Miles, die tief in ein Gespräch versunken sind. Er lächelt und trinkt noch einen Schluck. »Das liegt daran, dass es meistens stimmt«, sagt er.

Meggie steht in der Tür, beobachtet und hält sich bereit, um nachzuschenken und Kuchenplatten aufzufüllen. Sie kennt die Gäste alle und putzt für die meisten von ihnen, aber bei solchen Veranstaltungen fühlt sie sich oft unsichtbar. Ein paar besondere Menschen versuchen, ihr das Gefühl zu geben, zu ihrer Gruppe zu gehören – Baz, Miles, Janet und Dave –, doch für die meisten von ihnen gehört sie einfach zum Mobiliar.

Trotzdem unterhält sie sich gut. Nach der Party werden Baz, Liv und sie zusammen aufräumen und eine ruhige Zeit miteinander verbringen. Sie kann Liv gut leiden. Sie ist so geradlinig und überhaupt nicht eingebildet, und Baz … Baz war so gut zu Phil und ihr. Er ist einfach ein ganz, ganz lieber Mann, und es gibt nichts, was sie nicht für ihn tun würde.

Heute Morgen hat sie mitbekommen, wie er Sofia in der Küche angesehen hat. Es hat ihn vollständig umgeworfen, da beißt die Maus keinen Faden ab, und Freddies Spruch »Du bist erledigt, Kumpel« war wahrscheinlich zutreffender, als der Kleine geahnt hat. Meggie lächelt in sich hinein. Nun ja, Sofia sieht aber auch umwerfend aus, und nach den ein, zwei Blicken zu urteilen, die sie Baz zugeworfen hat, schaut es aus, als hätte er es ihr auch angetan. Obwohl Sofia natürlich keine Chance hatte, ihn richtig anzusehen, solange diese Annabel Carver an ihm geklebt hat. Verächtlich zieht Meggie die Nase kraus. Eine launische Person ist das und die geizigste von allen, für die sie arbeitet. Wenn Meggie bei ihr putzt, bietet Annabel ihr keine Tasse Kaffee an und schenkt ihr nichts zu Weihnachten. Und sie soll sie »Mrs. Carver« nennen, nicht »Annabel«. Behandelt sie wie eine Dienstbotin. Miles ist allerdings in Ordnung. Meggie mag ihn, und er tut ihr leid. Er steht unter dem Pantoffel. Immer ist er so höflich zu ihr, wenn auch ein wenig steif. Wahrscheinlich durch seine Zeit bei der Marine. Nicht wie Baz, der stets für einen Scherz gut ist und gern lacht, oder Dave und Janet, die Phil und sie zum Tee einladen.

Jemand kommt herein, und Meggie tritt beiseite. Sie lächelt und erhält eine höfliche Reaktion, doch sie fühlt sich wieder unsichtbar. Sie streicht sich über das Haar, streckt den Rücken und wünscht sich mit einem Mal, Phil könnte hier bei ihr sein.

»Viel Spaß«, hat er gesagt und ihr zugegrinst. »Neues Kleid, oder? Du siehst sehr vornehm aus.«

Sie lachte. »Das möchte ich erleben. Sicher, dass du nicht mitkommen willst?«

Immer noch grinsend schüttelte er den Kopf. »Nicht meine Art von Veranstaltung. Ich treffe mich später mit Baz.«

Baz lädt Phil immer ein, doch Meggie weiß, dass ihr Mann sich in seinem Rollstuhl unbehaglich fühlt und fürchtet, seine Anwesenheit könnte einige Gäste verlegen machen. Er wird sich in den nächsten Tagen auf einen Drink mit Baz treffen. Baz hat immer Zeit, um ins Dorf zu schlendern und Phil zu besuchen. Trotzdem wünscht sie sich, er könnte dabei sein, um ihr zuzulächeln und zuzuzwinkern, wenn die Party richtig in Gang kommt und sie umhereilen wird, um alle zu versorgen.

Meggie wendet sich ab, um wieder in die Küche zu gehen. Da kommen die Zwillinge vom Strand zurück, und sie lächelt ihnen zu. Ernst sehen sie zu ihr auf, diese eigenartigen kleinen Wesen, und dann wird ihr klar, dass sie ihr in den geschlossenen Händchen etwas entgegenhalten.

Instinktiv streckt sie die hohlen, zusammengelegten Hände aus, und sie leeren ganz behutsam ihre Schätze hinein: winzige Muscheln, hübsche Steine und eine kleine Krabbenklaue. Sie treten zurück, um sich an ihrer Freude zu weiden, und reißen vor lauter Vergnügen am Schenken die Augen auf. Meggie blickt auf ihre Gaben hinunter. Nur einen Moment lang, einen winzigen Augenblick, möchte sie am liebsten eine kleine Träne vergießen. Diese beiden erweisen ihr Ehre und zeigen ihr, dass sie zumindest für sie nicht unsichtbar ist.

»Danke, meine Kleinen«, sagt sie. »Die sind wunderschön. Wartet nur, bis ich sie Phil zeige.«

Sie folgen ihr in die Küche und sehen zu, wie sie ihr Geschenk behutsam auf den Tisch legt und dann eine Papiertüte sucht, um es aufzubewahren und später sicher nach Hause zu tragen. Doch zuerst untersucht sie die Gaben aus dem Meer noch einmal und lässt jedem Stück gebührende Aufmerksamkeit zukommen, und dann schaut sie die Zwillinge an und nickt. »Schön«, sagt sie. »Richtig schön. Wie wär's jetzt mit einem Stück Kuchen?«

El ist froh, als Dave sich zu ihnen gesellt, obwohl sie weiß, dass Miles ein bisschen enttäuscht darüber ist, sie nicht mehr für sich allein zu haben. Bei Dave kann sie sich ein wenig entspannen und ihm erlauben, das Gespräch auf allgemeinere Themen zu lenken. Er redet mit Miles über Ereignisse im Ort. Das Dorffest und eine Fotoausstellung.

»Sie sollten öfter herunterkommen«, meint er zu El, und Miles sieht sie voller Hoffnung an.

Ein paarmal hat sie Baz übers Wochenende zur Strandvilla begleitet, wenn er allein hier war, und zu Beginn haben einige sie skeptisch beäugt, doch inzwischen wissen alle, dass sie keine romantische Beziehung unterhalten.

»Vielleicht mache ich das sogar«, erklärt sie. »Es ist nur ein wenig schwieriger, sobald das Semester begonnen hat.«

Das stimmt nicht wirklich; die Wahrheit ist, dass sie ein Stadtmensch ist. Sie liebt den Trubel und die Szene in den Bars, Cafés und Theatern. Es ist wunderschön, zwei Wochen lang zu wandern und zu zeichnen, doch wenn von Westen her Regen und Sturm heranziehen und die Klippen im Nebel verschwimmen, sehnt sie sich nach ihrer kleinen Wohnung und dem Park um das Royal-Fort-Haus an der Uni.

Baz ist ihr da ähnlich. Voller Zuneigung schaut sie zu, wie er sich groß und elegant und mit einem Glas in der Hand unter seinen Gästen bewegt, und sie weiß, dass sie in dieser Hinsicht Seelenverwandte sind. Janet schließt sich ihnen an, und zu viert schlendern sie zum Strand hinunter.

Dave und Miles gehen vor. Weitere Gäste kommen hinzu, und El sieht, wie Miles, der inzwischen ein ganzes Stück voraus ist, sich nach ihr umdreht. Seine Miene – voller Hoffnung und Liebe – rührt ihr Herz und ihr Mitgefühl an. Sie fühlt sich an Zeilen aus Jennas Plewes' Gedicht *Die letzte Sitzung* erinnert, das sie am vergangenen Abend gelesen hat.

> »Stehend in der ablaufenden Flut
> Wasserhaut, die sich heilend über aufgewühlten
> Sand legt
> Denke ich an dich und wünsche dir Wohl.«

El erwidert sein Lächeln und hebt die Hand, um ihm zu bedeuten, dass sie ihn gesehen hat. Dann geht sie zu ihm ans Ufer, wo er auf sie wartet.

Nachdem Sofia und sie gemeinsam die Zwillinge ins Bett gebracht haben, hat Liv das Gefühl, jetzt entspannen und die Party genießen zu können. Es ist beinahe Zeit fürs Abendessen. Die Gäste begeben sich nach und nach ins Atrium, wo sich der lange Tisch unter verlockenden Gerichten biegt. Doch zuerst hofft

Liv, mit Matt reden zu können. Er wird im *The Place* sein und sich auf den üblichen Hochbetrieb am Samstagabend vorbereiten, aber vielleicht hat sie Zeit, um kurz mit ihm zu sprechen.

Merkwürdig, doch Sofias Gesellschaft und das Plaudern mit ihr, während sie den Zwillingen das Abendessen zubereitet und sie gebadet haben, haben Liv ganz besonders bewusst gemacht, wie glücklich sie sich schätzen kann. Angesichts von Sofias freigebiger Bewunderung für die Zwillinge und Livs Leistung fühlt sie sich ganz demütig.

»Wie schade, dass Matt nicht hier sein kann«, meinte Sofia. »Ich würde ihn zu gern kennenlernen. Ähnelt er Baz?«

»Äußerlich sehr stark«, gab Liv zurück, »und sie sind beide äußerst entspannt.«

Einen Moment lang wirkte Sofia unendlich traurig – und da war noch etwas anderes, das Liv nicht recht einordnen konnte. Sie sah, wie Sofia Baz anschaute, als versuchte sie, sich Matt vorzustellen, und in ihrem Blick lag eine Art Sehnsucht. Mit einem Mal war sich Liv ihres Glückes bewusst und spürte das starke Bedürfnis, mit Matt zu sprechen und seine Stimme zu hören.

Sie huscht zu einer Stelle auf halber Höhe des Klippenpfads, wo der Empfang gut ist, und ruft ihn auf seinem Handy an. Es dauert eine Weile, bis er sich meldet, und dann klingt er abwesend, als konzentriere er sich auf andere Dinge.

»Ich weiß, du hast bestimmt viel zu tun«, sagt sie schnell. »Ich wollte bloß Hi sagen. Hören, ob es dir gut geht.«

»Ja, mir geht's prima.« Immer noch wirkt er abgelenkt, als wäre er mit den Gedanken ganz woanders. »Es wird schon voll, aber nichts, womit wir nicht fertigwerden. Alles in Ordnung bei euch? Die Party ist in vollem Gang?«

»Ja, allerdings. Ach, ich wünschte, du wärest hier. Wir vermissen dich.«

»Das ist gut.« Sie hört seiner Stimme an, dass er lächelt, doch er klingt immer noch zerstreut. »Gib den Zwillingen einen Kuss von mir. Und einer ist für dich.«

»Ja, natürlich.« Sie fühlt sich durch seinen beinahe gleichgültigen Ton ein wenig verletzt, aber sie ruft sich ins Gedächtnis, wie es samstagabends im Bistro aussieht. »Klar mache ich das«, erwidert sie fröhlich. »Ich liebe dich, Matt.«

Eine kleine Pause. »Yeah, ich dich auch«, sagt er abwesend, und dann piepst es, als er das Gespräch beendet.

Einen Moment lang steht Liv ernüchtert da und versucht, sich nicht verletzt zu fühlen. So ist es in letzter Zeit immer; nie sind sie im gleichen Moment in derselben Stimmung. Sie steckt ihr Handy in die Tasche und macht sich auf die Suche nach Sofia.

8. Kapitel

Matt steckt das Telefon ein und sieht durch die kleinen Glasfenster in der Bürotür immer noch Catriona an, die regungslos an dem Ecktisch am Fenster sitzt. Wie üblich trägt sie Schwarz, was ihre blasse Haut betont, und sie hat ihr Haar so frisiert, dass es schimmernde Winkel zu bilden scheint. Es erstaunt ihn nicht, dass Liv sie »Cat« nennt. Ihre Bewegungslosigkeit hat etwas Konzentriertes wie bei einer Katze, die vor einem Mauseloch auf ihre Beute lauert. Kurz bedauert er, dass er bei Livs Anruf nicht gesprächiger war, doch Catrionas Eintreten und ihr schneller Blick in die Runde haben ihn beinahe hypnotisiert. Er hatte nicht damit gerechnet, dass sie so rasch zurückkehren würde, und seine Reaktion verwirrt ihn.

Vor langer Zeit hat Liv ihm einmal erklärt, in welcher Verbindung ihre Familie zu Cat steht. Es hatte Matt stutzig gemacht, wie sie immer unangekündigt im Bistro auftauchte und sich nie per SMS oder Telefon ankündigte. Und stets mit diesem verhaltenen Lächeln, als hoffte sie, Liv und ihn auf dem falschen Fuß zu erwischen.

»So war sie schon immer«, erklärte Liv, »und ihre Mutter auch. Angela pflegte bei uns in Trescairn aufzukreuzen und hereinzuplatzen, als hätte sie dort irgendwelche Rechte. Als Kind ist mir das aufgefallen, aber später hat Mum mir erzählt, dass Angela und mein Dad ein Verhältnis hatten, bis Mum auftauchte, und dann hat er ihr den Laufpass gegeben. Ich glaube, Angela ist nie darüber hinweggekommen. Sie pflegte Anspielungen darauf zu machen, sie hätte Dad auf der Basis oder bei einer Party getroffen, und immer mit einem leisen Lächeln, als wäre noch etwas zwischen ihnen, obwohl sie da schon mit Martin verheiratet war. Das U-Boot war in Faslane stationiert, und Mum ist sehr selten von Cornwall hinaufgefahren, sodass sie nicht wusste, was dort vor sich ging. Ich glaube, Mum hatte ein wenig ein schlechtes Gewissen, und zu Anfang tat Angela ihr leid, doch nach einer Weile wurde es richtig übel, und Mum und Dad pflegten darüber zu streiten. Einmal ließ Angela es aussehen, als hätte Dad die Nacht mit ihr verbracht, während Martin auf See war. Sie sorgte dafür, dass die ganze Basis davon erfuhr, und jemand erzählte es Mum. Irgendwann hat Martin Angela und Cat verlassen, ist nach Washington gezogen und hat noch einmal geheiratet. Cat führt einfach den Rachefeldzug weiter. Sie war ein nerviges Kind, hat Charlie und Zack ständig geärgert, unser Spielzeug zerbrochen und Probleme gemacht. Ich glaube, sie hat das Gefühl, wir seien schuld daran, dass ihr Dad sie verlassen hat, und sucht immer noch nach Gelegenheiten, uns das heimzuzahlen.«

Matt fühlt sich unbehaglich. Das ist schließlich alles lange her. Und doch will er nicht, dass Liv von Cats gestrigem Besuch erfährt oder davon, dass sie heute Abend schon wieder da ist. Warum nicht? Warum nicht eine beiläufige Bemerkung machen? »Du wirst nie erraten, wer gestern zur Mittagszeit hereingeschneit ist.« Es kommt ihm vor, als hätte er sich schon auf Catrionas Spiel eingelassen, indem er Liv nichts davon gesagt hat. Und da er weiß, dass Liv eine Abneigung gegen sie hegt, ist das fast schon Betrug.

Matt runzelt die Stirn. Er benimmt sich wie ein Idiot. Er liebt Liv und seine Kinder, und trotzdem übt diese Frau eine Wirkung auf ihn aus. Er ist aufgeregt, freut sich auf ihre Wortgefechte und ist sich bewusst, dass sie ihn attraktiv findet, was auf ihn immer anziehend wirkt.

Es ist nichts, sagt er sich. Es hat nichts zu bedeuten und hat nichts mit meiner Beziehung zu Liv zu tun.

Nur ein wenig harmloser Spaß mit einer Frau, die sich nicht mit dem Haushalt abgibt oder mit Kindern und deren Tagesablauf. Das Gefühl erinnert ihn an Studentenzeiten und frühere Liebesaffären, und er spürt den nostalgischen Sog einer Vergangenheit, in der er jung und frei war. Das kann unmöglich gefährlich sein.

Ein Teil von ihm weiß, dass das nicht wahr ist, aber einem anderen ist klar, dass er trotzdem mitspielen wird, weil es töricht wäre, es nicht zu tun. Er würde wie ein Trottel aussehen, als stünde er unter dem Pantoffel. Mit den Händen in den Hosentaschen tritt er von der Tür zurück und geht mit sich zurate. Er wird hinausgehen und aufrichtig erstaunt wirken, wenn er sie sieht, nicht erfreut oder so, sondern beinahe fragend. Mit einer Miene, die sagt: »Was machst du denn schon wieder hier?«

Samstagabends haben sie Livemusik, also keine Chance auf irgendein Tête-à-Tête, und vielleicht bleibt Catriona ohnehin nicht lange. Trotzdem zögert er, überlegt, wie er das angehen soll, und wünscht sich mit einem Mal, Liv wäre hier. Der Gedanke verärgert ihn. Als wäre er ein Kind, das nicht allein mit der Situation umgehen kann. Abrupt reißt er die Bürotür auf und betritt die Bar.

Catriona weiß ganz genau, dass er sie beobachtet, obwohl sie die Tür zum Büro nicht direkt ansieht. Aus dem Augenwinkel kann sie seinen Schatten hinter den beleuchteten Glasscheiben erkennen, sieht, wie still er steht, unentschlossen und unsicher, wie er vorgehen soll. Sie lacht lautlos in sich hinein. Wie einfach es ist, Menschen zu verunsichern, sie in die Defensive zu treiben; sie sind so leicht zu manipulieren und zu beherrschen. Man braucht kein Psychologe zu sein, um zu erkennen, dass Matt die täglichen Verpflichtungen leid ist und keine Lust mehr hat, allen Aspekten seines komplizierten Lebens gerecht zu werden, und dass er sich manchmal gekränkt, festgefahren und wenig wertgeschätzt fühlt. Er ist bereit für etwas Neues, für Bewunderung, *Spaß*.

Catriona weiß allerdings, dass sie vorsichtig sein muss. Matt ist nicht so leicht zu beeinflussen. Sie hat ihren Feldzug geplant, ist sich aber bewusst, dass sie flexibel sein muss. Wieder schmunzelt sie. Dieses lautlose, nach innen gerichtete Lachen. Möge das Spiel beginnen!

Matt kommt aus dem Büro. Er sieht sich beiläufig in der Bar um, und als er sie erblickt, schießen seine Augenbrauen verblüfft in die Höhe – doch sie lässt sich nicht täuschen. Sie rührt sich weder noch winkt sie ihm zur Begrüßung zu, sondern wartet darauf, dass er zu ihr herüberkommt, was er nach kurzer Unentschlossenheit tut, wenn auch zögerlich, als könnte er sich ihrem Willen nicht widersetzen.

Erst als er über ihr aufragt, lächelt sie zu ihm hoch. Ihr Lächeln ist herzlich, offen und sogar liebevoll – sie kennt ihn schließlich seit Jahren –, und sie bemerkt, dass er leicht erstaunt wirkt. Mit ihrer scheinbaren Harmlosigkeit hat sie ihn überrumpelt, mit dieser Zurschaustellung echter, einfacher Freundlichkeit.

»Hi«, sagt er, immer noch leicht verlegen. »Welchem Umstand haben wir deine schnelle Rückkehr zu verdanken? Erzähl mir nicht, dass es die Aufschnittplatte war.«

Sie lacht, was seine Absicht war, und nimmt seine Zufriedenheit und Freude über ihre bereitwillige Reaktion wahr. »Nur teilweise«, erklärt sie. »Tatsächlich ist es im Cottage ohne meine alte Mum komisch. Ich hätte nie gedacht, dass mir das so zusetzen würde, aber um dir die Wahrheit zu sagen, hat mich das Ausräumen ein bisschen deprimiert. So viele Erinnerungen ... Ach ja ...« Sie zuckt mit den Schultern und verzieht ein wenig das Gesicht.

Sie schaut ihn nicht an, doch sie spürt seine schnelle Reaktion, sein instinktives Mitgefühl. Das ist jetzt fast zu einfach. »Es kling etwas verrückt, Matt, aber ich dachte, ich würde hier zu Abend essen. Ein vertrautes Gesicht sehen, weißt du?«

»Ja, natürlich«, gibt er rasch zurück. »Doch die Rückfahrt ist ziemlich weit, nicht wahr?«

Sie winkt ab. »Eigentlich nicht, aber ich habe mich in einem kleinen Hotel um die Ecke eingemietet. Mir war klar, dass ich einen Drink brauche, und da fand ich, dass es dumm wäre, nachher nach Rock zurückzufahren. Im Cottage ist es ein wenig trübselig. Ich möchte eine Weile nicht daran denken. Ich weiß, das klingt schwach, doch ...« Noch ein Schulterzucken. »Sie fehlt mir ganz einfach.«

»Natürlich vermisst du sie. Dann will ich dir mal diesen Drink holen. Was möchtest du?«

Wenn du wüsstest, denkt sie. Aber so weit bist du noch nicht.

Laut sagt sie etwas anderes. »Wenn ihr einen Sauvignon blanc hättet ...?«

»Selbstverständlich. Großes Glas? Mittel?«

»Besser ein mittleres.« Sie wirft ihm ein leises, dankbares Lächeln zu, in dem jedoch ein Hauch von Schalk liegt. »Könnte ein langer Abend werden.«

Er erwidert ihr Lächeln und geht den Wein holen. Sie sieht ihm nach. Ja, das Spiel hat begonnen.

Wer hätte gedacht, dass sie so verletzlich sein könnte?, überlegt Matt. Ihre Mum zu verlieren war schwer für sie.

Einen Moment lang denkt er an seine eigene Mutter, eine schattenhafte Gestalt, die gestorben ist, als er drei war. Er kann sich nicht wirklich an sie erinnern, obwohl seine Großmutter ihm oft von ihr erzählt hat, sodass seine verschwommenen Kindheitserinnerungen sich unvermeidlich mit Familienüberlieferungen, Anekdoten und Fotos mischen. Matt stand seiner Großmutter sehr nahe, und er war glücklich in dem Haus in Bristol, wo sie ihn aufgenommen hatte, während Baz sich von seiner Trauer und seinem Schock erholte, nachdem er seine Frau und seinen kleinen Sohn verloren hatte. Baz ist stets eine zentrale Präsenz in Andys Leben gewesen. Er hat ihn unterstützt, ermuntert und ihm ein Gefühl von Sicherheit vermittelt, besonders, nachdem Matts Großmutter während seines Studiums verstorben war. Sie fehlte ihm furchtbar, aber Baz war immer für ihn da.

Matt mag nicht darüber nachdenken, dass auch Baz einmal sterben könnte. Er schiebt den Gedanken energisch beiseite und empfindet noch mehr Mitgefühl für Catriona. Es muss hart sein, die Besitztümer ihrer Mutter auszuräumen, ohne dass ihr jemand hilft. Er erinnert sich an das, was Liv ihm erzählt hat: Catrionas Vater hat nach der Scheidung ziemlich schnell wieder geheiratet und hat eine zweite, jüngere Familie in den Staaten. In dieser Situation würde sogar Liv Mitleid mit Catriona haben, denkt Matt. Kurz fragt er sich, in welchem Hotel sie wohl abgestiegen ist, und überlegt, ob es freundlich wäre, sie später zurückzubegleiten. Es ist eine Erleichterung, dass er ihr kleines Stadthaus abgeschlossen hat, während Liv unterwegs ist. Wenigstens braucht er dann seine Gastfreundschaft nicht anzubieten. Für ihn ist es praktisch, die kleine Wohnung hier im zweiten

Stock zu nutzen, die vor ihrer Heirat und während sie das *The Place* aufgebaut hatten, Livs Zuhause war. Manchmal vermieten sie sie an jemanden vom Personal unter, aber momentan steht sie leer, und Matt ist hier über dem Lokal ganz glücklich. Sobald er aufwacht, kann er sich an die Arbeit machen.

Er bringt Catriona das Glas Wein und die Karte und setzt beides auf den Tisch. »Gib mir Bescheid, wenn du bestellen willst.«

»Es ist noch ein wenig früh«, sagt sie. »Aber ich werde meinen Drink genießen und mir die Speisekarte anschauen. Danke. Wahrscheinlich kannst du dich nicht zu mir setzen, oder?«

Er verzieht bedauernd das Gesicht. »Ich wünschte, ich könnte, doch wir haben zu viel zu tun. Samstags sind wir so gut besucht wie an keinem anderen Wochentag.«

Ehrlich gesagt ist er erleichtert, diese Ausrede zu haben. Er ist sich nicht ganz sicher, wie er jetzt weitermachen soll, und so ist er aus dem Schneider. Unterdessen wird er dafür sorgen, dass man sich um sie kümmert, und sich ab und zu die Zeit für eine kleine Plauderei nehmen. Die Bar füllt sich, der Gitarrist taucht auf und winkt ihm zu, und Matt hebt die Hand, lächelt und zuckt an Catriona gewandt betreten mit den Schultern. »Du siehst ja, wie das ist«, soll die Geste besagen. Dann eilt er davon.

Catriona trinkt ihren Wein und studiert ganz zufrieden die Speisekarte. Jetzt weiß sie genau, wie ihr nächster Schachzug aussehen wird. Sie beobachtet die Gäste, das Personal, das tüchtig und höflich umhereilt, und Matt, der hier, dort und überall ist und alles unter Kontrolle hat. Bald bestellt sie ihr Essen. Während sie in der Ecke sitzt und ihre Zuschauerrolle genießt, fallen ihr vier kleine Gemälde auf, die an der weiß getünchten Wand neben ihr hängen. Als sie sie genauer untersucht, sieht sie, dass sie ein ähnliches Thema haben – Straßenmärkte. Sie erkennt sie wieder: Oxford, Covent Garden, Portobello Road, Greenwich. Darauf sind die Händler dargestellt, die Stände mit ihren wehenden Planen und die Käufer. Das Thema kommt ihr ungewöhnlich vor. Sie bemerkt auf allen zwei Knaben, einer groß und blond und der andere dunkel und stämmig, die neben dem Markthändler stehen. Auf dem ersten Bild beschäftigt der dunkle Junge den Standbesitzer, indem er auf ihn einredet und gestikuliert, während der größere blonde Knabe die Hand in die geräumige Schürzentasche des Mannes gleiten lässt. Es ist ein Moment wie aus Oliver Twist, und Catriona lächelt angesichts der geschickten Pinselstriche. Sie bringen Schnelligkeit und Täuschung zum Ausdruck und ein Lächeln hinter vorgehaltener Hand.

Bevor sie den Namen des Künstlers entziffern kann, kommt eine Kellnerin, um ihre Bestellung aufzunehmen. Catriona trifft ihre Wahl, lässt sich ein zweites Glas Wein bringen und sieht sich nach Matt um. Und da ist er schon, lächelt und fragt, ob alles nach ihren Wünschen ist.

Sie nickt. »Herrje, ihr habt aber viel zu tun, was? Da wirst du froh sein, morgen den Tag freizuhaben.« Sie registriert den exakten Moment, in dem er die Falle spürt und misstrauisch wird, und zieht die Augenbrauen hoch. »Ihr habt doch am Sonntag geschlossen, oder?«

Matt schüttelt den Kopf. »Nur vormittags. Wir öffnen dann zum Abendessen«, erklärt er.

»Verdammt. Weißt du, ich hatte nämlich eine Idee«, sagt sie und beugt sich ganz leicht vor, vertraulich. »Ich hatte mich gefragt, ob ich dich einspannen kann.«

»Einspannen?«

Über seinen vorsichtigen Ton möchte sie am liebsten lächeln, doch sie setzt eine nachdenkliche, leicht nervöse Miene auf. »Im Cottage ist viel zu sortieren, aber einiges davon kann ich nicht heben. Kisten und so etwas. Eigentlich möchte ich keinen Fremden fragen, jemanden dafür bezahlen, verstehst du? Und ich kenne niemanden in der Gegend. Ich muss Sachen zur Müllkippe fahren, und ich hatte überlegt, ob du mir vielleicht unter die Arme greifen könntest. Ich weiß, das ist etwas viel verlangt …«

»Nein, ist es nicht. Natürlich nicht. Ich schätze, ich könnte mich am Vormittag ein paar Stunden freimachen.«

Sie sieht, dass er sein Zögern bedauert; er hat das Gefühl, sich ein wenig flegelhaft benommen zu haben. »Ach, das wäre wundervoll.« Beinahe faltet sie die Hände, hat jedoch das Gefühl, das wäre etwas zu viel der Dankbarkeit. So legt sie nur leicht den Kopf schräg, als überwältige sie seine Freundlichkeit. »Wenn es dir passt, könnte ich uns morgen früh herunterfahren.«

»Ja, natürlich«, sagt er. »Oder ich fahre … Hör mal, lass uns die Einzelheiten später besprechen.«

Ein Mitarbeiter tritt in der Nähe von einem Fuß auf den anderen und versucht, seine Aufmerksamkeit auf sich zu ziehen, und Matt nickt in seine Richtung, wirft Catriona ein Lächeln zu und geht davon, zur Theke.

Voller Zufriedenheit darüber, wie gut ihr Plan funktioniert hat, lehnt sie sich auf ihrem Stuhl zurück und versucht zu entscheiden, ob es das Beste wäre, sich von ihm nach Rock fahren zu lassen. So oder so werden sie gemeinsam nach Truro zurückkehren müssen, entweder um ihn zurückzubringen oder um ihr Auto zu holen. Sie stellt sich Livs Gesicht vor, fragt sich, ob Matt ihr davon erzählen wird, und möchte am liebsten vor Lachen herausplatzen.

Ihr Teller wird gebracht, und sie beginnt, hungrig zu essen.

9. Kapitel

Sonntag

Am Tag nach der Party ist niemand so recht er selbst. Sogar die Zwillinge haben noch mit den eigenartigen Nachwirkungen des Drachensteigenlassens zu tun. Es ist eine Sache, eine Geschichte über ein magisches Ereignis zu hören, aber eine ganz andere, es mitzuerleben. Zuzusehen, wie der Drachen sich plötzlich in die blaue Luft erhebt, schwebt, heruntersinkt und wieder aufsteigt. Als sie aufwachen, sind sie immer noch dabei, ihre Reaktion zu verarbeiten, und fühlen sich hin- und hergerissen zwischen ihrer Sehnsucht, den Zauber noch einmal zu erleben, und der Angst, die Aktion könnte diesmal fehlschlagen.

Sie freuen sich darauf, nach dem Mittagessen mit Baz segeln zu gehen. Sie werden still sitzen und zusehen, wie der Wind in das Segel fährt, sodass sie beinahe wie durch die gleiche Magie, die den Drachen zum Leben erweckt hat, über das Wasser getragen werden. Unbewusst beginnen sie, eine Verbindung herzustellen und einen Sinn zu erkennen. Sie hocken dicht beieinander, kommunizieren lautlos und fühlen sich schon froher.

Baz sieht sie voller Zuneigung an. Komische Kerlchen.

»Der Drachen scheint sie verunsichert zu haben«, meint Liv nach dem Frühstück. »Sie waren sehr still. Ich glaube, sie halten dich für eine Art Zauberer.«

»Das bin ich doch«, gibt Baz sofort zurück. »Ich kann Dinge aus dem Nichts erscheinen lassen. Glaub mir.«

Liv lacht. »Ja. Du bist der Zauberer von Oz!«

Trotzdem spürt er, dass auch Liv heute nicht so fröhlich wie sonst ist. Während des Abendessens bei der Party war sie ein wenig still und wirkte leicht besorgt. Dabei kann er sich keinen Grund denken, aus dem sie beunruhigt sein sollte. Es war gut, sie zusammen mit Sofia zu sehen und mitzuerleben, wie sie Spaß mit einer Gleichaltrigen hatte. Sofia und sie haben sich sofort gut verstanden; sie sind nicht nur gleich alt, sie haben auch die gleichen Interessen.

Das sagt Baz sich schon den ganzen Tag immer wieder, damit seine eigene Reaktion auf Sofia keine Wurzeln in ihm schlägt. Und doch kann er nicht ganz vergessen, wie sein Herz schneller pochte, als er sie zum ersten Mal gesehen hat und die Art, wie sie quer durch den Raum seinen Blick aufgefangen hat, den kleinen Schock, so als flammte in der Dunkelheit mit einem Mal ein Streichholz auf.

»Ach, jetzt mach mal halblang!«, murmelt Baz in sich hinein und ärgert sich über seine Torheit. Er sieht die Brise kommen, als drückten Katzenpfötchen die Meeresoberfläche ein. »Klar zum Wenden!«, ruft er Freddie und Flora zu.

Gehorsam ducken sich die Zwillinge, als die Spiere herumschwingt, das Dingi wendet und weitersegelt.

Liv sieht vom Strand aus zu. Jenks sitzt aufmerksam neben ihr. Sie weiß, dass er sich Sorgen um Baz und die Zwillinge macht und unglücklich ist, wenn sie unerreichbar für ihn auf diesem fremden Element unterwegs sind, und sie streckt eine Hand aus und streichelt ihm über den Kopf. Dankbar legt er die Ohren an und schlägt mit dem Schwanz auf den Sand, aber er starrt trotzdem weiter das kleine Boot an, als wollte er es dazu bewegen, zum Ufer zurückzukehren.

Liv denkt an Matt und den sorgenvollen, abwesenden Unterton in seiner Stimme, als sie am Vortag zwischen Prosecco und Abendessen mit ihm gesprochen hat. So klingt er nicht, wenn er viel zu tun hat – dann wirkt er leicht ungeduldig, als wollte er sagen: »Kann das nicht warten?« Doch bei ihrem Telefonat gestern hat er vollkommen distanziert geklungen und war mit seiner Aufmerksamkeit überhaupt nicht bei ihr. Eine Intuition sagt ihr, dass sie Grund zur Nervosität hat, dass etwas sehr Ungewöhnliches vor sich geht. Liv versucht, sich zu beruhigen und sich richtig an das Gespräch zu erinnern, doch selbst als sie es noch einmal abspult, weiß sie einfach, dass da etwas Wichtiges war. Heute war sein Telefon bis jetzt ausgeschaltet. Sie hatte die leise Hoffnung gehegt, er würde am heutigen Sonntag die zweistündige Fahrt von Truro hierher auf sich nehmen, doch dann hätte er gleich nach dem Mittagessen wieder zurückfahren müssen. Es wäre gut für ihn, stattdessen einmal auszuschlafen und sich zu entspannen, statt sich in den Wochenendverkehr zu stürzen, der herrscht, wenn die Urlauber Cornwall verlassen, um nach Norden und nach Hause zurückzukehren. Wenn alles gut geht, hat er später in der Woche einen freien Tag und kann über Nacht bleiben. Trotzdem kann Liv nicht anders, als zu hoffen, dass er das vorschlägt.

Sie versucht, sich auf andere Themen zu konzentrieren. Sofia und sie haben ihre Telefonnummern ausgetauscht und wollen sich treffen, vielleicht auf einen Kaffee in Kingsbridge oder zum Mittagsessen in South Milton, das ein paar Meilen weiter an der Küste liegt. Sie mag Sofia gern; sie haben sich gleich gut verstanden, und sie schien guter Stimmung zu sein. Liv hatte mit jemandem gerechnet, der vielleicht niedergeschlagen sein und mit dem ihr die Kommunikation schwerfallen würde, doch Sofia war lustig, fast erstaunlich amüsant. Spontan beschließt Liv, ihr eine SMS zu schreiben und sie zum Tee und vielleicht noch einmal zum Drachensteigenlassen einzuladen. Sie sollte Baz fragen, aber sie kann sich nicht vorstellen, was er dagegen haben sollte. Er schien sich sehr darüber gefreut zu haben, wie gut sie miteinander auskamen.

Liv geht zurück ins Haus, um ihr Handy zu suchen, und lässt Jenks auf seinem Ausguck zurück.

Sofia liest die SMS, legt ihr Telefon hin und tippt sich mit dem Zeigefinger an die Lippen, während sie überlegt, was sie tun soll. Sie ist schockiert darüber, wie bei der Aussicht, Baz wiederzusehen, mit einem Mal ein Hochgefühl in ihr aufsteigt. Das ist ihre erste Reaktion, und sie setzt sich auf die Bettkante, um sich zusammenzunehmen. Neben ihr liegt ihr Laptop – sie hat sich um eine Stelle in einem Kindergarten beworben –, doch jetzt schiebt sie ihn beiseite und liest Livs kurze Nachricht noch einmal.

Hi, Sofia. Lust auf Tee und Drachensteigenlassen? Liv

Albernerweise fragt sie sich, ob der Vorschlag von Baz stammt, und hofft es, aber auf jeden Fall möchte sie Liv und die Zwillinge gern wiedersehen. Sofia steht auf und schaut sich im Spiegel an. Sie schiebt sich die Haare aus der Stirn und mustert ihr Gesicht mit den Sommersprossen und den grünen Augen kritisch. Bewusst denkt sie an Rob, ruft bestimmte Erinnerungen auf und wartet darauf, dass die vertraute Flut aus Traurigkeit und Verzweiflung in ihr aufsteigt. Doch merkwürdigerweise sieht sie nicht Rob vor ihrem inneren Auge, sondern den kleinen

Seb, wie er ihr entgegenläuft, ihr im Kindergarten zum Abschied zuwinkt oder um eine weitere Gutenachtgeschichte bettelt. Abrupt wendet sie sich ab, schnappt sich ihr Handy und geht nach unten.

Janet und Dave arbeiten im Garten und sind glücklich damit beschäftigt, verwelkte Blüten auszubrechen und den Rasen zu mähen. Sofia lächelt ihnen zu und setzt sich auf einen der Stühle, die unter dem Baum stehen. Janet tritt zu ihr.

»Ich sollte euch helfen«, sagt Sofia, »doch ich habe mich im Internet nach Jobs umgesehen.«

»Ich hantiere nur ein bisschen herum«, gibt Janet zurück. »Ist es schon Zeit für eine Tasse Tee?«

»Na ja, das ist gerade die Sache«, versetzt Sofia schnell und ist sich nicht sicher, warum sie ein schlechtes Gewissen hat. »Ich habe gerade eine Nachricht von Liv bekommen. Sie hat mich eingeladen, mit ihr Tee zu trinken und mit den Zwillingen noch einmal den Drachen steigen zu lassen.«

»Oh.« Janet wirkt erstaunt und erfreut und strahlt noch etwas anderes aus, das Sofia nicht ganz deuten kann. »Wie nett. Du gehst natürlich hin, oder?«

»Ja. Ich meine, ich könnte doch, falls das in Ordnung ist? Ähm, sie hat nichts von dir oder Dave gesagt … Aber ich bin mir sicher …«

»Nein, nein«, erwidert Janet rasch. »Das ist etwas für euch junge Leute.«

Hat sie da etwa das Wort »jung« ganz leicht betont? Sofia weiß, dass sie zu empfindlich ist, und wirft Janet schnell ein Lächeln zu. »Großartig. Dann sause ich mal los.« Sie steht auf, zögert. »Danke, Janet. Bis später.«

Janet setzt sich und sieht Sofia nach, die davoneilt. Dann hört sie, wie sie ihr Auto startet und davonfährt. Dave hat ein Stück Rasen fertig gemäht, kippt den Grasschnitt auf den Komposthaufen und kommt zu ihr herübergeschlendert.

»Ein Problem?«

»Nein.« Stirnrunzelnd schüttelt Janet den Kopf. »Ich wünschte nur, du hättest gestern Abend nicht die Bemerkung über Sofia und Baz gemacht.«

Dave setzt sich und mustert Janet aufmerksam. »Wieso? Was hat sie gesagt?«

»Nichts. Nur dass Liv sie zum Tee eingeladen hat, aber sie wirkte strahlend und aufgeregt. Nicht so, als würde man eine andere junge Frau und ihre Kinder zum Tee besuchen, wenn du verstehst, was ich meine.«

Dave legt die Stirn ein wenig in Falten und denkt an die Party und den Blick zwischen Baz und Sofia, den er aufgefangen hat, diesen eigenartig intimen Blick. Und ihm sind Sofias Reaktion darauf aufgefallen und die Spannung, die noch die ganze Zeit zwischen den beiden herrschte. »Wahrscheinlich ist es nichts«, meint er.

»Das hast du gestern Abend nicht gesagt«, gibt Janet ziemlich scharf zurück. »Du hast mir erzählt, ohne den Altersunterschied würdest du behaupten, das war Liebe auf den ersten Blick.«

»Gestern Abend hatte ich zu viel getrunken«, sagt Dave gereizt und wünschte, er hätte den Mund gehalten. »Das war nur ein kleiner Scherz.«

»Das glaube ich nicht«, erwidert Janet. »Und gerade eben hat sie … nun ja, ganz strahlend und glücklich ausgesehen.«

»Ich dachte, das wünschst du dir für sie?«

»Schon. Aber nicht so«, gibt sie ein wenig rätselhaft zurück. »Jedenfalls bin ich mir sicher, dass Baz nicht … du weißt schon.«

Dave verzieht das Gesicht und zuckt kaum merklich mit den Schultern. Er würde es dem guten Baz nicht verübeln, wenn er auf Sofia stünde – eine nette Abwechslung zu Annabel, dieser Xanthippe, die ihn ständig umgarnt.

»Was?« Janet starrt ihn fast anklagend an.

»Nichts«, entgegnet er abwehrend. »Ich mähe den Rasen zu Ende. Warum setzt du nicht schon einmal Teewasser auf?«

Annabel sieht auf die Uhr und fragt sich, ob es ein wenig zu früh für den ersten Gin Tonic des Tages ist. Sie überlegt, wo Miles steckt und was er treibt. Wahrscheinlich sitzt er im Salon und hat die Zeitungen über das ganze Sofa verteilt. Sie blickt sich in der Küche um, die jetzt nach ihrer großen Kochaktion wieder blitzsauber ist, und spürt ein Gefühl von Zufriedenheit. Sie liebt ihre moderne, glänzende Küche und den Gedanken, dass die Gefriertruhe voll mit köstlichen Gerichten ist, die nur auf ihre perfekt ausgerichteten Dinnerpartys warten, und jetzt ist Annabel bereit für das Mittagessen, das sie am Freitag für Baz geben will.

Miles hat sie auf die Idee gebracht, zu einem Mittagessen einzuladen und nicht wie sonst zum Dinner.

»Wir könnten den Lunch ein wenig in die Länge ziehen«, sagte er, »und irgendwann ist es Zeit für den Tee und dann für einen Drink.«

Jedenfalls heißt das, dass sie viel mehr von Baz hat als bei einer einfachen Einladung zum Abendessen. Die Gäste werden die üblichen sein: Dave und Janet, Baz natürlich und Liv. Sie wird wohl das Patenkind einladen müssen – wie hieß sie noch einmal? Sofia. Aber das würde Liv ausgleichen. Und ein paar weitere handverlesene Nachbarn. Annabel selbst hätte sich nicht mit El abgegeben, doch aus irgendeinem Grund mag Baz sie gut leiden, und im Dorf lebt ein netter, wenn auch langweiliger Bursche namens Jeff, den Annabel immer neben sie setzt, obwohl anscheinend nie etwas daraus wird.

Annabel reckt sich; sie ist glücklich. Baz hat gestern etwas Neues, ganz Besonderes ausgestrahlt. Er hat ein wenig zappelig gewirkt, lebhaft, und sie hatte das Gefühl, dass er sich ihrer sehr bewusst war. Sie öffnet die Tür zum Salon und zieht die Augenbrauen hoch, als sie Miles erblickt, der völlig in die bunten Sonntagsbeilagen versunken ist, während Daffy zu seinen Füßen ein Nickerchen macht.

»Dachte ich mir doch, dass ihr zwei euch hier versteckt. Ich bin in der Küche fertig und finde, dass ich einen Drink verdient habe. Mir ist gerade aufgegangen, dass diese elenden Zwillinge zu meinem Mittagessen kommen müssen, wenn Meggie nicht auf sie aufpassen kann. Das wird vollkommen unmöglich mit zwei kleinen Kindern und diesem Hund.«

»Jenks kann Daffy Gesellschaft leisten«, gibt Miles zurück, streichelt den Kopf der Hündin und steht auf. »Oder, altes Liebchen? Das hättest du gern, was?«

Daffy wedelt zuvorkommend mit dem Schwanz, und Annabel zieht abfällig die Nase kraus. »Wir müssen nachhören, ob Meggie frei ist«, erklärt sie. »Sie kann die Zwillinge und den Hund hüten.«

Sie freut sich auf das Mittagessen, das sie für Baz gibt; und vorher fährt sie vielleicht eines Vormittags vorbei und hofft, ihn allein anzutreffen. Sie setzt sich und sieht zu, wie Miles die Drinks einschenkt. Das Leben ist schön …

Miles mixt für jeden von ihnen einen Gin Tonic, nicht zu stark. Er fragt sich, ob Annabel gestern etwas Merkwürdiges an Baz' Verhalten aufgefallen ist, aber er vermutet, dass nicht. Dazu ist sie zu fröhlich, zu optimistisch. Und außerdem hat er Baz' Reaktion auf Sofia vielleicht missverstanden. An dem Morgen, als er hinübergefahren war, um den Wein abzuliefern, hat sein Freund eindeutig gestutzt, als sie mit Liv in die Küche trat. Baz wirkte fast schockiert, obwohl er sich sehr schnell wieder gefangen hat. Nicht, dass seine Reaktion jemanden verblüfft hätte. Sofia ist ein unglaublich attraktives Mädchen. Nun ja, denkt Miles, vielleicht kein Mädchen, sondern eine Frau. Anscheinend klingt es heutzutage herablassend, wenn man eine Frau ein »Mädchen« nennt, doch Sofia und Liv kommen ihm so jung vor; sie sind so alt wie seine Tochter. Natürlich war Annabel nicht dabei, um Baz' Reaktion zu bemerken, und sie hat Sofia bereits als unbedeutend abgeschrieben. Sie findet nichts Attraktives an der erstaunlichen Kombination aus kupferfarbenem Haar, grünen Augen und cremeweißer, mit Sommersprossen übersäter Haut. Annabel nennt Sofias Haarfarbe »karottenrot« und ist der Meinung, dass Sommersprossen entstellend sind. Nie würde sie auf die Idee kommen, dass andere Menschen diese Farben anziehend finden könnten. Genauso betrachtet sie El: Weil sie nicht offensichtlich hübsch ist und keinen Fetisch daraus macht, sich herauszuputzen, nimmt Annabel sie gar nicht richtig wahr.

Miles holt Eis und Zitrone, denkt an El und fragt sich, wann er sie wiedersehen wird. Es war eine solche Freude, mit ihr zusammen zu sein und mit ihr über so viele unterschiedliche Themen zu plaudern. Während er Annabel den Drink reicht und sich wieder aufs Sofa setzt, überlegt er, ob El ihr Gespräch genauso genossen hat wie er.

El ist draußen auf den Klippen. Sie trägt ihren Rucksack, in dem sie einen Skizzenblock und einen kleinen Imbiss verstaut hat, und betrachtet ehrfürchtig staunend die Farben und Strukturen von Land und Meer. Sie weiß, dass sie das unmöglich wiedergeben kann, aber sie wird den Versuch genießen, obwohl niemand das Endergebnis zu Gesicht bekommen wird. Hoch über ihr ziehen sich weiße Kondensstreifen schnurgerade wie Eisenbahnschienen über die blaue Weite. Am fernen Horizont im Westen türmen sich prachtvolle goldene Kumuluswolken, und das durchscheinende Meer weist heute einen milchigen Türkiston auf. El liebt das Gefühl von Unendlichkeit, das sie umgibt, die federnde Grasnarbe unter ihren Füßen, die verkrüppelten goldgelben Ginsterhecken und die dicken Grasnelkenbüschel. Merkwürdig, doch sie fühlt sich nie allein, sondern ist sich sogar in dieser scheinbaren Leere »einer solchen Wolke von Zeugen« bewusst, die ihr Gesellschaft leisten, wie es in der Bibel heißt. Voller Zuneigung denkt sie an die realeren Freunde, mit denen sie am vergangenen Tag zusammen war, und fragt sich, was sie jetzt wohl gerade tun. Sie kann es sich gut vorstellen. Janet und Dave werden gemeinsam das Abendessen planen. Baz und Liv werden die Zwillinge baden und ins Bett bringen. Miles wird Annabel einen Drink einschenken.

Der liebe Miles. El fühlt sich von Zuneigung und Traurigkeit ergriffen und wünscht sich, dass er glücklich wird. Sie fragt sich, was die Wurzel von Annabels Bedürfnis ist, immer im Mittelpunkt der Aufmerksamkeit zu stehen und so destruktiv, so besitzergreifend zu sein. Vielleicht hat sie ja eine Zurückweisung in der Kindheit auf diesen unglücklichen Weg gebracht. Ihre Unsicherheit hat ihre Beziehung zu ihrem eigenen Kind und zu Miles geschädigt. Aber wie soll man ihr helfen?

El schaut sich um, lässt den Rucksack von den Schultern gleiten und stellt ihn ins Gras. Sie zieht ihren Proviant hervor – eine kleine Thermosflasche mit Tee, ein Sandwich und etwas Obst – und nimmt Skizzenblock und Bleistifte heraus. Dann setzt sie sich im Schneidersitz ins Gras und beginnt zu zeichnen.

Im letzten Tageslicht schlendert Baz am Wasser entlang. Der Wind hat nachgelassen, das Meer ruht sanft am Ufer, und Himmel und See verschwimmen zu einer dunstigen Unendlichkeit. Der Strand ist übersät mit den Hinterlassenschaften der Zwillinge: aus Muscheln gelegte Muster, in den Sand gemalte Bilder, eine Schaufel. Alle sind Zeugen des magischen Nachmittags, den er mit ihnen und Liv verbracht hat – und mit Sofia. Baz holt tief Luft und bleibt stehen, um aufs Meer hinauszusehen. Ein Lächeln huscht über seine Lippen. Er kann sich nicht erinnern, wann er je die Gesellschaft einer Frau so genossen hat. Sofia ist so natürlich, so ungezwungen und so witzig. Und sie sieht umwerfend aus, wunderschön.

Baz lacht sich selbst aus und spottet über seine Verrücktheit. Er benimmt sich wie ein frisch verliebter Teenager. Auf der einen Seite möchte er am liebsten springen und schreien, doch zugleich möchte er dieses Gefühl für sich behalten und seine privaten Erinnerungen an den Nachmittag hegen. Er sieht Sofia vor sich, wie sie im Schneidersitz im Sand hockt, je einen Zwilling mit einem Arm umschlingt und ihnen eine Geschichte vorliest. Wie sie mit Jenks über den Strand läuft und Steine für ihn wirft und – das Allerbeste – wie sie das Dingi rudern, nur sie beide.

»Das macht Spaß«, sagte er, legte sich in die Riemen und lächelte ihr zu.

Und sie erwiderte es strahlend. »Ja, nicht wahr?«

Dann kamen die Zwillinge ans Ufer gelaufen und riefen, jetzt seien sie an der Reihe, und er sah Sofia an, zuckte leicht mit den Schultern und lächelte ihr bedauernd zu; und ihre Reaktion machte klar, dass sie ihn verstand und auch gehofft hatte, ihr gemeinsamer Augenblick hätte länger dauern können.

Er sehnte sich danach, eine neue Verabredung mit ihr zu treffen, wusste aber nicht, wie er das anstellen sollte. Er konnte sich nicht vorstellen, dass es genauso schön wäre, mit ihr zusammenzusitzen, wenn Dave und Janet in der Nähe waren. Obwohl er sie natürlich in die Strandvilla einladen könnte. Doch am Ende war das gar nicht nötig, denn das übernahm Liv für ihn, als sie Sofia zurück zum Auto brachten.

»Komm jederzeit vorbei«, sagte Liv. »Wir könnten eine Spritztour an der Küste entlang unternehmen, zu diesem Café in South Milton.«

Baz war sich nicht sicher, ob er zu der Spritztour eingeladen war, doch Sofia meinte nur, sie müsse nachhören, ob Janet und Dave Pläne hätten, aber sie werde sich per SMS melden. Während sie ins Auto stieg, warf sie Baz einen letzten Blick zu und lächelte, und er schaute auf sie hinunter und schloss ihre Tür.

»Lassen Sie uns nicht allzu lange warten«, sagte er so leise, dass nur sie es hören konnte, und sie schüttelte beinahe vehement den Kopf, als wäre das vollkommen undenkbar.

Jetzt steht Baz ganz still da, die Hände in den Hosentaschen vergraben, und muss plötzlich an Lucy denken. Sie war Sofia ganz ähnlich gewesen – warmherzig, liebevoll, spontan –, doch darunter lag eine Verletzlichkeit, eine Neigung zu Depressionen und Unsicherheit. Er erinnert sich an ihre Reaktion, als der Facharzt ihnen erklärte, das Baby – Benedict – habe Krebs: ungläubige Starre, gefolgt von einem Tränenausbruch. Lucy verfiel in Depressionen, konnte den Alltag nicht mehr bewältigen und weigerte sich, das Baby aus den Augen zu lassen. Sie bekam Valium verschrieben, was sie beruhigte. Zumindest schien das so zu sein, bis Baz eines Tages nach Hause kam. Er fand das Baby erstickt vor, tot auf Lucys Schoß, bedeckt von ihrem Erbrochenen und umschlossen von ihren kalten Armen.

Jetzt sieht er das Grauen wieder vor sich. So lange ist das her, doch er hat es nie vergessen. Es war zu furchtbar, um jemals das Risiko einzugehen, dass so etwas mit einer anderen Frau noch einmal passieren könnte. Ist es fair von ihm, der Anziehung zwischen Sofia und ihm freien Lauf zu lassen? Sie ist noch jung genug, um zu heiraten und eine Familie zu gründen, während er schon Vater und Großvater ist. Und doch geht es ihm nicht um einen müßigen Flirt. Es ist etwas Besonderes. Er kann diese Verbindung zwischen ihnen nicht definieren, sie nicht genau bestimmen, aber sie ist zu kostbar, um nur darauf zu verzichten, weil ihm der Mut fehlt. Und schließlich ist Sofia kein Kind mehr. Sie werden die Gelegenheit haben zu reden, Entscheidungen zu treffen …

Hinter ihm knirschen Schritte über den Sand, und da ist Liv, warm, lebhaft, lebendig. Sie hakt ihn unter und lächelt ihm zu. »Du wirkst so ernst«, sagt sie. »Die Zwillinge wollen einfach nicht schlafen, bis du ihnen noch ein Kapitel aus *Der Wind in den Weiden* vorliest. Deine eigene Schuld, weil du die Stimmen so gut nachmachst.« Sie runzelt leicht die Stirn und mustert ihn. »Geht's dir auch gut?«

»Ja, natürlich«, antwortet er und ist dankbar für ihre Herzlichkeit, ihre Liebe. »Bring mich hin. Es macht mir sogar Spaß. Lange her, dass ich Matt das Buch vorgelesen habe.«

»Ich dachte, es könnte zu altmodisch für sie sein, doch sie lieben es. Die Ratte und den Maulwurf und das ganze Herumalbern in Booten.« Sie drückt seinen Arm. »Wie klug von dir, lieber Baz. Wenn du zu ihnen hinaufgehst, fange ich schon an, das Abendessen für uns beide vorzubereiten.«

Baz steigt die Treppe hinauf und lächelt den Zwillingen zu, die erwartungsvoll in ihren Betten sitzen und die Stofftiere umklammern, die ihnen heute Nacht Gesellschaft leisten: Pengy, ein Pinguin, und Douggie Doggy, ein schlackriger Hund. Baz greift nach dem Buch und setzt sich zwischen ihnen auf den Boden. »Auf geht's, meine Schätzchen«, sagt er. »*Zweites Kapitel. Die offene Straße.*«

10. Kapitel

Im Rückblick kann Matt kaum begreifen, wie der Tag verlaufen ist. Er sitzt über dem Bistro in seinem kleinen Schlafzimmer unter dem Dach und versucht, Ordnung in seine Gefühle zu bringen. Immer noch verblüfft es ihn, dass Catriona sich als eine so nette Begleiterin erwiesen hat. Da er immer dazu neigt, sie durch Livs Augen zu sehen, war er nicht darauf vorbereitet, in ihr eine amüsante und unterhaltsame Gefährtin vorzufinden.

Er war früh in ihr Hotel gegangen, um sich nicht in seiner kleinen Wohnung über dem *The Place* auf dem falschen Fuß erwischen zu lassen, und sah ihr an den schnell hochgezogenen Augenbrauen und dem Lächeln an, dass sie genau wusste, warum er dort auf sie wartete. Doch sie machte keine große Sache daraus und gab keine sarkastische Bemerkung ab. Stattdessen küsste sie ihn ganz kurz auf die Wange und ging schon vor zum Parkplatz, bevor er seine Fassung zurückgewonnen hatte. Sie hatten sich schon darauf geeinigt, dass sie fahren würde.

»Ich kenne die Straßen so gut«, sagte sie. »Da kann ich ebenso gut fahren. Und du lehnst dich zurück und entspannst dich. Ich schwöre dir, dass ich eine gute Fahrerin bin.«

Und das war sie: kompetent, schnell, sicher. Es war angenehm, als Beifahrer aus dem Fenster zu schauen und die Landschaft zu genießen. Sie erzählte von ihrem Job, dass sie gern bei einer der großen Investmentbanken in New York arbeiten würde und wie sie sich letztes Jahr um einen Job beworben, ihn aber nicht bekommen hat. Voller Respekt vor ihrer Hartnäckigkeit und ihrem Können lauschte Matt ihr.

Schnell legte sie die Strecke über die A39 bis Wadebridge zurück, fuhr dann ab und zockelte über die Feldwege und durch Dörfer und Weiler mit merkwürdigen Namen: Splatt, Stoptide, Pityme.

»Ziemlich gemein von mir«, meinte sie und fuhr an einen Graben heran, um einen Traktor vorbeizulassen, »dich an deinem freien Vormittag einzuspannen. Aber ich bin dir sehr dankbar. Ich muss so viele persönliche Gegenstände bewegen, und das ist mit Fremden schwierig. Nicht so einfach, wie nur Möbel zu tragen.«

Ein Tourist in einem Audi, der offensichtlich um den Lack seines Wagens fürchtete, blieb mitten auf dem Fahrweg stehen, starrte sie über sein Lenkrad hinweg nervös an und schien entschlossen zu sein, nicht zu weichen. Catriona seufzte und setzte schnell und geschickt zurück und in eine Einfahrt.

»Offensichtlich bist du es gewohnt, auf diesen Wegen zu fahren«, meinte Matt und konnte seine Bewunderung nicht verbergen.

»Ich bin immer wieder hier gewesen, seit ich ein Baby war«, gab sie zurück, setzte hinaus und fuhr weiter. »Es wird komisch sein, nicht mehr ins Cottage flüchten zu können.«

»Aber es wird noch für dich da sein«, sagte er.

Kurz legte sie die Stirn in Falten. »Ja, doch mit einem Mieter darin ist es nicht mehr dasselbe, oder? Ohne Granny oder Mum, zu denen ich nach Hause kommen kann, ohnehin nicht.«

Wieder spürte er einen kurzen Anflug von Mitleid für sie und fragte sich, was er vorschlagen sollte, aber sie fuhren schon auf der Rock Road und parkten an der Hafenmauer, gegenüber einem mit Kacheln geschmückten Cottage mit spitzen Dachvorsprüngen und einem kleinen hübschen Garten voller Tamarisken.

»Es ist wunderschön«, sagte er, und sein Mitgefühl wuchs. Es musste wirklich schwer sein, keinen Zugang mehr zu einem so bezaubernden Häuschen zu haben.

»Das ist es«, gab sie zurück, schaltete den Motor ab, sah zu dem Haus auf und dann über den Meeresarm hinaus. »Und mit einer wunderbaren Aussicht auf Padstein.«

»Padstein?« Er runzelte die Stirn, und sie lachte über seine Miene.

»Padstow, Schätzchen«, sagte sie. »Ein Scherz für die Eingeweihten. Ich sage nur Rick Stein.«

Er begann ebenfalls zu lachen, ein wenig verblüfft über den Spitznamen, aber der Witz gefiel ihm. »Tut mir leid. Ich hatte das Restaurant des Fernsehkochs Rick Stein ganz vergessen.«

»Ich hatte mich gefragt, ob du vielleicht gern mit der Fähre zum Mittagessen hinüberfahren würdest, aber dann habe ich uns doch einen Tisch bei Nathan Outlaw im *Mariners* reserviert. Ich fürchte jedoch, du muss dir das Essen verdienen. Komm.«

Die Ellbogen auf die Knie gestützt, sitzt Matt jetzt auf der Bettkante und denkt an ihr Mittagessen zurück. An einem Tisch auf der Holzterrasse, von der man über den Hafen hinaussah, haben sie Lammhüfte und zum Nachtisch saftig süßen Kuchen mit Karamellsauce gegessen und zugesehen, wie die Black-Tor-Fähre hin- und herpendelte. Es war so gut, einfach nur dort zu sitzen, ohne dass jemand etwas von ihm wollte, und nichts zu tun, als sich zu entspannen.

Bei der Erinnerung beschleicht ihn ein schlechtes Gewissen. Er hätte an Liv und die Zwillinge denken sollen, statt den Sonnenschein zu genießen und ein Glas Doom-Bar-Bier zu trinken. Aber noch schlimmer – bis jetzt hat er die Szene entschlossen aus seinen Gedanken verbannt – war dieser Moment, dieser ganz kurze Augenblick in Cats Schlafzimmer gewesen.

Sie waren vom Mittagessen zurückgekommen.

»Ach, noch eines, Matt, falls du das noch aushältst«, hatte sie gesagt. »Etwas, das zum Auktionshaus muss und das ich gern abholbereit zusammen mit den anderen Sachen im Wohnzimmer hätte. Es ist ein wenig schwer, und es wird knifflig werden, es die Treppe hinunterzutragen.«

Ohne wirklich darüber nachzudenken, war er ihr über die schmale Treppe nach oben ins Schlafzimmer gefolgt. Ganz offensichtlich war das ihr Zimmer. Typisch weibliche Besitztümer lagen überall verstreut, und das Bett war noch ungemacht. Der kleine Schrank stand genau daneben, und sie zog ihn heraus und hatte Mühe damit, sodass Matt ihr instinktiv zu Hilfe kam. Und irgendwie sank sie dabei halb aufs Bett und zog ihn mit.

»Tut mir leid«, keuchte sie, lächelte zu ihm auf und hielt seinen Arm fest. Dann schlug ihre Miene um, ihr Griff wurde fester, und als er ein Knie auf das Bett stützte und ihre Gesichter nur noch Zentimeter voneinander entfernt waren, wurde ihm klar, dass er sie nehmen konnte, wenn er wollte – einfach, unbeschwert, nur ein wenig Spaß. Die zwei Gläser Bier, die Sonne, der gemeinsam verbrachte Tag, die Nähe ihres schlanken Körpers und dieser intensive Blick, mit dem sie zu ihm aufsah … All das hätte beinahe seinen Zauber gewirkt, und es kostete Matt eine gewaltige Anstrengung, den Blick von ihr loszureißen und wieder aufzustehen. Er nahm das Schränkchen und trug es aus dem Zimmer, und sie folgte ihm und plauderte ganz natürlich, als wäre nichts gewesen.

Jetzt betastet Matt sein Telefon, das den ganzen Tag ausgeschaltet war, und fragt sich, wie er Liv erklären soll, was er getrieben hat. Wegen der Abneigung der beiden Frauen und ihrer Familiengeschichte weiß er, dass Liv ihm vorwerfen wird, illoyal gewesen zu sein. Deshalb probt er im Kopf Erklärungen, von denen keine plausibel klingt. Er weiß, dass er ihr die Wahrheit über seinen Tag sagen sollte, aber er kann sich nicht vorstellen, wie er das fertigbringen soll – jedenfalls nicht am Telefon. Wenn sie hier neben ihm sitzen würde, könnte er ihr alles logisch auseinandersetzen: dass Catriona ihm leidgetan hat und wie er sich damit in eine peinliche Lage gebracht hat – obwohl er nichts von dem Schlafzimmerschränkchen und seinem kurzen Anflug von Lüsternheit sagen wird. Doch es wäre fast unmöglich, ihr seinen Ausflug nach Rock am Telefon zu erklären, wo der Empfang nicht gleichbleibend gut ist und man manchmal schreien und alles wiederholen muss, um sich verständlich zu machen.

Schnell tippt er eine Textnachricht. *Bin heute Morgen ein Stück an der Küste entlanggefahren. Wie war die Party?*

Ich muss es eben für mich behalten, bis ich sie wiedersehe, sagt er sich. Dann werde ich ihr die Wahrheit gestehen, alles richtig erklären und darüber lachen. Unterdessen wird er duschen und zu Bett gehen. Er ist erleichtert, weil Catriona bei ihrer Rückkehr keinen Versuch unternommen hat, mit ins Bistro zu kommen, erleichtert und erstaunt. Nach diesem Moment im Schlafzimmer hatte er sich deswegen Sorgen gemacht, sich gefragt, wie er damit umgehen soll, und vorgehabt, sich damit herauszureden, dass es heute Abend voll sein würde. Doch sie beugte sich bloß zu ihm herüber und küsste ihn leicht auf die Wange.

»Danke, Matt«, sagte sie. »Wir sehen uns nächste Woche.«

Sie schaltete den Motor nicht ab, sondern sah nur zu, wie er ausstieg, hob eine Hand und fuhr davon.

Widersinnigerweise war er beinahe enttäuscht. Plötzlich spürte er ein Gefühl von Leere, als er nach ihrem gemeinsam verbrachten Tag, nach diesem unausgesprochenen Angebot von Sex im Schlafzimmer auf der Straße stehen gelassen wurde. Jetzt schüttelt er den Kopf über diese Anwandlungen. Alle möglichen Emotionen steigen in ihm auf, und er geht duschen.

Zurück im Cottage, sieht Catriona sich zufrieden um. Sorgfältig hatte sie alles so arrangiert, dass Matt sehen konnte, dass sie Hilfe brauchte. Um ehrlich zu sein, wäre es sehr schwierig gewesen, einige dieser Kisten allein vom Dachboden zu holen – schwierig, aber nicht unmöglich. Doch der wirklich notwendige Teil war gewesen, alles so herzurichten, um zu betonen, wie wichtig es ihr war, jemanden bei sich zu haben, der mitfühlend und verständnisvoll war, als es darum ging, kleine Gegenstände von sentimentalem Wert für die Auktion zusammenzupacken oder zu entscheiden, was sie weggeben sollte und was nicht. Er musste begreifen, dass dazu mehr gehörte als ein Möbelpacker.

»Du könntest das Haus möbliert vermieten«, erklärte er ihr, immer noch in dem Glauben, sie wolle seinen Rat befolgen, »aber einige dieser Stücke sind sehr schön.«

Irgendwann im Auto war ihr fast herausgerutscht, dass sie vorhat, das Cottage zu verkaufen, statt es zu vermieten, wie er es ihr geraten hat. Also hat sie so getan, als überlegte sie, und darüber diskutiert, was sie mit in ihre Londoner Wohnung nehmen soll und was im Cottage bleibt. Bei einigen Gegenständen hat sie zur Schau gestellt, wie schwer es ihr fällt, sich davon zu trennen. Und gleichzeitig fragte sie sich, was Liv wohl davon halten würde, wenn sie sie zusammen sähe, und musste ein verächtliches Schnauben unterdrücken. Am liebsten hätte sie ihn geradeheraus gefragt, ob er Liv erzählt hatte, dass er den Tag in Rock verbringen würde. Aber sie war sich ziemlich sicher, dass er es nicht getan hatte, und keiner von beiden erwähnte Liv. Bei dem Gedanken, ihr eins auszuwischen, spürte Cat ein hämisches Triumphgefühl, eine Art Rache für einen lebenslangen Groll.

Mum hatte Livs Mutter gehasst.

»Pete hat mich für Julia verlassen«, hatte sie nach der Scheidung gesagt. »Das habe ich den beiden nie verziehen. Sie waren so verdammt glücklich. Wohlgemerkt, ich habe ihnen schon das Leben schwer gemacht.«

Catriona kann sich noch an die Anspannung zwischen den beiden Frauen erinnern, die versteckte Abneigung, das Unglücklichsein zu Hause deswegen und ihr Bedürfnis, sich an diesen selbstbewussten, glücklichen Kindern zu rächen. Wie merkwürdig, dass der Neid ihrer Mutter so tief ging und so frisch blieb – und doch kann Cat das verstehen, denn auch sie kann diesen Rachedurst nicht abschütteln. Genau wie ihre Mutter pflegt sie ihren Groll, hält an ihrer Verbitterung fest und kann keine Kränkung vergeben. Sie gesteht sich ein, dass dieser Drang fast pathologisch ist. Deswegen hat ihr Vater sie beide schließlich verlassen, wieder geheiratet und andere Kinder bekommen, die er über alles liebt. Seine Exfrau und seine Tochter hat er aus seinem Leben gestrichen, und das kann Catriona ihm nicht verzeihen. Jedes Mal, wenn sie Liv sieht, kocht aus dem Nichts heraus dieser Zorn hoch. Liv – selbstsicher, schön und glücklich – ist das Symbol für all den Schmerz, den Cat und ihre Mutter erlitten haben. Zuerst durch Petes Verrat und dann, als ihr Vater sie verlassen hat. Jedes Mal, wenn sie nach Rock kommt, treibt sie ein schrecklicher Drang an, Liv aufzusuchen, genau wie Cats Mutter vor Jahren Julia regelmäßig in Trescairn besucht hat. Es ist, als drücke man auf einen schmerzenden Zahn. Vielleicht, denkt Cat, kann sie sich von alldem befreien, sobald das Cottage verkauft ist – aber vorher hat sie noch Gelegenheit, etwas Schaden anzurichten.

Es war eine geniale Idee gewesen, Matt in Nathan Outlaws Restaurant *Mariners* einzuladen. Sie sah zu, wie er sich entspannte, locker wurde und dann plötzlich von seinem schlechten Gewissen überfallen wurde. Er krallte die Finger in die Handflächen und runzelte leicht die Stirn. »Was wirst du Liv erzählen?«, hätte sie am liebsten gefragt, schwieg aber. Da er nicht zu fahren brauchte, trank er ein paar Gläser Bier und schaltete sichtlich ab. Er war ein angenehmer Begleiter, und jetzt beneidete sie Liv noch mehr, dieses goldene Kind, das alles hatte.

Ein Jammer, dass der Trick im Schlafzimmer nicht funktioniert hat. Um ein Haar hätte sie Erfolg gehabt. Sie hat gesehen, wie sich Matts Augen vor Begehren verdunkelten, bevor er ihre Hand von seinem Arm abschüttelte und aufstand. Hätte er beim Mittagessen ein Glas Bier oder Wein mehr getrunken, hätte sie es schaffen können. Trotzdem ist es ein weiterer kleiner Sieg. In diesem kurzen Moment hat er sie begehrt – und wenn sie es klug anstellt, werden sich noch weitere Gelegenheiten auftun. Sie weiß, dass sie ihn verblüfft hat, als sie davonfuhr und ihn auf der Straße stehen ließ. Er hatte damit gerechnet, dass sie zum Abendessen mit ins Bistro kommen würde, und bereits nach einer Ausrede gesucht. Cat tut gern das Unerwartete, erwischt Menschen auf dem falschen Fuß und lässt sie rätseln.

Catriona lächelt vor sich hin. Sie könnte wetten, dass Matt Liv nichts von seinem Tag in Rock erzählt hat, und je länger er es hinausschiebt, desto schwieriger wird es werden und desto größere Bedeutung wird es annehmen. Sie hat einen winzigen Keil zwischen die beiden getrieben. Matt wird sich zuerst unwohl fühlen und sich dann verteidigen – schließlich ist nichts passiert. Alles war ganz unschuldig: ein Tag an der Küste, an dem er einer Freundin geholfen hat. Also, warum erzählt er Liv nicht davon?

Catrionas Lächeln wird breiter. Sie erinnert sich an einen Spruch, den ihre Mutter des Öfteren zitiert hat. »Welche Netze wir oft spinnen, wenn erstmals wir auf Täuschung sinnen.«

Was sie wohl damit gemeint hat, fragt sich Catriona, dass sie ihnen das Leben schwer gemacht hätte? Wie hat sie Julia und Pete gestraft? Vielleicht kennt Liv die Antwort; möglich, dass sie ihr deswegen so feindselig gegenübersteht. Catriona zuckt mit den Schultern. Wenn sie kann, wird sie ihr selbst das Leben schwer machen. Pete und Julia haben ihr Familienleben zerstört, und sie wartet schon über vierzig Jahre auf diese Gelegenheit.

Sie muss ihren nächsten Schachzug sorgfältig planen.

11. Kapitel

Montag

Andy fährt langsam. Der Verkehr in Richtung Westen kriecht dahin. In Exeter ist es zu einer Störung gekommen, die zu einem langen Stau geführt hat, doch jetzt setzt sich alles wieder in Bewegung. Er konnte Liv noch eine Textnachricht schicken, um ihr mitzuteilen, dass er vielleicht später als geplant eintrifft. Aber sie hat es locker aufgenommen. Schließlich weiß jeder, wie es im Juli auf der A38 aussieht.

Er war sogar ganz glücklich darüber, wie begeistert die Zwillinge reagiert haben, als er heute früh anrief, um vorzuschlagen, er könnte sie auf dem Weg nach Cornwall besuchen. Eigentlich liegt die Strandvilla nicht an der Route, die er normalerweise zur Nordküste einschlagen würde, aber es wird lustig werden, Liv und die Zwillinge zu sehen, und Baz natürlich auch.

»Ich bin nach Polzeath eingeladen«, erklärte er ihr. »Ein Freund hat sich das Ferienhaus seiner Eltern geliehen und gesagt, ich könne ein paar Wochen bleiben. Zum Freundschaftspreis. Das wird sicher ein Spaß. Ich dachte, ich könnte unterwegs vorbeischauen und euch besuchen, falls Baz nichts dagegen hat.«

»Oh ja«, rief sie. »Bitte komm, Andy! Wir würden uns so freuen, dich zu sehen. Die Zwillinge werden ganz aus dem Häuschen sein.«

»Ach, diese Zwillinge lieben halt ihren Onkel Andy«, sagte er lachend. »Und was höre ich da, Matt ist nicht bei euch?«

»Das ist ein solcher Jammer. Der arme Joe hat sich am Tag, bevor wir fahren wollten, die Achillessehne angerissen. Da ist Matt geblieben. Ich hatte gehofft, er würde gestern kurz vorbeikommen, doch er hat mir eine Nachricht geschickt, er sei an die Küste gefahren und habe sich ein paar Stunden entspannt. Ich finde trotzdem, er hätte herkommen können.«

»Aber dann wäre es mit der Entspannung vorbei gewesen, oder?«, hielt Andy dagegen. »Mit diesen Zwillingen. Der arme Kerl wollte nur ein paar Stunden für sich haben.«

»Wollen wir das nicht alle?«, konterte Liv. »Wann habe ich je Zeit für mich? Du bleibst doch über Nacht, oder?«

Das hatte er nicht vorgehabt, doch er hörte den hoffnungsvollen Unterton in ihrer Stimme und erklärte, er werde übernachten.

»Du musst allerdings auf dem Futon in Baz' ›Höhle‹ schlafen, aber er ist sehr bequem«, sagte sie. »Das ist großartig, Andy.«

»Ich übernachte immer auf dem Futon in Baz' ›Höhle‹«, gab er resigniert zurück. »Okay. Ich müsste lange vor dem Mittagessen da sein.«

Jetzt sieht Andy auf seine Armbanduhr. Er kommt noch rechtzeitig zum Mittagessen an, doch er wird froh sein, wenn er die ruhigeren Fahrwege einschlagen und zu dem kleinen Strand hinunterfahren kann. Es wird gut sein, das Meer wiederzusehen. Er hegt nicht Livs überwältigende Leidenschaft für die Küste, das Surfen, Schwimmen und Segeln, aber trotzdem lässt er gern alles hinter sich und riecht die salzige Luft.

Das letzte Jahr ist für ihn sehr gut gelaufen. Er hat seine kleine IT-Firma für ein hübsches Sümmchen verkauft und plant gerade sein nächstes Projekt. Unterdessen wird es schön sein, auf dem Weg nach Polzeath einen Teil seiner Familie zu besuchen. Er denkt an die Zwillinge und lacht leise. Sie lieben ihn, weil er ungezogen ist und ihnen ausgefallene Geschenke mitbringt. Flora und Freddie erinnern ihn an seine Kindheit und haben seine eigene spezielle Verbindung zu Liv erneuert. Beim letzten Mal hat er ihnen die unanständigen Wörter beigebracht, die Liv und er immer im Chor skandiert haben, als sie klein waren. »Pipi, Popo, Pups.« Er erinnert sich, wie die beiden sie laut gerufen und sich vor Lachen ausgeschüttet haben, und Liv dachte ebenfalls zurück und konnte ihm nicht böse sein. Baz lachte nur.

Unwillkürlich lächelt Andy in sich hinein. Er liebt den guten Baz – er ist so cool und entspannt –, und er kann es kaum abwarten, sie alle wiederzusehen. Doch unterdessen weiß er einfach, dass ein bestimmter Unterton in Livs Stimme lag, als sie von Matt gesprochen hat. Andys Lächeln verblasst. Mit seinem alten sechsten Sinn eines Zwillings fängt er diese Schwingungen auf und ist besorgt, obwohl er sich sicher ist, dass nichts wirklich Schlimmes zwischen Matt und Liv stehen kann. Die Beziehung zwischen den beiden ist so solide. Wahrscheinlich liegt es an dem, was er bei so vielen seiner verheirateten Freunde erlebt, die versuchen, Familie und Arbeit zu jonglieren, und müde und gestresst sind. Ein Teil von ihm ist froh, dass er dem bisher aus dem Weg gegangen ist, obwohl er so viele Patenkinder hat, dass er sie kaum noch zählen kann. Aber wenn er mit Flora und Freddie zusammen ist, spürt er einen echten Anflug von Neid. Sie sehen Liv und ihm so ähnlich, dass sie seine eigenen Kinder sein könnten, und er liebt sie über alles. Während Andy die A38 verlässt und die Fahrt in Richtung Kingsbridge und Küste fortsetzt, denkt er an das Geschenk, das er für sie hat, und sein Lächeln kehrt zurück.

Liv macht sich auf die Suche nach Baz und findet ihn in seiner »Höhle«, seinem privaten Rückzugsort, wo er in seinen Laptop schaut und das Adagio aus Rodrigos *Concierto de Aranjuez* in der Version von Miles Davis hört. Baz dreht sich zu ihr um, klappt den Laptop zu und zieht fragend die Augenbrauen hoch.

»Ich habe gerade eine Nachricht von Andy bekommen«, erklärt sie. »Es gab ein Problem in Exeter, und er ist ein wenig spät dran. Er glaubt, dass er es trotzdem zum Mittagessen schafft.«

»Das ist gut. Um diese Zeit des Jahres könnte es viel schlimmer kommen. Ich wollte hier eigentlich aufräumen, aber dann habe ich mich ablenken lassen und online ein bisschen Geld herumgeschoben. Vermutlich wird er hier auf dem Futon schlafen. Hast du Bettzeug für ihn aufgetrieben?«

»Die eine Nacht kommt er auch mit einem Schlafsack zurecht. Das wird schon. Wie ich Andy kenne, wird er wahrscheinlich draußen am Strand schlafen.«

»Hast du den Zwillingen gesagt, dass er kommt?«

Liv schüttelt den Kopf. »Noch nicht. Nur für alle Fälle. Sie sind immer ganz aus dem Häuschen darüber, ihn zu sehen.«

»Das liegt daran, dass Andy im Herzen immer noch knapp fünf Jahre alt ist. Obwohl ich das eigentlich nicht sagen darf – so gut, wie er sich mit seiner IT-Firma geschlagen hat, oder? Der Junge ist prima. Pete muss sehr stolz auf ihn sein.«

»Das Problem ist, dass Dad nichts von IT und so etwas versteht. Er wäre glücklicher gewesen, wenn Andy Arzt oder Anwalt geworden oder zur Armee gegangen wäre. In dieser Hinsicht haben wir Dad beide enttäuscht. Mum ist es egal, solange wir glücklich sind.«

»Merkwürdig«, überlegt Baz laut, »dass alle Eltern ihre Kinder glücklich sehen wollen, obwohl man sich nur umzuschauen braucht, um zu erkennen, wie unwahrscheinlich das ist.«

»Wahrscheinlich stirbt die Hoffnung zuletzt«, sagt Liv. »Ist das nicht ein Spruch? ›Die Hoffnung währet ewiglich.‹«

»Ja, aber man muss auch daran denken, wie das Gedicht weitergeht. ›Nie ruht der Mensch, stets hadert er mit sich.‹ Alexander Pope war ein schrecklicher Zyniker.«

»Na, ich bin jedenfalls glücklich«, erklärt Liv, doch dann erinnert sie sich an ihre Ängste wegen Matt und fühlt sich erneut von diesem winzigen Hauch undefinierbarer Furcht ergriffen.

»Das freut mich sehr zu hören«, sagt Baz und verlässt nach ihr den Raum. Sie durchqueren das Atrium und gehen zum Strand. »Wo stecken die Monster?«

»Dort drüben. Bauen schon wieder eine Sandburg. Gott sei Dank wird es ihnen noch nicht langweilig. Und der gute alte Jenks behält sie im Auge. Er ist der totale Segen. Wenn etwas nicht stimmt, kläfft er, rennt los und sucht mich. Er scheint zu wissen, dass sie nicht allein ins Wasser dürfen. Er ist wie ein liebes altes Kindermädchen. Schade, dass wir keinen Hund halten können.«

»Ich glaube, das wäre ein wenig ehrgeizig«, pflichtet Baz ihr bei. »Ihr habt schon genug um die Ohren, du und Matt. Habt ihr eigentlich einmal überlegt, etwas Neues anzufangen? Wenn ihr so lange an einem Projekt arbeitet, plant Matt doch normalerweise schon, alles zu verkaufen und ein neues zu starten. Ihr müsst doch jetzt schon acht oder neun Jahre in Truro sein.«

Liv seufzt, beobachtet die Zwillinge und spürt eine vertraute Sehnsucht nach Veränderung. »Manchmal reden wir darüber. Ich habe mir schon immer gewünscht, es mit Glamping zu probieren, du weißt schon, Luxus-Camping mit festen Unterkünften. Ich würde gern einen Glamping-Platz eröffnen, aber Matt ist da vorsichtig. Es ist schwierig, den richtigen Standort zu finden – das ist so wichtig –, und es ist auch teuer. Obwohl, wenn wir das *The Place* verkaufen würden …« Sie zuckt mit den Schultern. »Wahrscheinlich ist das Risiko zu groß. Das sehe ich ein. Ich liebe Truro, es ist eine fantastische Stadt, doch manchmal sehne ich mich danach, wieder auf dem Land zu leben, am Meer. Wie auch immer … Vielleicht später oder wenn Flora und Freddie ein wenig älter sind. Behältst du sie im Auge, Baz, während ich ein paar Blumen pflücke, um sie auf den Tisch zu stellen?«

Jenks sieht sie und kommt auf sie zugerannt, um sie zu begrüßen. Liv bückt sich, um ihn auf den glatten Kopf zu küssen.

»Hallo, altes Hündchen. Du bist so ein feiner Kerl, nicht wahr?«, murmelt sie, öffnet das kleine Tor und tritt auf die Wildblumenwiese.

Baz beobachtet, wie sie mit Jenks auf den Fersen langsam über die Wiese streift, durch die fedrigen Gräser und knallroten Mohnblumen, und fragt sich, wie sie in der Stadt so lange überlebt hat. Wie sie es schafft, nach der Arbeit in dem belebten Bistro in das schmale Stadthaus mit seinem winzigen Stück Garten heimzugehen.

Für ein Mädchen vom Land wie Liv muss es schwierig sein, sich so einschränken zu müssen. Und doch hat sie hart gearbeitet, an der Seite seines Sohnes geschuftet. Baz hat Respekt vor ihr. Er denkt über das Glamping nach und kann nachvollziehen, dass es gut zur ihrer Natur und Persönlichkeit passen würde. Genau wie bei diesem Ferienkomplex in Port Isaac oder dem *The Place* würde sie dabei all ihre Talente einbringen.

Während er zusieht, wie sie sich bückt, um eine Handvoll Gräser und Mohnblumen zu pflücken, nistet sich ein kleines Samenkorn in seinen Gedanken ein. Er hat bemerkt, dass

Matt müde und gereizt ist und zu viel arbeitet. Man braucht ein Gleichgewicht, denkt er, aber das ist nicht immer einfach zu finden. Baz dreht sich um, betrachtet die Zwillinge, lauscht dem Summen ihrer Stimmchen und lächelt über ihre Geschäftigkeit. Er betastet sein Telefon und erinnert sich an Maurices letzte Nachricht: *Courage, mon brave.* Nur Mut, mein Guter. *Wer zögert, hat schon verloren.* Es ist natürlich verrückt, denkt Baz. Warum soll er das Risiko eingehen?

Und dann hört er eine Autohupe, die eine kleine Melodie spielt, fährt herum und sieht, wie Andy sein Auto parkt und winkt, und Baz ruft ihm ein Willkommen zu. Die Zwillinge blicken sich um, springen auf und rennen dann unter Freudengeschrei los, um ihren Onkel Andy zu begrüßen.

Andy steigt aus dem Auto und gerät durch die stürmische Begrüßung der Zwillinge fast ins Wanken. Jeder von ihnen umklammert eins seiner Knie, sodass er kaum auf Baz zutreten kann, der ihm mit ausgestreckten Armen entgegenkommt.

»Andy, mein lieber Junge! Wie geht's dir?«

Gerührt über die herzliche Begrüßung umarmt Andy ihn und lacht über die Zwillinge, die immer noch seine Beine festhalten, auf ihn einreden und nach Liv rufen, die mit Blumensträußen in den Händen von der kleinen Weide heraneilt.

»Andy.« Sie schließt ihn in die Arme und drückt ihn, bis er keine Luft mehr bekommt, und er küsst sie und spürt die ganze Freude darüber, nach Hause gekommen zu sein. Jetzt ist er froh, dass er beschlossen hat, den Umweg zur Strandvilla einzulegen. Er strahlt Baz und Liv an und zaust den Zwillingen das Haar.

»Also«, sagt er. »Sehe ich da eine Sandburg?«

Sie springen um ihn herum und ziehen ihn zum Strand, aber

sie haben noch etwas anderes im Kopf, und er sieht grinsend, dass sie überlegen, wie sie die Frage stellen sollen, ohne dass Liv böse wird. Er bewundert ihre Arbeit – und ihre Beherrschung. »Ich habe etwas ganz Besonderes im Auto«, erklärt er dann beiläufig.

Sofort verstummen sie und sehen voll gespannter Erwartung zu ihm auf.

Liv lacht. »Sie wissen, dass sie nicht fragen sollen«, sagt sie. »Aber sie haben sich gut gehalten, und ich finde, du könntest sie von ihrem Elend erlösen.«

»Kommt schon«, meint er. »Schauen wir es uns an.«

Flora und Freddie flitzen über den Sand zum Auto, während Liv und Andy ihnen langsamer folgen.

»Ich habe ihnen gedroht«, gesteht sie. »Es ist so peinlich, wenn sie die Leute fragen, ob sie ihnen etwas mitgebracht haben.«

»Wir waren wahrscheinlich genauso«, meint er. »Es ist nicht einfach, vier Jahre alt zu sein.«

»Fast fünf«, ruft sie ihm ins Gedächtnis.

»Ich habe es nicht vergessen«, sagt er. »Ich werde da sein, um beim Kerzenausblasen und Singen zu helfen. Das heißt, falls ich eingeladen bin.«

»Natürlich bist du.«

Er sieht auf sie hinunter. »Alles in Ordnung?«, fragt er und bemerkt den leisen Schatten in ihrem Blick und ihr Lächeln, das ein wenig wacklig wirkt.

»Natürlich«, gibt sie leichthin zurück. »Warum auch nicht?« Als sie keine Antwort bekommt, schaut sie zu ihm auf. »Was?«, fragt sie abwehrend.

Er zuckt mit den Schultern. »Das musst du mir sagen.«

Aber inzwischen haben die Zwillinge den Wagen erreicht und fordern ihn schreiend auf, sich zu beeilen, daher geht er und öffnet den Kofferraum. Und da steht, eingequetscht neben Andys Gepäck, ein bunter Plastikbagger zum Aufsitzen. Er hebt ihn heraus und zeigt ihnen, wie sie die Schaufel heben und senken können, um Sand zu befördern.

»Toll!«, meint Freddie.

»Besser als Eimerchen und Schippen«, sagt Andy. »Lauft und probiert ihn aus.«

Sie schieben ihn zum Strand hinunter und verständigen sich wortlos, und dann klettert Flora hinauf und tritt in die Pedale, während Freddie vorausläuft und sie dorthin dirigiert, wo der Sand weicher ist. Zusammen bedienen sie die Hebel und quietschen vor Vergnügen, als der Rand der Schaufel sich in den Sand gräbt.

»Großartig«, meint Liz, die sie beobachtet. »Du bist ein Genie. Ich liebe es, dass sie sich selten zanken oder über Spielzeug streiten. Wir waren genauso.«

»Ich weiß. Deswegen dachte ich auch, dass es in Ordnung wäre, wenn ich ein großes Spielzeug mitbringe statt zwei kleinerer.«

»Sie werden den Bagger lieben«, sagt Liv. »Und er ist perfekt für den Strand. Haben sie sich auch richtig bedankt?«

»Natürlich. Sehe ich da, dass Baz Drinks nach draußen bringt?«

»Ja«, antwortet sie. »Komm, gehen wir etwas Leckeres, Kaltes trinken.«

»Und dann kannst du mir erzählen, was dir auf der Seele liegt.«

»Woher weißt du, dass mir etwas auf der Seele liegt?«, gibt sie scharf zurück.

Andy lächelt zu ihr hinunter. »Komm schon, ich kenne dich schließlich gut genug.«

12. Kapitel

Das Meer atmet langsam ein und aus, und Liv kann es hören. Ein Ohr in den Sand gedrückt und mit geschlossenen Augen liegt sie auf dem Bauch. Sie lässt den körnigen, pudrigen Sand durch die Finger gleiten, findet Fragmente winziger Muscheln und glatte Kiesel und ist sich bewusst, dass ihre Atmung sich verlangsamt und dem Rhythmus des Ozeans angepasst hat. Sie fühlt sich ruhig. Die Zwillinge sind endlich im Bett, und Baz und Andy bereiten unter Jenks' Aufsicht das Abendessen zu.

»Entspann dich«, haben sie zu ihr gesagt. »Komm runter. Setz dich nach draußen. Schenk dir einen Drink ein.«

Stattdessen ist sie am Strand entlanggeschlendert, hat zugesehen, wie der Mond blass und geisterhaft über der Landspitze aufging, und sich dann plötzlich hingesetzt und auf dem warmen Sand ausgestreckt. Sie wünschte, Andy würde länger als nur eine Nacht bleiben, und versucht, sich schlüssig darüber zu werden, warum es einfacher ist, in seiner Gesellschaft zu sein als in Matts. Liegt es einfach daran, dass er ihr Bruder ist, ihr Zwilling? Das muss doch komplizierter sein. Sie kommt zu dem Schluss, dass sie Matt zwar über alles liebt, dass bei ihm jedoch all diese winzigen, verwirrenden Fäden hinzukommen, aus denen das Netz ihrer Beziehung geknüpft ist, wodurch sie manchmal ebenso zu einem Schlachtfeld wie einem Spielplatz wird. Natürlich sind sie glücklich; natürlich lieben sie einander und ihre Kinder und haben großartige Erlebnisse zusammen. Aber da sind auch diese verborgenen Bereiche von Eifersucht, Schmerz und Groll und das Bedürfnis nach Kontrolle, nach

Manipulation. Es gibt auch Pattsituationen, Tabus oder subtile Arten, ein Zugeständnis zu machen, um eine zukünftige Verhandlungsgrundlage zu schaffen.

Glücklicherweise sind Matt und sie beide sehr geradlinig und entspannt, aber die Kombination aus ihrer beruflichen Zusammenarbeit – besonders angesichts ihrer langen, unchristlichen Arbeitszeiten – und der Elternschaft würde jedes noch so ausgeglichene Paar belasten. Ihr eigenes Bedürfnis, regelmäßig in die Sonne und offene Landschaften zu flüchten, und Matts unabdingbare Zeiten, in denen er allein mit einem Buch sein muss, sind in letzter Zeit leider vernachlässigt worden, und sie spüren diesen Verlust beide.

Liv schmiegt die andere Wange in den Sand, sodass sie die einlaufende Flut sehen kann. Sie ist immer noch verunsichert durch ihre Reaktion auf Matts SMS und die knappen Gespräche mit ihm und hat das Gefühl, von etwas ausgeschlossen zu sein. Sie kann es nicht definieren, doch ein Instinkt hat sie vor einer leichten Veränderung an ihm gewarnt. Automatisch gräbt sie die Finger tiefer in den Sand und ballt die Hände zu Fäusten. Das Gefühl von Frieden, das sie vorhin beim Lauschen auf den Atem des Meeres empfunden hat, ist verflogen, und erleichtert hört sie, dass sich Schritte nähern. Liv hebt den Kopf und sieht Andy auf sich zukommen. Sie dreht sich um und setzt sich auf, und er lässt sich neben ihr nieder.

»Ich liebe deinen alten Schwiegervater«, erklärt er. »Anscheinend hat jemand eine Flasche Weißwein zu der Party mitgebracht, doch Baz sagt, der sei nur dazu gut, den Fisch zu waschen. Ich habe ihm ehrfürchtig und staunend dabei zugesehen. Also, warum hast du hier gelegen wie eine ersoffene Meerjungfrau?«

»Ich habe der Flut zugehört. Das ist erstaunlich und wirkt sehr beruhigend.«

»Aber warum brauchst du Beruhigung?«

»Ich schätze, jeder kann ein wenig Ruhe gebrauchen.«

»Ja, doch warum du?«

Sie lacht über seine Beharrlichkeit. Sie erinnert sie daran, wie sie als kleine Kinder mit Mum oder Dad diskutiert haben. »Ja, aber warum müssen wir? Schon, aber *wieso?*« Mit einem Mal gibt sie nach. »Es ist nur, dass Matt mir fehlt, und wenn er SMS schreibt oder wir reden, klingt er komisch. Ich weiß, dass das albern von mir ist, doch ich kann nicht dagegen an.«

Sie umschlingt die angezogenen Knie, und Andy und sie sehen über das Wasser hinaus. Eine leichte Brise kräuselt das seidenglatte Meer.

»Könnte es einfach daran liegen, dass er ohne seinen Geschäftsführer sehr viel zu tun hat?«

Liv verzieht ein wenig das Gesicht. »Wusste ich doch, dass du pragmatisch und wie ein Mann reagieren würdest. Ja, wahrscheinlich ist das der Grund. Es ist nur … ich habe dieses Gefühl …«

Er stößt sie mit der Schulter an, was tröstlich auf sie wirkt.

»Der gute Matt kommt mir nicht vor wie jemand, der sich zehn Minuten, nachdem seine Frau und Kinder davongefahren sind, seine Geliebte ins Haus holt. Doch du kennst ihn besser als ich.«

Unwillkürlich muss Liv lächeln. »Ich habe nicht gesagt, es hätte mit einer anderen Frau zu tun.«

»Nein, aber du denkst es, oder? Du fragst dich nicht wirklich, ob das Geschäft plötzlich in Konkurs geht und er dir nicht davon erzählt. Ich würde darauf wetten, dass die gute alte weibliche Intuition dir sagt, dass da eine andere Frau ist.«

»Ach, halt den Mund.« Jetzt lacht sie. Es einfach auszusprechen und Andys Reaktion darauf haben ihr gezeigt, wie töricht sie sich aufführt. Ausgerechnet Matt … Als Jenks sich neben ihr fallen lässt und ihr voller Zuneigung über die Wange leckt, zuckt sie zusammen und quietscht. Liv legt dem Hund die Arme um den Hals und schmiegt die Wange an sein weiches, warmes Fell. Sie fühlt sich viel glücklicher und ausgeglichener.

»Ich wünschte, du könntest etwas länger bleiben«, sagt sie zu Andy. »Geht das denn gar nicht?«

Bedauernd schüttelt er den Kopf. »Nicht wirklich. Ich bleibe bis nach dem Mittagessen, aber für morgen Abend hat Mick eine kleine Party organsiert. Ich komme jedoch später im Lauf der Woche noch vorbei.«

Baz ruft nach ihnen; das Abendessen ist fertig. Sie stehen auf und schlendern zurück, und Jenks läuft voraus.

Baz sieht ihnen entgegen. Mit ihrem ungezwungenen Gang und den dicht zusammengesteckten blonden Köpfen sind sie eine erwachsene Ausgabe der Zwillinge. Merkwürdig, denkt Baz, diese innere Verbundenheit. Er mag Andy gut leiden, seinen natürlichen Optimismus, den bereitwilligen Humor und die Wärme, obwohl er den Verdacht hegt, dass Livs Zwillingsbruder auch in der Lage ist, Grenzen zu sprengen, und bereit, Regeln zu beugen. Scharfsinnig ist er ganz bestimmt – er hat diese IT-Firma für eine ordentliche Summe verkauft –, und Baz respektiert den Jüngeren. Und schließlich kann er Andy nicht dafür kritisieren, wenn er sich nicht ganz an die Vorschriften hält. Wer im Glashaus sitzt, soll nicht mit Steinen werfen. Baz lächelt den beiden zu.

»Ich habe Jenks geschickt, um euch zu sagen, dass das Essen fertig ist«, erklärt er. »Spricht denn keiner von euch die Hundesprache?«

Sie setzen sich, bewundern seine Mahlzeit und essen begeistert, doch Baz fällt es schwer, sich zu konzentrieren. Glücklicherweise hat Liv eins dieser »Weißt du noch«-Gespräche begonnen, in das Andy einfällt, und Baz kann seine Gedanken zu Sofia schweifen lassen. Er denkt daran, wie sie gestern Nachmittag mit Liv und den Zwillingen war, als sie zum Tee kam, und an diesen wunderbaren Moment in dem Dingi. Wie ungezwungen und ungekünstelt sie ist, und doch wirkt sie ein wenig verletzlich – und ähnelt damit Lucy so sehr.

Baz fühlt echten Zorn – und Eifersucht – auf den Mann in sich aufwallen, der Sofia so gedankenlos behandelt hat, jedenfalls wenn er Janets Version der Ereignisse glauben will. Er wünscht, er könnte Sofia irgendwie helfen, ihr vielleicht einen Job in seiner kleinen Galerie in Clifton Village anbieten. Doch tief in seinem Inneren ist ihm klar, dass er ihr noch viel mehr bieten möchte. Durch das Glas Wein, das er beim Kochen getrunken hat, und das, an dem er jetzt nippt, lösen sich seine Hemmungen, und er kann sich eingestehen, dass er dabei ist, sich in sie zu verlieben. Außerdem weiß er, dass es verrückt und unpassend ist und er sich öffentlich keine Sekunde lang verraten darf. Doch in diesem kurzen Moment, in dem er Liv und Andy gegenübersitzt, die sich über irgendeine Kindheitserinnerung vor Lachen ausschütten, darf er sich den Luxus gönnen und sich vorstellen, wie er Sofia seine Liebe gesteht und sie in den Armen hält.

»Den Fisch mit Weißwein zu waschen!« Liv beugt sich über den Tisch. »Also ehrlich, Baz!«

Er nimmt sich zusammen. »Ich wollte nur vor Andy angeben«, räumt er ein. »Aber es war wirklich ein sehr gewöhnlicher Wein.«

Liv schüttelt den Kopf über ihn, der emotionale Moment geht vorüber, und Baz steht auf, um die Teller abzuräumen. Er trägt sie in die Küche und hält einen Moment inne, bevor er sie abstellt. Jenks ist ihm gefolgt und sieht schwanzwedelnd zu ihm auf.

»Ich liebe sie«, erklärt er dem Hund. »Da, ich habe es gesagt. Ich liebe Sofia. Aber kein Wort zu niemandem, mein Alter.«

»Kann ich helfen?«, fragt Andy, der nach ihm eingetreten ist.

Baz öffnet die Spülmaschine, kommt sich töricht vor und hofft, dass Andy ihn nicht gehört hat. Er räumt die Teller ein. »Im Kühlschrank stehen noch ein paar leckere Reste, die von der Party übrig sind«, sagt er zu Andy. »Stöbere mal durch und sieh, ob ihr auf etwas Lust habt.«

Sein Telefon piept, und er fährt beinahe zusammen, da er sofort an Maurice denkt. Doch er ignoriert den Ton.

»Glaube nicht, dass das meins ist«, meint Andy und öffnet den Kühlschrank.

»Nein, es ist meins«, gibt Baz schnell zurück. »Nichts Wichtiges. Ich setze Kaffee auf.«

Andy sucht ein paar Teller zusammen und trägt sie hinaus, und Baz klappt rasch sein Telefon auf und wirft mit dem Rücken zur Tür einen Blick auf die Nachricht.

En avant, mon vieux. Vorwärts, mein Alter. *Ich habe Lust, noch ein Bildchen zu malen. Dieses Mal vom Brick-Lane-Market!*

Baz knallt das Telefon auf die Spülmaschine und lädt sie voll. Er fühlt sich verwirrt und nervös und braucht noch einen Drink.

Im halbdunklen Atrium bleibt Andy stehen, sieht zurück und mustert Baz neugierig. Er beobachtet, wie der Ältere sich über das Telefon beugt und es wütend hinwirft, und dann geht Andy nach draußen zu Liz, um ihr von den Leckerbissen anzubieten, die er im Kühlschrank gefunden hat. Als Baz herauskommt, nimmt Andy seine Anspannung wahr und erinnert sich daran, wie Baz vorhin in der Küche mit Jenks geredet hat. Wer ist Sofia?, fragt sich Andy.

Liv kostet kleine Häppchen von unterschiedlichen Desserts, und Baz nimmt sich zusammen, trinkt noch einen Schluck Wein und beginnt, sie damit zu necken, dass sie zunehmen wird. Andy sieht, dass er sich Mühe geben muss, und ihm kommt ein Gedanke. Er entschuldigt sich damit, sich ein Glas Wasser zu holen, und geht zurück in die Küche. Baz' Handy liegt immer noch auf der Spülmaschine, und Andy nimmt es in die Hand, klappt es auf und scrollt zu den Textnachrichten. Sinnlos, sich ein schlechtes Gewissen einzureden, sagt er sich. Baz ist ganz offensichtlich mitgenommen, und man kann niemandem helfen, wenn man die Fakten nicht kennt. Er liest die letzte SMS.

En avant, mon vieux. Ich habe Lust, noch ein Bildchen zu malen. Dieses Mal vom Brick-Lane-Market!

Der Absender ist jemand namens Maurice, und Andy überprüft schnell die älteren SMS, die Maurice geschickt hat. Es sind insgesamt drei; alle fordern Baz auf, etwas zu tun, bei einer Unternehmung mitzumachen. Und alle haben diesen französischen Unterton. Rasch klappt er das Handy zu, legt es auf die Spülmaschine, gießt sich ein Glas Wasser ein und geht wieder nach draußen.

Jetzt macht er sich Sorgen, sowohl um Liv als auch um Baz. Obwohl er vorhin über ihre weibliche Intuition gewitzelt hat, vertraut er Livs Instinkt und fragt sich, was ihr ungutes Gefühl ausgelöst hat. Noch eine kleine Idee nimmt langsam Gestalt an, der Anfang eines Plans, und die Aussicht beruhigt ihn. Was Baz angeht … Andy beobachtet den Älteren, der immer noch attraktiv und vital ist, und fragt sich noch einmal: Wer ist Sofia?

13. Kapitel

Dienstag

Sofia fährt vorsichtig über die schmalen Wege, die inzwischen von Urlaubern und Traktoren bevölkert sind, und denkt über ihren Nachmittag mit Baz, Liv und den Zwillingen nach. Es hat ihr so gutgetan, mit normalen glücklichen Menschen zusammen zu sein, sich zu entspannen und Spaß zu haben. Das Spielen mit den Zwillingen hat Erinnerungen an Seb und ihre vier gemeinsamen Jahre aufsteigen lassen, doch irgendwie hatte das Zusammensein mit Flora und Freddie auch eine heilende Wirkung und hat einen kleinen Teil der Leere in ihrem Herzen ausgefüllt. Und was Baz angeht, nun, da fällt es ihr schwer, ihre Gefühle für ihn zu deuten. Ihr ist, als wäre sie nach einer besonders stürmischen Seereise in einen ruhigen Hafen eingelaufen. Beide Männer, mit denen sie bisher als Erwachsene ihr Leben geteilt hat, waren dominant, selbstbewusst und hart. Der Teil von Sofia, der unsicher und unentschlossen ist, fühlt sich von solchen starken Charakteren angezogen, obwohl genau diese Eigenschaften sie schlussendlich verletzen.

Sofia fährt langsam und erhascht durch offene Gatter einen Blick auf die fernen Felsformationen von Dartmoor. Hinter den Hecken ziehen gewaltige Mähdrescher ihre Bahnen. Sie fragt sich, wie es kommt, dass Baz so ganz anders ist, und warum sie dieses ganz eigenartige Gefühl hat, nach Hause gekommen zu sein. Zum ersten Mal seit Jahren hat sie den Eindruck, ihr eigenes Leben wieder unter Kontrolle zu haben und gleichberechtigt mit einem sehr attraktiven Mann zusammenzutreffen, der nicht den Wunsch hegt, sie zu beherrschen. Ihre Emotionen verwirren und überrumpeln sie, und doch spürt sie tief im Inneren ein neues, wunderbares Gefühl von Frieden und Zuversicht.

Im Auto ist es warm, und sie ist froh, endlich die Hauptstraße nach Kingsbridge zu erreichen und einen Parkplatz an der Hafenmauer zu finden. Sie zieht sich einen Parkschein und steht dann noch einen Moment lang da und betrachtet die Segelboote an ihren Anlegestellen, die sich in der einlaufenden Flut sanft wiegen. Über die Stadt hinaus kann sie den Meeresarm nicht einsehen, denn er wird von wogenden Feldern und Wäldern abgeschirmt, die grün und üppig im Sonnenschein liegen.

Heute Morgen sind Dave und Janet zum Kaffeetrinken zu Freunden gefahren, und obwohl Sofia eingeladen war, hat sie abgelehnt und gesagt, sie wolle gern in der Stadt einkaufen. Alle sind so nett zu ihr, und dafür ist sie dankbar. Aber sie braucht Freiraum, um sie selbst zu sein und nicht Janets Patenkind, das gerade eine schwierige Beziehung hinter sich hat. Sofia vermutet, dass Janet ihre Freunde vorgewarnt hat, damit sie nicht taktlos sind. Das ist sehr rücksichtsvoll von ihr, hat jedoch eine leicht negative Auswirkung, denn einige von ihnen gehen dann in Gesprächen dermaßen behutsam vor, dass es Sofia nervös macht.

Sie schließt das Auto ab, hängt sich die Tasche an ihrem langen Riemen über die Schulter und schlendert über den Parkplatz. Sie war schon mit Janet in Kingsbridge, aber jetzt muss sie sich erst einmal orientieren und versuchen, sich daran zu erinnern, wo sie Kaffee getrunken haben. Als sie zögernd am Ende der Mill Street steht und sich umblickt, kommt Baz die Treppe vor dem Harbour-Buchladen herunter. Bei seinem Anblick macht ihr Herz einen kleinen Sprung. Er packt seine Einkäufe in eine Leinentasche und nimmt sie erst wahr, als er beinahe neben ihr steht.

»Hallo, Baz«, sagt Sofia und freut sich über die tiefe Freude, die sein Gesicht aufleuchten lässt. Offensichtlich ist er überrascht und seine Reaktion echt, obwohl er sich schnell beherrscht.

»Sofia. Wie außerordentlich schön, Sie zu sehen. Sind Sie mit Janet hier?«

»Nein.« Sie schüttelt den Kopf. »Ich bin allein gekommen. Janet und Dave sind Freunde besuchen, und ich dachte, dann habe ich etwas Zeit für mich selbst. Sie verstehen?«

»Es muss schwierig sein«, gibt er zurück, »wenn man weiß, dass alle freundlich und taktvoll sind. Lästig sogar.«

Angesichts seiner Offenheit platzt sie vor Lachen heraus. »Genau das dachte ich auch. Ich verüble es Dave und Janet absolut nicht – sie sind so lieb und nett –, doch ich weiß, dass sich herumgesprochen hat, ich sei in einem anfälligen Zustand.«

»Na ja, nur ein wenig«, räumt er ein. »Aber nur, weil Janet nicht wollte, dass jemand gedankenlose Bemerkungen abgibt. Bin ich jetzt ins Fettnäpfchen getreten?«

»Absolut nicht. Es ist eine Erleichterung … nun ja, sich natürlich zu verhalten, wenn Sie verstehen, was ich meine.«

Er lächelt ihr zu. »Und was halten Sie von einer Tasse Kaffee? Oder würden Sie lieber allein Ihrer Wege gehen? Ich könnte das gut verstehen.«

»Sehr gern.« Sie kann gar nicht begreifen, warum sie sich in seiner Gegenwart so glücklich fühlt, wie er sie mit Zufriedenheit und Wohlbehagen erfüllt. Das kommt ihr so seltsam vor, nichts hat sie darauf vorbereitet. »Ich habe keine Ahnung, wo ich mit Janet war, also überlasse ich Ihnen die Wahl.«

»Harbour House«, erklärt er sofort. »Gleich auf der anderen Straßenseite.«

Sie warten am Straßenrand und gehen dann schnell zu einem wunderschönen Gebäude aus georgianischer Zeit hinüber. Gemeinsam treten sie ein, und Baz führt sie vorbei an einer hellen bunten Kunstgalerie und über eine schmale Treppe ins Café. Er bleibt stehen, um Kaffee zu bestellen, und öffnet ihr dann die Glastür, die über eine Treppe hinunter in einen hübschen, ummauerten Garten führt. Dort stehen ein Springbrunnen und ein großer Tisch unter einer hölzernen Pergola, doch Baz zieht Sofia an einem Tisch für zwei unter einem kleinen Kirschbaum einen Stuhl heran, und sie setzen sich.

»Es ist wunderschön hier«, sagt sie. »Aber hier bin ich mit Janet nicht gewesen.«

»Gut«, meint er sichtlich erfreut. »Ich bin gern originell.«

Sie lacht ihn an, lehnt sich zurück und reckt sich in der warmen Sonne. Jetzt, in diesem Moment, ist ihr, als wäre die Welt nicht mehr von Bedeutung. Sofia ist frei von ihr, abgetrennt von ihr, als wäre sie durch die sprichwörtlichen Spiegel getreten und alles wäre verändert. Sie weiß, wie Baz empfindet, obwohl er versucht, es nicht zu zeigen, und am liebsten würde sie seine Hand nehmen und ihm erklären, dass sie genauso fühlt.

Er erzählt von Livs Zwillingsbruder Andy, der für nur eine Nacht zu ihnen in die Strandvilla gekommen ist, und von dem Geschenk, das er den Zwillingen mitgebracht hat, doch Sofia hört ihm kaum zu. Sie beobachtet sein Gesicht, die Gesten, die er mit seinen langen Fingern vollführt, und das Lächeln in seinen Augen, als er schildert, wie die Zwillinge auf den Plastikbagger reagiert haben. Mit einem Mal sieht er sie mit fragendem Blick an, als wäre er sich bewusst, dass sie nur mit halbem Ohr lauscht. Doch in diesem Moment bringt ein Kellner ihnen den Kaffee, und Sofia lehnt sich zurück, um zuzusehen, wie Baz mit dem jungen Mann plaudert, sich nach der Ausstellung in der

Kunstgalerie erkundigt und mit ihm scherzt. Noch nie hat sie jemanden gekannt, der so ungezwungen, so gelassen ist, und als der Kellner geht und Baz sie wieder ansieht, lächelt sie ihm zu und ist entschlossen, diesem neuen Gefühl von Freiheit zu folgen.

»Es ist wunderschön hier«, sagt sie. »Und es hat mir großen Spaß gemacht, alle in Ihrem Haus am Strand kennenzulernern – Liv und die Zwillinge. Und Sie, Baz.«

Er wirkt beinahe schüchtern und versucht offensichtlich, nicht zu viel in ihre herzliche Bemerkung hineinzudeuten. Vermutlich fragt er sich, ob sie nach ihrer unglücklichen Erfahrung überreagiert, und ihr ist klar, dass er verschiedene Reaktionen formuliert und wieder verwirft, um keinen falschen Schritt zu tun.

»Uns hat es auch Spaß gemacht«, antwortet er schließlich.

»Und sagen Sie jetzt nicht«, wirft sie schnell ein, »dass es nett für Liv ist, jemand Gleichaltrigen um sich zu haben. Das klingt ja, als wären wir zwei Teenager. Können wir nicht einfach die Sache mit dem Alter vergessen?«

Überrumpelt starrt er sie an, und eine ganze Bandbreite von Emotionen zieht über sein Gesicht, während er versucht zu erfassen, was sie meint.

»Wir können es probieren«, erklärt er schließlich. »Natürlich würde ich den Altersunterschied gern vergessen, aber …«

»Nein«, unterbricht sie ihn rasch, »Kein Aber. Können wir nicht einfach du und ich sein? Baz und Sofia?«

In seinem Blick ringen Freude und Ungläubigkeit miteinander, und er stößt ein kurzes Lachen aus. »Ich kann mir nichts Schöneres vorstellen.«

Erleichtert atmet sie auf. »Puh. Gott sei Dank haben wir das hinter uns. Ich kann gar nicht glauben, dass ich all das sage.

Ehrlich, es liegt nicht daran, dass ich seelisch instabil wäre, bitte glaub mir, Baz.«

»Ich glaube dir«, gibt er sanft zurück. »Es ist wundervoll und erstaunlich, aber ich glaube es wirklich.«

Ganz natürlich senkt sich ein Schweigen über die beiden, eine friedliche Stille bar jeder Anspannung, und sie lehnen sich auf ihren Stühlen ein wenig zurück. Sofia hat Gelegenheit, tief durchzuatmen. Alles ist gut, das weiß sie genau, und von nun an können sie es ruhiger angehen lassen. Es war wichtig, ihm die Gewissheit zu geben, dass der Altersunterschied zwischen ihnen nicht zählt, findet sie. Er soll nicht länger in der Kategorie von »sie könnte meine Tochter sein« denken.

»Janet hat mir erzählt, dass du in Caledonia Place lebst«, sagt sie und trinkt von ihrem Kaffee. »Dann habe ich in den letzten Jahren gar nicht so weit von dir entfernt gewohnt. Gleich in der Pembroke Road.«

»Es erstaunt mich, dass wir einander nicht begegnet sind«, erwidert er.

»Mich eigentlich nicht. Da ich mich um ein kleines Kind gekümmert habe, hatte ich ziemlich unchristliche Arbeitszeiten. Aber jetzt bin ich natürlich obdachlos. Glücklicherweise haben meine Eltern mich aufgenommen, bis ich einen neuen Job finde.«

»Da hast du wohl lange keine eigene Wohnung gebraucht. Ziemlich heftig, gleichzeitig arbeitslos und wohnungslos zu sein.«

»So ist es. Doch eigentlich sollte es nicht allzu schwer sein, eine neue Stelle zu finden. Ich bin ausgebildete Erzieherin und habe vorher auch in diesem Bereich gearbeitet. Ich glaube, ich habe dir davon erzählt.« Sie zögert und trinkt von ihrem Kaffee, denn sie möchte nicht über Rob oder Sebastian reden, zumindest nicht hier, nicht jetzt. »Als Kindermädchen in einem Privathaushalt bewerbe ich mich jedenfalls bestimmt nicht wieder«, setzt sie hinzu. »Gibt es in der Umgebung von Caledonia Place keine netten kleinen Kindergärten?«

Er starrt sie an, und sie erwidert seinen Blick. Einmal mehr ist ihr klar, dass er versucht, ihre Worte zu entschlüsseln, und sich fragt, ob sie ihm einen Ansatzpunkt bieten. Doch bevor er etwas sagen kann, schaut er an ihr vorbei, und seine Miene schlägt zu beinahe komischer Bestürzung um. Instinktiv wirft Sofia einen Blick über die Schulter und erblickt Annabel, die über die Treppe auf sie zukommt.

»Hallo«, ruft sie und schenkt Baz, der aufsteht, ein strahlendes Lächeln. Für Sofia hat sie eine höfliche kleine Grimasse übrig, als stellte es sie vor ein Rätsel, warum sich Baz in ihrer Gesellschaft befindet. »Baz, Lieber.« Sie küsst ihn. »Was für ein glücklicher Zufall, dich hier anzutreffen! Darf ich mich zu dir setzen? Ich hoffe doch, ich störe nicht?«

»Nein«, sagt Sofia schnell. »Natürlich nicht. Ich muss ohnehin zurück, bevor mein Parkschein abläuft.«

Sie ist sich bewusst, dass Baz enttäuscht und sogar zornig über Annabels unpassendes Auftauchen ist, doch sie weiß auch, dass es ein Fehler wäre, wenn sie bliebe. Viel besser, jetzt zu gehen, als zu riskieren, dass dieser scharfsichtigen, kaltherzigen Frau etwas auffällt. Sie werden andere Gelegenheiten haben, und unterdessen muss sich Baz mit Annabel auseinandersetzen.

Sofia trinkt ihren Kaffee aus, lächelt Baz zu und schiebt den Stuhl zurück. »Richten Sie Liv bitte aus, dass wir uns später treffen«, sagt sie zu ihm.

Und dann eilt sie davon, und Baz kann ihr nur nachsehen.

Er erträgt es kaum. Dass diese elende Annabel ausgerechnet in einem solchen Moment aufkreuzt, erfüllt ihn mit Wut, Verzweiflung und schrecklicher Frustration. Wie in aller Welt soll er hier sitzen und mit Annabel plaudern, nachdem sein Leben gerade auf den Kopf gestellt worden ist? Beinahe sofort beginnt er, daran zu zweifeln, dass Sofia das alles wirklich gesagt hat, doch bevor er das Gespräch in seinem umnebelten Hirn noch einmal ablaufen lassen kann, redet Annabel schon und beansprucht seine Aufmerksamkeit.

»Wie komisch dieses Mädchen aussieht!«, sagt sie gerade mit einem unattraktiven spöttischen Lächeln, als könnte sie Sofia vor Baz schlechtmachen, indem sie sie herabsetzt. »Dieses ganze zottelige karottenrote Haar. Ich frage mich, ob sie es überhaupt kämmt.«

Baz fühlt sich zu verschiedenen Reaktionen gedrängt. Hauptsächlich möchte er Sofia verteidigen und Annabel den Rest seines Kaffees über den Kopf kippen. Stattdessen trinkt er ihn aus und lächelt ihr zu. »Ich fürchte, ich muss auch los«, erklärt er. »Aus dem gleichen Grund: Mein Parkticket läuft ab. Bedaure. Ist Miles auch hier?«

»Ja«, gibt sie ziemlich eingeschnappt zurück. »Wir sind zusammen gefahren. Er sollte gleich kommen. Dann musst du wirklich gehen?«

Baz zuckt lächelnd mit den Schultern. »Wenn ich mir keinen Strafzettel einhandeln will.« Er steht auf und nimmt seine Tasche. »Wir sehen uns, Annabel. Am Freitag, nicht wahr, bei deinem Mittagessen?«

Sie nickt, und als er sich bückt, um sie auf die Wange zu küssen, umfasst sie seine Schulter, als wollte sie ihn festhalten. Doch er tritt zurück und eilt über die Treppe ins Café. Er gönnt der Galerie keinen Blick, sondern läuft die Stufen hinunter und schaut sich in der Hoffnung um, Sofia noch irgendwo zu sehen, aber er entdeckt keine Spur von ihr.

Halblaut fluchend geht er zum Parkplatz zurück, denkt an ihre Worte und fragt sich, ob man sich einen solchen Moment zurückholen kann. Doch wo? Wie? Er erinnert sich an ihre letzten Worte und ihr Versprechen, Liv zu besuchen. Vielleicht wollte sie ihm damit mitteilen, dass sie zur Strandvilla fährt. Möglich, dass sie gleich aufgebrochen ist. Liv und Andy wollten mit den Zwillingen und Jenks auf den Klippen spazieren gehen, sodass Sofia niemanden antreffen würde.

Kurz fragt er sich, ob Annabel geahnt hat, dass etwas Besonderes vor sich ging; und dann vergisst er sie ebenso schnell wieder, blickt sich um und hofft immer noch, Sofia zu sehen.

Annabel sitzt allein da und kocht vor Enttäuschung, weil Baz so schnell davongestürmt ist. Ziemlich gereizt bestellt sie sich einen Kaffee und zieht dann ihr Handy hervor. Sie schickt Miles eine Nachricht, und ein paar Augenblicke später kommt er herein und wirkt leicht abgelenkt, als wäre er mit den Gedanken ganz woanders.

»Tut mir leid, dass ich spät dran bin.« Er setzt sich zu ihr und zeigt auf seine Tragetasche. »Aber ich habe das Elektrokabel bekommen …«

Annabel zuckt mit den Schultern. Seine Einkäufe interessieren sie nicht. »Hast du Baz noch gesehen?«, fragt sie ihn. »Er hat hier mit dem Patenkind gesessen. Dann musste er eilig weg, weil sein Parkschein abgelaufen war.«

»Nein, ich habe ihn nicht getroffen«, antwortet Miles. »Und wo ist Sofia hin?«

»Hatte die gleiche Ausrede.« Annabel ist unzufrieden und ärgerlich, weil sie kein neues Treffen mit Baz vereinbart hat, doch dann hellt sich ihre Laune ein wenig auf. Er hat ihr Essen am Freitag erwähnt, ihre Gegeneinladung. Wenigstens dann wird sie ihn sehen. »Ich habe Meggie erklärt«, sagt sie, »dass ich ihr das Putzen am Freitagmorgen erlasse, wenn sie mir bei den Vorbereitungen hilft und dann über Mittag auf diese Zwillinge aufpasst. Sie will deshalb mit Liv reden. Ich weigere mich, ein Mittagessen auszurichten, bei dem zwei Vierjährige herumspringen.« Nachdenklich trinkt sie den Kaffee. Baz hat etwas Eigenartiges ausgestrahlt, das sie nicht ganz definieren kann. Er war abgelenkt und nicht weltmännisch und charmant wie sonst. Wahrscheinlich hat Janets leidige Patentochter ihn mit ihren Problemen zugeredet. Es würde dem lieben alten Baz ähnlich sehen, sich ihrer Sorgen anzunehmen. Sie muss Janet darauf ansprechen, dass es nicht fair von ihr ist, wenn sie erwartet, dass alle ihr die Verantwortung abnehmen.

Sie wirft Miles einen Blick zu; auch er wirkt zerstreut. Was ist bloß heute Morgen mit allen los?, fragt sie sich gereizt. Das ist einfach ungerecht. Jetzt erstreckt sich der Vormittag langweilig vor ihr, obwohl er von Baz hätte ausgefüllt sein können. Vielleicht hätte sie ihn sogar überreden können, zum Mittagessen mit zu ihnen zu kommen. Schließlich ist er bestimmt froh über jede Gelegenheit, ein paar Stunden vor diesen Kindern zu flüchten. Doch stattdessen sitzt ihr bloß Miles gegenüber, und jetzt hat sie nichts mehr, was sie unterhalten könnte.

Miles nippt an seinem Kaffee. Er ist sich Annabels Laune deutlich bewusst und überlegt, wie er sie wieder aufmuntern kann. Er fragt sich, wie viel von seinem Leben er damit verbringt, einen Eiertanz um die Launenhaftigkeit seiner Frau aufzuführen, und ist dankbar dafür, dass er einen so großen Teil seines Lebens auf See verbracht hat. Das Problem ist, dass er die Kameradschaft der Offiziersmesse vermisst, die Scherze; und er fühlt sich auf merkwürdige Weise einsam, obwohl Annabel und er selten getrennt sind. Ihm war nicht klar gewesen, wie schrecklich es ist, in der Gesellschaft eines anderen Menschen allein zu sein. Er betrachtet den enttäuscht verzogenen Mund seiner Frau und stößt innerlich einen tief empfundenen Seufzer aus.

Er hat beobachtet, wie Baz aus dem Harbour House gestürzt kam, stehen blieb, um sich umzuschauen, und verzweifelt die Passanten musterte. Jetzt ist ihm klar, dass er Sofia gesucht hat. Miles erinnert sich an Baz' Gesichtsausdruck – diesen kurzen Moment, als er Sofia am Samstag zum ersten Mal gesehen hat und fassungslos war. Jetzt fragt sich Miles, wobei Annabel die beiden wohl unterbrochen hat. Baz hat die Straße überquert und nicht gehört, wie Miles nach ihm rief, so beschäftigt war er mit dem, was ihn umtrieb.

Nun ja, denkt Miles. Viel Glück dabei.

»Würdest du gern zum Mittagessen in der Stadt bleiben?«, fragt er fröhlich und aufmunternd. »Oder wir könnten nach Torcross in den Pub fahren und Fish and Chips essen.«

Annabel zieht einen kleinen Schmollmund und rümpft die Nase, und ihm wird das Herz schwer. Er versucht, sich etwas einfallen zu lassen, um sie aus dieser Stimmung herauszuholen. Sonst wird der Nachmittag unerträglich werden. Miles wünscht, Annabel könnte über diese dumme Schwärmerei für Baz hinwegkommen. Bei den wenigen Gelegenheiten im Jahr, bei denen er die Strandvilla besucht, ist es immer schlimmer, und nachdem ihn inzwischen Liv und die Zwillinge und auch Matt während seiner zweiwöchigen Sommerferien begleiten, ist es noch schwieriger geworden.

Miles ist sich nicht schlüssig darüber, ob Baz' Gewohnheit, bei Annabels Kokettieren mitzuspielen, wirklich eine gute Idee ist. Offensichtlich ist Baz zu Beginn aus Höflichkeit darauf eingegangen, und weil er es witzig fand. Doch in letzter Zeit wird das Ganze beinahe peinlich. Bald, so vermutet Miles, werden seine kleinen Ausflüge nach Bristol, bei denen er bei Baz unterkommt und mit ihm ins Konzert geht, bedroht sein. Annabel hat schon davon geredet, ihn zu begleiten und shoppen zu gehen, obwohl er sie bis jetzt davon abhalten konnte.

»Es ist viel zu heiß, um Fish and Chips zu essen«, sagt sie gerade. »Und ich habe keine besondere Lust darauf, bis zur Mittagszeit in der Stadt herumzulungern. Wahrscheinlich können wir ebenso gut nach Hause fahren.«

»Schön«, sagt er munter, und ihm wird bange zumute. »Ich sollte sowieso etwas im Garten arbeiten.« Dem Himmel sei Dank für den Garten! Er steht auf, um die Rechnung zu begleichen, denkt an die leeren Stunden, die sich vor ihm erstrecken, und fragt sich, was El wohl gerade macht.

El steht auf dem Parkplatz und spricht mit Baz. Er ist eilig zu seinem Wagen gelaufen, hat sich dabei ständig umgesehen und hätte sie beinahe umgerannt.

»Herrje, Baz«, sagt sie und lacht ihn aus. »Wo brennt es denn?«

»El«, sagt er. Ein paar Sekunden steht er reglos da, und dann entspannt er sich plötzlich und schnaubt, als wäre er ärgerlich auf sich selbst. »Ich bin ein alter Narr. Heißt es nicht, dass Alter nicht vor Torheit schützt?«

»Schon möglich«, räumt sie ein, »aber ich glaube, in deinem Fall hätte ich gern noch ein paar Fakten, bevor ich ein Urteil fälle. Du siehst vollkommen überhitzt und durcheinander aus.

Ich war gerade auf dem Weg nach Hause. Warum kommst du nicht mit zu mir und isst ein Sandwich? Oder wartet Liv auf dich?«

El hat eine ziemlich zutreffende Vorstellung davon, was Baz umtreibt. Noch ein alter Spruch kommt ihr in den Sinn: »Liebe kann man ebenso wenig unterdrücken wie einen Husten.« Sie war sich auf Baz' Party bewusst, wie er Sofia ansah, und das passt alles gut zu seinen Worten darüber, ein alter Narr zu sein, vor allem, weil sie gerade gesehen hat, wie Sofia weggefahren ist. Mitfühlend sieht El zu, wie er ihre Einladung abwägt, und empfindet große Zuneigung zu ihm.

»Hast du etwas Dringendes zu erledigen?«, fragt sie.

Betreten lächelt er und schüttelt den Kopf. »Nicht wirklich. Ich dachte, da wäre vielleicht etwas, doch eigentlich ist da nichts. Ich bin ein ziemlicher Depp. Weißt du, ich würde dich gern auf ein Sandwich begleiten. Ich habe gerade noch mit Annabel im Harbour House gesessen. Um ehrlich zu sein, bin ich geflüchtet.«

»Aha«, meint El leichthin. »Ich hatte eher den Eindruck, dass du etwas hinterherläufst. Oder jemandem.«

Er wirft ihr einen scharfen Blick zu und beginnt dann zu lachen. »Ist das so offensichtlich?«

Sie lächelt ihm zu. »Ich kenne dich eben sehr gut, alter Freund.«

»Ja, wenn das so ist«, sagt er, »wäre es eine Erleichterung, darüber zu reden. Ich nehme deine Einladung gern an.«

»Gut«, antwortet El. »Solange du dir sicher bist, dass Liv und die Zwillinge nicht auf dich warten.«

Baz zieht eine kleine Grimasse. »Liv weiß sich zu helfen. Andy und sie können sich selbst etwas zum Mittagessen zubereiten.«

»Andy?«

»Ja. Ihr Zwillingsbruder hat auf dem Weg nach Polzeath bei uns einen Zwischenstopp eingelegt. Er fährt nach dem Mittagessen wieder. Ich bin mir sogar sicher, dass die beiden ganz froh sein werden, noch etwas Zeit allein miteinander zu verbringen. Wohlan, Macduff. Mein Wagen steht weiter unten. Hör mal, ich schreibe Liz kurz eine Nachricht, und dann fahre ich dir nach.«

14. Kapitel

Liv, Andy und die Zwillinge sind fast wieder zurück im Haus am Strand, als sie Baz' SMS bekommt.

»Er hat El in Kingsbridge getroffen«, erklärt sie, »und sie hat ihn zum Mittagessen eingeladen.«

»Geht da etwas vor zwischen den beiden?«, fragt Andy und überlegt, ob El eine Verbindung zu dem noch unbekannten Maurice darstellen könnte.

»Nein, nein.« Liv lächelt. »Sie sind gute Freunde. El ist Dozentin an der Uni Bristol, und Baz und sie begeistern sich beide für das Theater und klassische Musik. Sie kommt immer für die vierzehn Tage mit herunter, die er in der Strandvilla verbringt.«

Andy nickt und überlegt immer noch, wer Maurice ist, aber er möchte nicht fragen und Liv misstrauisch machen. Unterdessen ist da noch das Problem mit Matt. Sicher, Liv wirkt fröhlicher, doch Andy hat noch einen kleinen Plan im Hinterkopf, was seinen Schwager angeht. »Hast du mit Matt gesprochen?«, fragt er beiläufig.

Erfreut sieht er, wie ihre Miene sich ein wenig aufhellt.

»Kurz, bevor er heute Morgen zur Arbeit gegangen ist. Scheint ihm gut zu gehen. Er ist natürlich sehr müde und hofft, uns nächsten Sonntag hier besuchen zu können.«

Die Zwillinge kommen zurückgerannt. Sie wollen mit dem Bagger ein Fort bauen, und es muss *sofort* sein.

»Zuerst essen wir zu Mittag«, gibt Liv energisch zurück. »Wir sind schon spät dran, und Onkel Andy muss gleich nach dem Essen fahren.«

Sie brechen in betrübtes Geschrei aus und rufen: »Pipi, Popo, Pups.« Dabei stürzen sie sich auf seine Knie und zerren ihn zum Strand. Er erinnert sich an seine eigene Kindheit und muss über die beiden lachen, obwohl er versucht, so etwas wie Ordnung herzustellen. Jenks springt um sie herum, und sie fallen alle übereinander in den Sand. Andy spürt ihr Gewicht, fühlt, wie sie zappeln und sich winden, und versucht, ihre kleinen warmen Körper festzuhalten. Mit einem Mal wünscht er sich, sie wären seine eigenen Kinder, und umarmt sie fest.

»Ihr habt zehn Minuten Zeit«, ruft Liv, »während ich das Mittagessen fertig mache, und dann ist Schluss.«

Andy wehrt die beiden ab, wälzt sich davon und steht auf. »Dann kommt«, sagt er. »Uns bleiben also zehn Minuten. Was wollt ihr? Schnell. Verschwendet keine Zeit. Ein Fort bauen oder planschen?«

Er sieht zu, wie sie sich lautlos verständigen, genau wie Liv und er das getan hätten, und weiß, dass sie sich für das Planschen entscheiden werden. Ein Fort können sie jederzeit bauen, aber sie dürfen nicht ohne Aufsicht ins Wasser, und sie wissen, dass sie bei Andy spritzen, sich herumwälzen und richtig nass werden dürfen.

»Planschen«, rufen sie wie aus einem Munde. »Komm schon. Lass uns planschen!« Und sie rennen zum Strand.

Er streift die Segelschuhe ab, rennt den Zwillingen über den glatten, warmen Sand nach und spürt die kühle Umarmung des Meeres, als er hineinläuft. Die beiden toben herum, üben ihre Schwimmzüge, spritzen Andy nass und versuchen, ihn zu durchweichen. Er wehrt sich, spritzt zurück, fasst sie an den Händen und zieht sie hinter sich her, bis er Liv rufen hört.

Widerstrebend lassen sie sich von ihm aus dem Wasser treiben und zu ihrer Mutter bringen, die mit Handtüchern wartet, um sie abzutrocknen. Andy folgt ihnen langsamer, dreht sich um, lässt den Blick bis zum fernen Horizont schweifen und fragt sich, warum er in London lebt.

»Ja, warum eigentlich?«, kontert Liv, als er ihr davon erzählt, während sie sich unter die Markise setzen. »Du arbeitest doch von zu Hause aus und könntest überall leben. Zieh wieder nach Cornwall, in unsere Nähe. Das wäre so schön, Andy.«

Als er jetzt zusieht, wie Liv die Nudeln serviert, und dem Plappern der Zwillinge lauscht, fühlt er sich stark versucht. Vielleicht ist die richtige Zeit gekommen.

Nachdem das Essen vorüber und das Geschirr abgeräumt ist, holt er seine Tasche und verabschiedet sich. Zu seiner Überraschung protestieren die Zwillinge nicht und machen kein Theater, sondern blicken ihn nur ernst und vorwurfsvoll an.

»Seid nett zu Mummy«, sagt er und bückt sich, um sie zu küssen.

Liv umarmt ihn. »Komm bald wieder.«

»Ja«, verspricht er. »Ich bespreche mich mit Mick und komme wieder vorbei. Grüß Baz schön von mir.«

Andy steigt ins Auto und holpert über den Weg davon. Kurz steigt er aus, um das Gatter zu öffnen, und fährt dann langsam weiter. Er muss die ganze Halbinsel von Süd nach Nord durchqueren, doch da Dartmoor genau in der Mitte liegt, ist es besser, zunächst nach Exeter hinaufzufahren und dann nach Westen auf die A30. Die Straße ist ihm vertraut; er fährt nach Hause. Wolkenschatten ziehen über die kahlen Nordhänge des Moors, und ein Krähenpaar bedrängt einen Bussard und greift ihn immer wieder im Sturzflug an, um ihn aus seinem Revier zu vertreiben. Weiter geht es vorbei an Okehampton und über die Dunheved-Brücke. Weit zu seiner Rechten liegt Launceston mit seiner gedrungenen Hügelfestung.

Hurra!, ruft Andy lautlos, als er den Fluss Tamar überquert und nach Cornwall hineinfährt, genau wie sie es als Kinder getan haben, wenn sie von Besuchen im Norden zurückkehrten. Als er durch die Hügellandschaft der Hendra Downs fährt, denkt er an die schmale, kurvenreiche Straße, die sich vor ihm dahinschlängelt und sich über das Moor nach St. Breward und zu seinem Elternhaus fortsetzt, Trescairn. Er fühlt sich seltsam emotional, vielleicht eine Nachwirkung der letzten vierundzwanzig Stunden bei Liv und den Zwillingen, oder er wird einfach älter.

Andy verzieht ein wenig das Gesicht: Dreiundvierzig ist nicht wirklich alt. Trotzdem hätte er gern eigene Kinder und eine schöne Frau, um sein Leben mit ihnen zu teilen.

»Träum weiter«, murmelt er vor sich hin. Feste Bindungen sind bisher immer sein Stolperstein gewesen. Und er denkt wieder an Liv und Matt und an das, was sie ihm dort oben auf der Klippe erzählt hat, von dem Druck und den Spannungen in ihrem Zusammenleben.

»Ich meine, wir streiten nicht«, sagte sie, »jedenfalls nicht richtig. Höchstens so dumme Zänkereien darüber, wer den Müll hinausgebracht oder die Spülmaschine ausgeräumt hat. Und natürlich können wir die großen Veranstaltungen nicht mehr gemeinsam betreuen, es sei denn, ich finde einen Babysitter. Es war so schade, dass Matt nicht mitkommen konnte. Wir brauchten beide dringend eine Atempause. Und ich habe ein schlechtes Gewissen, weil ich eine bekommen habe und er nicht.«

»Vielleicht«, wandte Andy vorsichtig ein, »macht er ja auch eine Art Pause, wenn du verstehst, was ich meine?«

»Weil die Zwillinge und ich ihm nicht ständig im Nacken sitzen?«

Sie klang ein wenig bitter, und er versuchte hastig, seine Bemerkung zu entschärfen.

»Nicht ganz so, aber auf diese Weise hat er eine Sorge weniger, mehr meinte ich gar nicht. Er kann sich einfach auf seine Arbeit konzentrieren, ohne jemanden zu stören.«

Das klang auch nicht ganz richtig, aber Liv gab ihm rasch zu verstehen, dass sie ihn verstanden hatte.

»Ich weiß, was du sagen willst, und du hast ganz recht. Um ehrlich zu sein, ist alles einfach ein wenig zu viel. Ich möchte nicht aufhören zu arbeiten, doch ich will meine Kinder auch nicht jemand anders überlassen. Matt hat ein Au-pair-Mädchen vorgeschlagen, aber das habe ich rundheraus abgelehnt. Wahrscheinlich dachte ich, ich könnte alles auf einmal schaffen. Matt ist da realistischer. Ich bin bestimmt ein wenig egoistisch, wenn ich glaube, ich könnte alles haben.«

Weil Andy sich nicht auf dieses Minenfeld einlassen wollte, sagte er: »Aber die Zwillinge gehen doch nächstes Jahr in die Grundschule, oder? Das macht sicher etwas aus.«

»Nun ja, eine Hilfe ist es schon, doch die Sache ist die, dass viel von der richtigen Arbeit im *The Place* abends und am Wochenende anfällt, also wird das nicht alle Probleme lösen. Und das ist natürlich der Teil, den ich am liebsten mag: unsere Veranstaltungen. Ich frage mich sogar, ob wir uns neu orientieren und etwas ganz anderes anfangen sollen. Wir hatten fast zehn Jahre lang einen Mordsspaß, aber jetzt ist es vielleicht das Beste, wenn Matt und ich uns ein neues Projekt suchen.«

»Und was zum Beispiel?«

Sie grinste ihn an. »Ich würde es gern einmal mit Glamping versuchen.«

Er lachte. »Glamour-Camping?«

»Hmm.« Sie nickte. »Ein richtig schönes Grundstück finden, auf dem man leben und arbeiten kann, eine hübsche kleine Schule vor Ort für die Zwillinge, und ich könnte segeln und surfen. Ich arbeite gern im Tourismus, und für uns beide werden diese langen Arbeitszeiten zu viel. Matt spürt die Belastung.«

Andy fährt weiter, denkt wieder an die Zwillinge und erinnert sich daran, wie sie ihn begierig beobachtet und darauf gewartet haben, dass er ihnen sein Geschenk gibt, und mit einem Mal fühlt er sich in seine Kindheit in Trescairn zurückversetzt. Liv und er und der kleine Charlie warten darauf, dass Daddy nach Hause kommt, nachdem er wochenlang auf See war. Eine besondere Heimkehr steigt in seinen Gedanken auf. Damals waren Liv und er im Alter der Zwillinge, und Charlie begann gerade zu laufen. Sie malten ein großes Spruchband mit den Worten WILLKOMMEN ZU HAUSE, DADDY, das am großen Tag über der Haustür hängen sollte, und suchten ihre neuesten Bilder zusammen, um sie ihm zu zeigen. Unterdessen probten sie mit Charlie dessen großen Auftritt. In dem Moment, in dem Daddy die Haustür öffnete, sollte Charlie von der Küche aus unsicher in die Arme seines Vaters stolpern. Sie mussten es oft probieren, wobei Mum Dads Rolle an der Haustür spielte, bis Charlie richtig begriff, was von ihm erwartet wurde. Doch schließlich zog er die Verbindung zwischen dem Start seines Marathons durch die Diele und der sich öffnenden Haustür, und er tappte vorwärts. Die Augen weit aufgerissen vor Staunen angesichts seiner Klugheit, wartete er auf den Beifall der nervösen Zwillinge in der Küche. An dem großen Tag lief alles wie am Schnürchen. Andy erinnert sich noch daran, wie sein Vater Charlie hochhob und herumwirbelte, Mum küsste und sie beide umarmte. Und die ganze Zeit über behielten Liv und er argwöhnisch die abgeschabte lederne Reisetasche im Auge, die Daddy stets auf See begleitete.

»Also so etwas«, pflegte er schließlich immer zu sagen, »wo habe ich bloß diese Geschenke hingesteckt?« Dann ging er in die Hocke, zog den Reißverschluss auf und schob ein paar Kleidungsstücke beiseite, während Andy und Liv ihn genauso eifrig beobachteten, wie Freddie und Flora ihm am vergangenen Tag zugesehen hatten.

»Das hier ist für Mummy«, erklärte er bei dieser Gelegenheit und hievte eine große quadratische Schachtel heraus. »Gib ihr das, Liv, aber sei vorsichtig, es ist schwer. Das Päckchen ist für Charlie, und die hier sind für euch …« Und endlich konnten die Zwillinge sich niederlassen, um das Geschenkpapier abzureißen.

Nachdem er durch Bolventor gefahren ist, wirft Andy ganz plötzlich einen Blick in den Spiegel, blinkt nach rechts und biegt auf die Straße ab, die sich über das Moor bis nach St. Breward schlängelt. Er fährt langsam; andere Erinnerungen steigen in ihm auf, und er hat das Gefühl, nach Hause zu kommen, so wie er früher von Besuchen im Landesinneren, vom Internat oder aus London heimgekommen ist. Der Wagen holpert sanft über ein Viehgitter, und er fährt hinunter zu der schmalen Delford-Brücke – »Delfy-Brücke« nannten sie sie, als sie klein waren –, die sich über den Fluss De Lank spannt. Wie vertraut ihm das alles ist, wie lieb! Die Steinmauern, das hohe Farnkraut in den Hecken, der leuchtend gelb blühende Ginster. Von Treswallock Down aus kann Andy in der Ferne das glitzernde Meer und das alte, aus Stein und Schiefer erbaute Haus erkennen. Es ist aus einer Reihe von Zechenhäuschen entstanden, die von Arbeitern aus den Zinnbergwerken bewohnt wurden: Trescairn. Er fährt die Auffahrt hinauf, parkt vor dem Haus und steigt aus. Er hat seinen Schlüssel nicht dabei, und außerdem möchte er gar nicht hineingehen. Stattdessen umrundet er das Haus und tritt durch das kleine Tor, das direkt aufs Moor hinausführt. Andy klettert zwischen den verstreuten Granitfelsen hinauf und bleibt stehen, um zurück zu dem den Gezeiten unterworfenen Stück Moor zu sehen, wo das Meer an graue Granitgipfel schlägt und an grünschwarzen Tannengruppen leckt. Im Süden liegt die Mondlandschaft der Tongrube von St. Austell, und über den Baumkronen im Westen kann er gerade eben noch den Turm der Kirche St. Breward erkennen. Und noch weiter dahinter schlängelt sich silbriges Wasser zum fernen Meer hin.

Seine ganze Kindheit ist hier versammelt – seine und die seiner Geschwister Liv, Charlie und Zack. Schnee im Winter, heiße Sommer, und der Frühling immer kalt und feucht. Die Dorfschule und Camping im Garten. Mit einem Mal denkt er zurück an den lange vergangenen heißen Sommer mit dem Campingwagen, den Sommer, in dem Mums Freundin Tiggy sie besucht hat. Tiggy hatte keine Familie, doch ein Hündchen namens Turk, eine Figur aus Bronze, die »der kleine Merlin« hieß, und den Campingwagen. Und sie erwartete ein Baby.

Bei der Erinnerung lächelt Andy in sich hinein. Wie Liv und er diesen Campingwagen geliebt haben, die Ausflüge und die Abenteuer! Er war das beste Spielzeug der Welt. Nie wurden sie müde, die orangefarbenen Vorhänge auf- und zuzuziehen, so zu tun, als schliefen sie in dem Kajütenbett, oder beim Zubereiten von Toast auf dem kleinen Kocher zu helfen. Der Campingwagen war ein fahrbares Spielzimmer, ein kleines Haus auf Rädern, und an jedem sonnigen Morgen bettelten sie darum, darin ausgefahren zu werden. Dieser Sommer war magisch. Doch dann starb Tiggy bei der Geburt des Babys, und Mum und Dad adoptierten den kleinen Jungen und nannten ihn Zack.

Noch eine Erinnerung. Sie fahren nach einer Party nach Hause. Zack ist vier, Charlie sechs und Liv und er sind acht. Auf dem Rücksitz streiten Charlie und er miteinander, und Liv sitzt vorn, neben Mum.

»Die garstige Cat war da«, sagt Liv gerade zu Mum. »Sie sind wieder nach Cornwall gezogen.«

»Mummy«, ruft Zack da, steht auf, umklammert ihren Sitz von hinten und schreit, um trotz des Gezänks der Jungen gehört zu werden. »Da war ein Mädchen, das Catriona heißt. Sie sagt, dass ich adoptiert bin. Sagt, dass du nicht meine Mummy bist. Dass meine Mummy tot ist.«

Sogar jetzt noch hört Andy das Entsetzen in Zacks Stimme, sieht die Angst in seinem kleinen Gesicht und wie Liv sich mit schockierter Miene auf dem Beifahrersitz umdrehte. Andy und Charlie hörten auf zu zanken, und in der grauenhaften Stille, die darauf folgte, sah Andy, dass Zack Liv am Gesicht ablas, dass es die Wahrheit war, und er über alle Maßen entsetzt war.

Jetzt setzt sich Andy und umschling die Knie mit den Armen, als noch mehr Erinnerungen und Verbindungen in ihm aufsteigen. Er denkt an den kleinen Merlin. Nicht viel größer als fünfzehn Zentimeter, glatt, aus schwerer Bronze gefertigt und mit vielen feinen Details, die dem Jungen den durchdringenden Blick eines Falken verliehen. Mit wehender Tunika, gerecktem Kinn und unerschrocken war er dargestellt. Den ganzen heißen Sommer über lag er zusammen mit ihrem Lieblingsspielzeug in ihrem Zelt im Garten. Andy erinnert sich, wie Cat ihn als Kind von der Kommode in der Küche geschnappt und wie Tiggy ihn ihr weggenommen hat.

»Gib mir das«, rief Tiggy. »Gib mir das sofort wieder.«

Und Cat warf ihr einen triumphierenden, boshaften Blick zu und ließ die Figur mit voller Absicht auf den Schieferboden der Küche fallen.

Jahre später sollte Cat ihn anrufen. Sie waren einander bei einer Party in London wiederbegegnet, und er fühlte sich von ihr angezogen; sie war klug, sexy, amüsant. Bald waren sie ein

Paar. Als er Liv davon erzählte, war sie außer sich vor Unglauben und Wut und rief ihm ins Gedächtnis, wie Cat sich benommen hatte, als sie Kinder waren, wie sie Zack von seiner Adoption erzählt hatte. Doch er, Andy, stand unter ihrem Bann.

»Hast du heute Morgen die Zeitungen gelesen?«, fragte Cat ihn. »Offenbar findet in Paris ein Kunstfälscher-Prozess statt. Eine mittelalterliche Bronzefigur, die an ein amerikanisches Museum verkauft wurde, scheint eine Fälschung zu sein. ›Der kindliche Merlin‹ heißt sie und sieht genauso aus wie diese Figur, die ihr als Kinder hattet, ›der kleine Merlin‹. Wo hattet ihr die her? Weißt du das noch? Sie hat dieser Tiggy gehört, nicht wahr?«

Cat wollte, dass er der Sache nachging, das überprüfte. Ohne sein Wissen fuhr sie nach Trescairn und dann zu Zacks Cottage in Tavistock und sah sich ein wenig um. Zuerst nahm er das nicht ernst, und als sie sich dann weigerte, es auf sich beruhen zulassen, ihn ständig über Tiggy ausfragte – wer sie gewesen sei und woher sie die Figur hatte –, da war es ihm zu viel geworden, und er hatte sie gefragt, ob sie tatsächlich hoffe, seine Familie auf irgendeine Art zu diskreditieren.

»Oh nein«, hatte sie zuckersüß und scharf zugleich geantwortet. »Nicht diskreditieren, Andy. Ich will sie *vernichten.*«

Einen Moment lang sah sie richtig eigenartig aus, beinahe verrückt. Ihm jagte das ziemliche Angst ein. Danach scheiterte ihre Beziehung, und er traf sie nicht mehr, obwohl sie es ihm sehr schwer machte. Später fragte er Mum nach dem Merlin, aber sie tat die Sache einfach ab. Sie meinte, er müsse beim Umzug verloren gegangen sein, als Dad nach Washington versetzt wurde, obwohl es sie zornig machte, dass Cat bei ihnen herumgeschnüffelt hatte.

Liv hingegen lachte ihn einfach aus. »Glaubst du wirklich, Tiggy hätte uns erlaubt, die Figur den ganzen Sommer über in unserem Zelt zu haben, wenn sie ein wertvolles Kunstwerk gewesen wäre?«, fragte sie ihn. »Man kann sich wirklich darauf verlassen, dass Cat dir Flausen in den Kopf setzt.«

Damals hatte sie ihm auch die Vorgeschichte über Angela und Dad erzählt und dass Angela versucht hatte, seine Ehe zu zerstören.

»Wenn Cat diesen Rachefeldzug weiterführen will, ist das ihre Sache«, sagte Liv, »doch wir brauchen dabei nicht mitzuspielen.«

Und als er an Cats Miene zurückdachte, mit der sie gesagt hatte: »Nicht diskreditieren, Andy. Ich will sie *vernichten*«, neigte er dazu, Liv zuzustimmen.

Mit einem Mal hört er das Trommeln kleiner harter Hufe, und eine Gruppe scheckiger Ponys taucht auf, jagt zwischen den Felsbrocken dahin und stürzt erschrocken davon, als sie ihn sehen. Andy steht auf und kehrt, halb rennend und halb springend, über den Pfad zum Auto zurück. Noch einmal sieht er sich lange um, steigt dann ein und fährt davon, zurück auf die A30.

Kurz vor Bodmin wirft er einen Blick auf die Uhr. Ein Instinkt rät ihm, nach Truro durchzufahren und Matt einen Besuch abzustatten, doch es ist schon fünf, und er hat Mick versprochen, nach Polzeath zu kommen und ihm bei seinen Partyvorbereitungen zu helfen. Andy zögert, schüttelt den Kopf – dann muss der Besuch eben bis morgen warten – und biegt auf die Straße nach Polzeath ein.

15. Kapitel

Matt und Catriona sitzen in der Bar am Ecktisch. Es ist fünf Uhr. Um diese Zeit ist es im *The Place* ruhig. Ein paar Gäste nehmen einen frühen Drink oder trinken einen späten Kaffee, und es ist nichts los.

Matt spürt die vertraute Mischung von Empfindungen – Schuldgefühle, Nervosität, Vergnügen –, doch wenn er ehrlich ist, ist es ein ganz gutes Gefühl, hier zu sitzen, sich in der Gesellschaft einer attraktiven, geistreichen Frau zu entspannen und sich von ihr sein Ego streicheln zu lassen. Er fühlt sich geschmeichelt, weil sie seine Gesellschaft sucht und sich in dieser für sie schwierigen Zeit um Beistand an ihn gewandt hat, obwohl das nicht verhindert, dass er auch ein schlechtes Gewissen hat, weil er weiß, wie Liv die Sache betrachten würde.

»Es ist so schön, einfach einmal wegzukommen und etwas anderes zu sehen«, sagt sie gerade. »Das Cottage wirkt im Moment ein wenig deprimierend. Das ganze Durcheinander, die Unordnung und die Erinnerungen. Ach ja.« Sie zuckt mit den Schultern. »Du weißt ja.«

Sie wirft ihm einen kurzen Blick zu, in dem Traurigkeit und das Bemühen um Tapferkeit liegen, als wüsste sie, dass er sie verstehen und Mitgefühl mit ihr haben wird; und er muss sich bremsen, um sie nicht zu berühren, sie kurz zu umarmen oder ihre Hand zu drücken, die neben seiner eigenen auf dem Tisch liegt. Sie schiebt sie ein winziges Stück an seine heran, und er weiß genau wie im Cottage, dass er sie haben kann, wenn er den ersten Schritt tut. Er könnte mit ihr nach Rock fahren, und sie würde sich ihm hingeben. Diese Gewissheit, dieses jähe Aufflammen von Begehren, der vollkommene Wahnsinn des Ganzen – all das erfüllt ihn mit einer Mischung aus Hochgefühl und Beschämung.

Als wollte er sich ablenken, nimmt er sein Glas mit Ingwerlimonade und trinkt einen kleinen Schluck. »Es wird besser werden«, erklärt er völlig unzureichend.

Ihr Lächeln wird tiefer, ist aber fast sofort wieder verschwunden. »Ja, natürlich«, sagt sie. »Das ist mir schon klar. Es ist nur dein Pech, dass du in meiner Nähe wohnst, sodass ich vorbeikommen und dir etwas vorjammern kann.«

Natürlich widerspricht er, dass dem nicht so ist, dass sie sich sehr tapfer hält; doch er fühlt sich unbehaglich. Das Ganze hat etwas Irreales: dass sie hier an einem Sommerabend in dieser halbdunklen Welt voller Kerzen, Kaffeeduft und romantischer Hintergrundmusik zusammensitzen – Jamie Cullum singt *My One and Only Love*. Cat hat ihn schon gefragt, ob er noch ein einziges Mal nach Rock kommen und ihr Auto mit Sachen für die Müllkippe beladen kann, und er hat versprochen, es zu versuchen. Aber nicht nächsten Sonntag, hat er ihr nachdrücklich erklärt. Dann muss er zur Strandvilla fahren.

Sofort nickt Catriona. Selbstverständlich muss er fahren. Seine Familie wird ihn vermissen, sagt sie. Anscheinend ein wunderschöner Ort.

Sie legt eine kleine wehmütige Pause ein, und mit einer Art Panik fragt er sich, ob er sie einladen soll, ihn zu begleiten. Doch der Gedanke an Livs Gesicht, falls er verrückt genug dazu wäre, reicht aus, um ihn wieder zur Vernunft zu bringen. Er lächelt Catriona zu. Vielleicht, sagt er, kann er sich ja unter der Woche einen Nachmittag freinehmen. Diesen Vorschlag nimmt sie so dankbar auf, dass es fast peinlich ist, und gibt ihm ihre Handynummer.

Merkwürdigerweise fehlt ihm die scharfe, ätzende Seite ihres Charakters beinahe, obwohl ihre sanftere Seite ihn ein wenig rührt.

»Ich muss los«, sagt sie gerade, »und du wirst gleich viel zu tun bekommen.«

»Möchtest du noch etwas, bevor du fährst?«, fragt er. Er ist entschlossen, sie nicht zum Bleiben aufzufordern, und stellt sich all die möglichen Komplikationen vor.

Sie schüttelt den Kopf, scheint es sich dann jedoch anders zu überlegen. »Das klingt jetzt ein wenig lahm, aber nachdem es jetzt kühler ist, hätte ich gern eine Tasse Tee, bevor ich aufbreche.«

»Ganz und gar nicht lahm.« Matt blickt sich um, doch die Bar ist leer, und er lächelt, zuckt leicht mit den Schultern und steht auf. »Wenn du sonst noch …«

»Ach, lass doch«, sagt sie, aber er ist schon aufgestanden.

»Kein Problem«, versichert er ihr. »Es dauert nicht lange.«

Catriona lehnt sich auf ihrem Stuhl zurück. Es ist eine große Erleichterung, ihm keine Dankbarkeit mehr vorheucheln zu müssen und eine kurze Ruhepause einzulegen. Immer wieder liegt ihr eine schnelle Erwiderung auf den Lippen – zum Beispiel, als er dieses einfältige »Es wird besser werden« von sich gab –, und sie muss sie schnell hinunterschlucken. Andererseits fragt sie sich, ob sie vielleicht zu weit geht und es mit dem ganzen Lieb-und-nett-Sein übertreibt. Doch sie ist sich sicher, dass er genau in diesem Moment geschwächelt hat und kurz davorstand, sich ihr zu ergeben.

Der Sonntag in Rock war so gut. Sie hatten einen ganzen Tag Zeit, sodass sie sich beinahe natürlich verhalten konnten. Beim Mittagessen hat sie ihn zum Lachen gebracht, wahrscheinlich, weil sie sich auf neutralem Territorium befanden, und sie waren in der Lage, ihr Zusammensein zu genießen. Es war offensichtlich, dass Matt froh war, das Bistro und seine Verantwortung eine Weile los zu sein, und sie musste sich Mühe geben, sich am Montag fernzuhalten und nicht zu wirken, als hätte sie es allzu eilig, ihn wiederzusehen.

Es war ein spontaner Entschluss, um diese Tageszeit nach Truro zu fahren, und es hat sich ausgezahlt. Matt war da, im Bistro war es ruhig, und er wirkte zwar verdattert darüber, sie zu sehen, kam jedoch schnell darüber hinweg. Aber was jetzt?

Nächsten Sonntag wird er seine Familie besuchen. Sie fragt sich, was er Liv erzählen, wie er ihre Treffen schildern wird. Denn sagen muss er es ihr. Matt riskiert zu viel, wenn er sie ganz verschweigt. Ob er Liv schon alles gestanden hat? Und, wenn ja, wie hat er es erklärt?

Cat blickt sich um und sieht wieder die kleinen Gemälde: die Straßenmärkte, die zwei kleinen Jungen. Neugierig geworden, steht sie auf und untersucht die Signatur: *Maurice Desmoulins*. Sie runzelt die Stirn; der Name klingt vertraut, aber sie kann ihn nicht recht einordnen. Ein Instinkt sagt ihr, dass ihr etwas Wichtiges entgeht. Sie sieht sich das zweite der Bilder genauer an und erkennt, dass in dieser Szene der größere blonde Junge den Standbesitzer ablenkt, während der kleinere dunkle Knabe eine Handvoll Münzen aus der Geldkassette nimmt. Ihr Tee wird gebracht, und sie nickt dem Mädchen zu, wirft noch einen Blick auf das Bild und setzt sich wieder. Matt tritt zu ihr und sagt, ein Problem sei aufgetreten. Sie lächelt, um ihm ihr Verständnis zu zeigen, und er erwidert es, zögert und verschwindet dann in der Küche.

Catriona schenkt sich den Tee ein. Ein Jammer, dass sie Matt nicht gleich nach seiner Handynummer gefragt hat. Jetzt muss sie darauf warten, dass er sich bei ihr meldet. Sie hat das Gefühl, dass sie ihn nicht bedrängen oder ihm zusetzen darf; den nächsten Schritt muss er tun.

Rasch trinkt sie den Tee aus, nimmt ihre Tasche und geht hinaus in den frühsommerlichen Abend.

Als Matt wieder in die Bar zurückkehrt, sieht er erleichtert, dass Catriona fort ist; er fühlt sich befreit, aber auch ein wenig enttäuscht. Eigenartig, diese Mischung von Gefühlen … verstörend. Er begreift, wie leicht es wäre, einen kleinen Fehltritt zu tun, Dampf abzulassen. Nachdem Liv und die Kinder in der Strandvilla sind und er in die Wohnung über der Bar gezogen ist, hat er fast das Gefühl, wieder Junggeselle zu sein. Es schmeichelt ihm, dass eine attraktive, kluge Frau seine Nähe sucht, seine Gesellschaft genießt und ihn um Hilfe bittet. Um ehrlich zu sein, hätte er nichts gegen einen weiteren Ausflug nach Rock mit Catriona, mit ihr im Auto zu lachen und zu scherzen, noch einmal mit ihr zu Mittag zu essen. Es war gut, sich eine Auszeit zu nehmen und ohne Verpflichtungen und Verantwortung er selbst zu sein. Er kann sich vorstellen, dass man süchtig nach dieser Art von Beziehung werden kann.

Er räumt Catrionas Teegeschirr ab, und in diesem Moment öffnet sich die Tür, und eine Familie stürzt herein; zwei Kinder, ein junges Paar – offensichtlich die Eltern – und ein älteres Paar. Es kommt zu einem kleinen Aufruhr, als die jüngere Frau den kleinen Jungen festhält, der gerade hinter der Theke verschwinden will, und der ältere Mann lächelt Matt zu.

»Können wir vielleicht schon etwas zu essen bekommen?«, fragt er. »Pizza vielleicht? Wir machen nur einen kurzen Zwischenstopp auf unserem Weg nach Helston.«

»Ja, natürlich«, sagt Matt. »Gar kein Problem. Wenn Sie es schaffen, sich alle an diesen Tisch zu setzen, bringe ich Ihnen ein paar Speisekarten.«

Nun bricht allgemeines Stühlerücken aus, Diskussionen darüber, wer neben wem sitzen soll, und die Kinder tun lautstark kund, was sie essen und trinken wollen. Die ganze Szene erinnert Matt stark an seine eigene Familie. Das könnte er selbst sein, zusammen mit Liv, den Zwillingen, Julia und Pete, die sich zu einer Mahlzeit versammeln. Während er mit der Familie lacht und scherzt, fühlt er sich daran erinnert, wie viel er zu verlieren hat – alles, was ihm besonders wichtig ist. Und plötzlich wünscht er sich, er könnte davongehen und mit Liv reden. Hätte er doch, statt nach Rock zu fahren, den kurzen Ausflug zum Strandhaus unternommen, obwohl er dazu im dichten Wochenendverkehr zwei Stunden hin und zwei zurück gebraucht hätte.

Doch sogar während er jemanden suchen geht, der die Bestellung aufnehmen kann, ist er sich bewusst, wie schwierig es werden wird, Liv alles zu erklären; er hat sich sein eigenes Grab geschaufelt. Wie schwer wird es jetzt werden, alles ganz beiläufig klingen zu lassen. »Ach, übrigens, als ich letzten Sonntag gesagt habe, ich sei an der Küste entlanggefahren, war ich tatsächlich in Rock bei Catriona.«

Matt kann sich nicht vorstellen, wie er das Thema ansprechen soll, ohne dass es gefährlich klingt. Einen Moment lang bleibt er hinter der Theke stehen und versucht, sich einen Ausweg einfallen zu lassen. Er weiß, dass er ein Narr war. Natürlich könnte er die Wahrheit sagen, aber was genau ist die Wahrheit? Dass Catriona ihm geschmeichelt und ihn dazu gebracht hat, den Tag mit ihr zu verbringen, und ihn zum Mittagessen eingeladen hat? Und ausgerechnet Cat, gegen die Liv eine Abneigung hegt und der sie nach der Geschichte zwischen den beiden Familien zutiefst misstraut. Matt stellt sich Livs Reaktion vor und stöhnt auf. Wie in aller Welt soll er ihr das erklären? Auf jeden Fall muss er sich herauswinden und darf nicht wieder mit in Catrionas Cottage fahren, und dann muss er sich etwas einfallen lassen, um Liv alles zu erklären, wenn er am Sonntag zur Strandvilla fährt.

Aber unterdessen kann er ihr wenigstens eine SMS schicken, alle lieb grüßen und aufhören, sich wie ein Schwachkopf zu benehmen.

16. Kapitel

In der Nacht entlädt sich ein Sommergewitter. Im Westen türmen sich vom Mond beschienene Wolkengebirge auf und stürzen wieder zusammen; plötzlich blitzt es grell, und Donner kracht. Zuerst plätschert der Regen sanft, doch dann prasselt er auf die harte, trockene Erde nieder und fährt wie mit Nadelstichen in die Meeresoberfläche. Noch ein Blitzstrahl, Donnergrollen, dieses Mal aus größerer Nähe, und dann rast der Sturm über die See und weiter nach Osten.

Janet fährt aus dem Schlaf hoch, als hätte jemand neben ihr einen Schuss abgegeben. Die Vorhänge flattern und blähen sich in dem plötzlichen Luftzug. Sie streckt eine Hand aus und spürt Daves tröstliche, vertraute kräftige Gestalt, und er murmelt im Halbschlaf etwas und dreht sich um. Gewitter haben sie immer schon geängstigt; das jähe Ungestüm der Natur, das Wüten der Elemente. Janet legt die Hand an Daves Schulter und kneift die Augen zu. Er schlingt die Arme um sie und schmiegt die Wange an ihren Kopf, und sie fühlt sich sicher. Mit einem Mal denkt sie an Sofia oben im Dachzimmer. Auf dem schrägen Fenster wird der Regen furchtbar trommeln.

Janet regt sich, überlegt hochzugehen, um ihr beizustehen, doch Daves Arme liegen immer noch fest um sie. »Sofia«, murmelt sie und spürt, wie er lautlos amüsiert schnaubt.

»Sie ist schon ein großes Mädchen. Sie kommt zurecht.«

Schuldbewusst entspannt sich Janet. Sie schämt sich für ihre törichte Angst, kann sie jedoch nicht überwinden. Während sie daliegt, lauscht und darauf wartet, dass der Sturm vorüberzieht, fragt sie sich, ob die arme Sofia sich wohl im Bett zusammengerollt und sich die Decke über den Kopf gezogen hat. Direkt über ihnen knallt ein ohrenbetäubender Donnerschlag, und sie keucht auf.

»Der war aber nahe«, murmelt Dave. »Und wie es schüttet! Na, wir können den Regen ja gebrauchen.«

Seine prosaische Bemerkung, typisch für einen Landbewohner, bringt sie zum Lächeln, und sie umarmt ihn fest. Sanft und mit der vertrauten Leichtigkeit langer Übung beginnt er, sie zärtlich zu liebkosen.

In dem Dachzimmer über ihnen steht Sofia am Fenster und sieht hinaus. Zwischen schwarzen, silbrig geränderten Wolkenfetzen, die schnell über den Himmel ziehen, taucht immer wieder kurz der Mond auf. Blitze erhellen die Landschaft und spiegeln sich hell auf der Meeresoberfläche. Mit einem Gefühl von Freude legt Sofia die Hände zu beiden Seiten ihres Kopfes um den Fensterrahmen, als hätte sie Anteil an diesem Drama, und frohlockt über das gewaltige Schauspiel. Als dann der Regen kommt, gemächlich zuerst, und dann heftig auf das Fenster trommelt, lacht sie laut über sein Wüten. Sein Pladdern erfüllt den ganzen Raum. Als der Sturm abzieht, taucht der Mond wieder auf und steht heiter am klaren dunklen Himmel, und Sofia kommt es vor, als trüge der hölzerne Fensterrahmen ein Dach aus Sternen.

Annabel weckt Miles mit einem unsanften Stoß mit dem Ellbogen. Der Lärm und der plötzlich auffrischende Wind irritieren sie. Die Vorhänge blähen sich ins Zimmer, und der Regen platscht an das Fenster.

»Verdammtes Gewitter«, sagt sie gereizt. »Das hat uns gerade noch gefehlt. Könntest du die Fenster schließen? Die Gardinen werden nass.«

Miles gähnt sich wach, schwingt die Beine aus dem Bett und bleibt einen Moment auf der Kante sitzen.

»Leg einen Zahn zu«, sagt Annabel ungeduldig. »Es schüttet wie aus Eimern.«

Miles' Träume verblassen, und er steht auf, schiebt sich um das Bett herum und greift nach dem Fenstergriff. Er hält inne, um hinauszusehen, und da fährt ein Blitz herab und blendet ihn. Dann schließt Miles das Fenster und sperrt den prasselnden Regen aus. Noch einmal gähnt er und dreht sich wieder ins Zimmer um. Annabel knipst ihre Nachttischlampe an und schüttelt ihre Kissen auf.

»Bei dem Lärm werde ich kein Auge zutun«, verkündet sie voller Selbstmitleid, als wäre der Sturm extra geschickt worden, um sie zu ärgern. Die übliche kleine Falte steht zwischen ihren Augenbrauen, als sie nach ihrer Bettlektüre greift und sich zurücklehnt. »Wenn du bei dem Licht nicht schlafen kannst, musst du eben ins Gästezimmer umziehen.«

Als Miles sie ansieht, ist ihm mit einem Mal klar, dass er sie nicht mehr liebt. Er empfindet nichts mehr außer Pflichtgefühl – ein Schwur, den er vor langer Zeit abgelegt hat. »Ich sehe nach Daffy«, erklärt er. »Möchtest du eine Tasse Tee?«

Sie starrt ihn an, als wäre er verrückt – oder einfach nur dumm. »Um diese Nachtzeit? Dann kann ich bestimmt nicht wieder einschlafen.«

Miles nickt und geht vorsichtig nach unten, in die Küche. Daffy sitzt in ihrem Korb, als hätte sie gewusst, dass er kommt.

»Ist in Ordnung, altes Mädchen«, sagt er zu ihr. »Nur ein Gewitter. Kein Grund zur Sorge.«

Er klappt den Deckel des Aga-Herdes hoch, setzt den Wasserkessel auf und sucht einen Hundekuchen für Daffy, und dann lehnt er sich an die Schiene des Herdes, lässt den Kopf hängen und fühlt sich sehr allein. Er denkt an El, doch tief im Herzen weiß er, dass er keine Chance auf eine echte Beziehung mit ihr hat. Eine Art Freundschaft, aber mehr darf er sich nicht erhoffen. Dazu ist sie zu eigenständig, ruht zu sehr in sich selbst. Miles denkt an seine Tochter und fragt sich, wie er in dieser Hinsicht noch etwas retten kann. Es hat nie einen offenen Bruch oder eine Auseinandersetzung gegeben, nur ein vollkommenes Leugnen auf Annabels Seite, kombiniert mit dem Umstand, dass seine Frau und seine Tochter einfach nicht gut miteinander auskommen.

Miles gießt den Tee auf und denkt an die Zeit zurück, in der Lily und er sich die Wohnung in London geteilt haben, als er beim Verteidigungsministerium gearbeitet und Lily am University College studiert hat, und wie jeder von ihnen die Gesellschaft des anderen genossen hat. Wohlwollend beobachtete er, wie die Freunde seiner Tochter beiderlei Geschlechts so ungezwungen miteinander umgingen wie echte Kameraden, sich eine Flasche Wein teilten, fernsahen, redeten, und alles ohne sexuelle Komplikationen. Unter ihnen herrschte eine natürliche Ungezwungenheit, um die er sie beneidete. Er hielt sich im Hintergrund und ließ ihnen Freiraum, doch sie bezogen ihn ein, neckten ihn, begleiteten ihn zu den Sommerkonzerten und diskutierten mit ihm über Atomkraft. Das war eine der glücklichsten Zeiten seines Lebens.

»Es ist nicht deine Schuld, Dad«, sagte Lily einmal zu ihm, ungefähr ein Jahr nach einem kurzen Besuch. »Du leidest nur unter dem Zusammenprall gegensätzlicher Persönlichkeiten. Komm mich besuchen. Allein.« Sie lachte. »So weit ist Christchurch nun auch nicht entfernt. Und Neuseeland ist ein großartiges Land. Ich wünschte, du kämest. Und du würdest Jenny mögen, ganz bestimmt.«

Ganz kurz meinte er, Tränen in ihren Augen zu sehen, und erkannte, wie wichtig ihr das war, und er streckte die Arme aus und zog sie an sich.

»Das weiß ich doch, Schatz«, sagte er. »Ich habe kein Problem damit, Lily. Ich hoffe, das weißt du.«

Die Stirn an seine Brust geschmiegt, nickte sie. »Ja. Ich weiß. Aber Mum will uns wegen der Nachbarn nicht zusammen hierhaben, und wegen der Terroristen steigt sie in kein Flugzeug. Was sollen wir machen?«

»Wir müssen uns eben auf halber Strecke treffen«, erklärte er ihr leichthin. »Du, Jenny und ich.«

Sie legte den Kopf in den Nacken und sah zu ihm auf. »Würdest du das tun, Dad?«

Als Miles jetzt dem Gewitter zuhört, erinnert er sich an dieses Gespräch. Er hatte Ja gesagt, obwohl er sich gefragt hatte, ob er je den Mut aufbringen würde, Annabel von dem Plan zu erzählen. Jetzt, in dieser Nacht, beschließt er, Lily zu besuchen. Er wird diese Reise unternehmen, um seine Tochter zu sehen und ihre Partnerin kennenzulernen. Schließlich hat er nichts zu verlieren – und viel zu gewinnen.

El wird aus ihren Träumen geweckt und hört den Nachhall des Donners und das Rauschen des Windes in den Bäumen. Ihr Anbau ist durch das große Bauernhaus gut abgeschirmt, und sein dickes Reetdach dämpft das Prasseln des Regens. Sie dreht sich auf den Rücken und lauscht. Ihre Gedanken wandern, sie erinnert sich an andere Gewitter und fragt sich, ob sie eine Weile lesen soll. Neben ihrem Bett liegen wie immer eine Menge Bücher verstreut, und sie macht eine innere Bestandsaufnahme: Walt Whitmans *Song of Myself*, Jenna Plewes' *Salt*, U.A. Fanthorpes *Safe as Houses* und eine Auswahl der Schriften von George Herbert. Schwester Emily hatte sie in Chi-Meur, dem schönen alten Kloster an der Nordküste von Cornwall, mit der metaphysischen Lyrik George Herberts bekannt gemacht – und mit noch so vielem anderen.

In dieser lange vergangenen Zeit hatte sie Schwester Emily gefragt: »Woher wussten Sie, dass Sie berufen sind?«

Die Nonne hatte eingehend darüber nachgedacht. Sie saßen in dem kleinen Westzimmer, das El immer noch jedes Mal erhält, wenn sie das Kloster zu ihrer jährlichen Einkehr im Frühjahr aufsucht. Der Raum ist so schlicht, so sauber, so ruhig; er ist ihre Zelle und ihr Zufluchtsort. Draußen unter dem Fenster wächst ein Fliederbusch und erfüllt das Zimmer jeden Abend bei Sonnenuntergang mit seinem Duft.

»Einmal, als ich jung war, habe ich einen Mann geliebt«, erklärte Schwester Emily schließlich. »Wir standen kurz davor, uns zu verloben. Ich mochte seine Kleidung und die Art, wie das Haar in seinem Nacken wuchs, aber ganz plötzlich wurde mir klar, dass ich ihn nie so sehr lieben könnte, wie ich Gott liebe.«

El begann zu lachen. Sie konnte einfach nicht dagegen an, und Schwester Emily ebenfalls nicht. »Tut mir leid«, meinte El, »es klang nur so komisch, wie Sie das ausgedrückt haben.«

»Das ist es wahrscheinlich«, meinte Schwester Emily und lächelte immer noch. »Doch ich hatte recht, verstehen Sie? Ich hätte den armen Mann zutiefst unglücklich gemacht.«

Sie schreibt El immer noch, wenn auch in unregelmäßigen Abständen, und El schätzt diese Briefe über alles. Sie beginnen immer mit »Liebste El« und enden mit »Im Gebet bei Ihnen«.

El legt sich auf die Seite, lächelt leise und hört, wie Schwester Emily mit ihrer klaren Stimme während eines der Stundengebete in der Kapelle die Lesung vorträgt. » ... Weil wir eine solche Wolke von Zeugen um uns haben ... lasst uns laufen mit Geduld in dem Kampf, der uns bestimmt ist ... und aufsehen zu Jesus ... der, obwohl er hätte Freude haben können, das Kreuz erduldete ...«

Vor dem letzten Vers ist El schon eingeschlafen.

Das bedrohliche Donnergrollen weckt Freddie und Flora. Sie klettern aus dem Bett, stehen da und lauschen. Mit einem Mal erhellt ein Blitz ihr Zimmer wie ein Suchscheinwerfer. Gemeinsam eilen sie davon, suchen Liv, klettern zu ihr ins Bett und wecken sie.

»Das ist nur ein Gewitter«, sagt sie tröstend und zieht sie unter ihre Decke. »Nichts, wovor man Angst zu haben braucht.«

»Ich kann das nicht leiden«, erklärt Freddie, als über ihnen Donner kracht, und Flora vergräbt den Kopf im Oberbett. Der Junge schmiegt sich an Liv, und als sie sich fragt, wie sie die beiden beruhigen soll, taucht Baz in Jogginghose und T-Shirt in der Tür auf.

»Du meine Güte, Charlie Brown!«, sagt er. »Was ist denn das für ein Aufstand?«

»Es ist zu laut«, sagt Flora, während der Regen herabrauscht. Ihre Mundwinkel sind Unheil verkündend nach unten gezogen, und Baz zwinkert Liv zu.

»Genau die richtige Gelegenheit für eine Kuchenschlacht um

Mitternacht«, erklärt er. »Komm schon, Mummy. Such du alles zusammen, und ich bleibe hier bei den beiden.«

»Was ist eine Kuchenschlacht um Mitternacht?«, fragt Freddie und rutscht dicht an Baz heran, der sich auf Livs breitem Bett ausstreckt.

»›Was ist eine Kuchenschlacht um Mitternacht?‹«, widerholt Baz ungläubig. Er sieht Liv an. »Wissen diese Kinder denn gar nichts? Sie hatten auch noch nie von Charlie Brown gehört, bis ich die DVD gekauft habe. Und jetzt wissen sie nicht, was eine Kuchenschlacht um Mitternacht ist. Hast du ihnen denn niemals Enid Blyton vorgelesen?«

»Sie sind noch zu klein für Enid Blyton«, sagt Liv und lacht darüber, wie die drei sich aneinanderkuscheln. »Und für Kuchenschlachten um Mitternacht.«

»Unsinn«, erklärt Baz, als über ihnen noch ein Donnerschlag kracht. »Niemand ist zu klein für eine Kuchenschlacht um Mitternacht. Und schau nach dem armen alten Jenks, während du die Leckereien zusammensuchst. Vielleicht hat der Donner ihm ein wenig Angst eingejagt. Ich nehme Kaffee, bitte.«

Liv schüttelt den Kopf über ihn und geht nach unten. Jenks sitzt an der Tür und springt bei ihrem Anblick erleichtert auf.

»Okay«, meint sie resigniert, während sie ein Picknick zusammenstellt. »Ich gebe auf. Du kannst ebenso gut mit nach oben kommen. Ich sehe schon, das wird eine dieser Nächte.«

Bis das Picknick vorüber ist und die Zwillinge nach einigem Protest wieder in ihren Betten liegen, ist es beinahe Morgen. Baz geht mit Jenks nach unten und öffnet die Küchentür, um ihn nach draußen zu lassen. Das Gewitter ist davongezogen, und am frisch gewaschenen Himmel sind keine Wolken zu sehen, sondern nur das Schimmern verblassender Sterne. Baz schlendert hinter Jenks hinaus und folgt ihm zum Strand hinunter. Im Westen geht der Mond hinter den Klippen unter, und im Osten ist ein rosiger Hauch zu erkennen, und dort wird es heller. Er bleibt stehen, beobachtet die Morgendämmerung und lauscht dem Meeresrauschen. Wie schnell das Licht die Dunkelheit überwindet, und wie wundersam der Wechsel von Grau zu Farbe ist!

Baz fühlt sich von Geheimnis und der Freude der Schöpfung erfüllt, von Leben und Tod und einem eigenartigen Gefühl von Erneuerung. Sein Instinkt lässt ihn schnell zum Meer hinuntergehen, und er zieht sich aus und watet hinein. Seidenweich und kühl gleitet das Wasser über seine Gliedmaßen, und er ergibt sich ihm, schwimmt mit kraftvollen Zügen los, schlägt mit den Beinen und frohlockt über seine Freiheit.

Als er wieder an Land kommt, nimmt er sein Shirt, reibt sich kräftig damit ab, zieht seine Jogginghose an und strebt mit großen Schritten zurück zur Strandvilla. Er fühlt sich erfrischt und innerlich erneuert. Jetzt gerade sind seine Befürchtungen wie weggespült, und er kann sich eine Beziehung mit Sofia vorstellen. In diesem Moment braucht er sich nicht ins Gedächtnis zu rufen, dass sie noch jung genug ist, um zu heiraten und ein Baby zu bekommen; dass es egoistisch von ihm wäre, sie für sich zu beanspruchen. Er weigert sich, an etwas anderes zu denken als die Vorfreude auf ihr Wiedersehen.

17. Kapitel

Mittwoch

Der Morgen nach dem Gewitter ist von Hoffnung und Verheißung erfüllt. Als Sofia zum Frühstück herunterkommt, leuchtet sie geradezu vor neuer Energie. Sie fühlt sich stark und zuversichtlich, als hätte der Sturm ihre Ängste und Unsicherheiten mit sich davongetragen. Sie argwöhnt, dass dieses Gefühl nicht andauern wird, doch sie ist entschlossen, das Beste daraus zu machen, solange es Bestand hat.

Dave und Janet werkeln in der Küche gemeinsam zwischen Tisch und Vorratskammer herum, und einmal mehr fühlt sie sich an die Mäuse von Brombeerhag erinnert, lieb und unschuldig und freundlich. Sie lacht die beiden an, und sie erwidern ihr Lächeln. Zusammen strahlen sie ein stilles Selbstbewusstsein aus, doch sie beneidet sie nicht mehr, sondern fühlt sich nur von der frischen Entschlossenheit erfüllt, zu ihrer Entscheidung zu stehen.

»Hat das Gewitter euch wach gehalten?«, fragt sie, setzt sich an den Tisch und sieht, wie sie einen kurzen Blick wechseln: belustigt, verständnisvoll, verhohlen. Sofia überlegt, was er wohl bedeutet.

»Ich hatte mir Sorgen um dich gemacht, da oben in dem Dachzimmer«, sagt Janet dann. »Der Regen hämmert ganz furchtbar auf das schräge Fenster. Aber Dave war sich sicher, dass es dir gut geht.«

Wie rührend besorgt die beiden sind. Bei dem Gedanken daran, dass sie wach gelegen und sich Sorgen um sie gemacht haben, schüttelt Sofia den Kopf. »Ich fand es großartig«, erklärt sie. »Ich habe am Fenster gestanden und zugesehen. Es war überwältigend.«

»Du meine Güte«, gibt Janet nervös zurück. »Ein Blitz hätte dich treffen können. Ich hasse Gewitter.«

»Aber irgendwie überstehen wir sie immer, oder?«, sagt Dave und stößt Janet freundschaftlich mit dem Ellbogen an, während er einen Toastständer auf den Tisch stellt und sich setzt. »Und was für ein herrlicher Morgen. Hast du etwas vor?«

»Ja«, antwortet Sofia, indem sie ihren kürzlich gefassten Entschluss umsetzt. »Ich dachte, ich unternehme einen Spaziergang und besuche Baz, Liv und die Zwillinge.«

Es ist ihr ein wenig schwergefallen, Baz' Namen als Ersten zu nennen und es nicht klingen zu lassen, als ginge es nur um sie und Liv, doch weder Dave noch Janet scheint etwas aufzufallen. Sofia nimmt sich ein Stück Toast und greift nach der Marmelade. Ein eigenartiges Gefühl, so glücklich zu sein. Sie ist nicht daran gewöhnt. Sogar Atmen fühlt sich anders an. Ihr Körper kommt ihr nicht mehr angespannt und verkrampft vor. Stattdessen ist sie entspannt und stressfrei. Um es sich selbst zu beweisen, atmet sie tief ein. Und dann noch einmal.

Dave und Janet mustern sie neugierig, und sie möchte am liebsten loslachen, diese entzückenden kleinen Mäuse-Menschen umarmen und ihnen sagen, dass sie sie liebt.

Sofia nimmt sich zusammen, streicht die Marmelade ordentlich auf und presst die Lippen zusammen, um ihr Lächeln zu vertreiben.

»Das klingt schön«, sagt Janet gerade. »Heute Morgen geht eine leichte Brise. Gutes Wetter zum Drachensteigenlassen.«

Dave schenkt Sofia Kaffee und seiner Frau und sich selbst

Tee ein. Er wirkt leicht besorgt, als wäre ihm etwas eingefallen. Sofia isst ihren Toast auf, trinkt den Kaffee und ist dankbar dafür, dass diese beiden Unschuldslämmer keine Ahnung haben, woran sie bei Baz denkt. Es hat nichts mit Drachensteigenlassen zu tun.

»Gute Idee«, bemerkt sie munter.

»Wir fahren zum Supermarkt«, erklärt Janet. »Brauchst du etwas?«

»Da fällt mir nichts ein«, gibt Sofia zurück – und es ist die Wahrheit. Ihre neue Entschlossenheit scheint ihre Gedanken vollständig auszufüllen. »Aber trotzdem danke.«

»Solltest du nicht nachhören, ob sie überhaupt zu Hause sind?«, schlägt Dave schüchtern vor. »Das ist ein ziemlich weiter Weg.«

»Oh.« Sofia ist aus dem Konzept gebracht. In ihrer frischen Begeisterung ist ihr gar nicht klar gewesen, dass ihr Plan einen Fehler haben könnte. »Wäre wahrscheinlich gescheit.«

Ihre Gedanken überschlagen sich. Wenn sie Liv eine SMS schreibt und Liv Baz davon erzählt, glaubt er vielleicht, sie beide möchten, dass er sich aus dem Weg hält. Andererseits hat sie keine andere Möglichkeit, Kontakt aufzunehmen – und sie muss Baz überraschen und kurz mit ihm allein sein.

»Wenn ich es recht bedenke«, sagt sie, »könnte ich wahrscheinlich das Auto nehmen, doch ich glaube, ich laufe. So habe ich wenigstens Bewegung, auch wenn niemand da ist.« Sie trinkt ihren Kaffee aus und lächelt den beiden zu. »Ich breche dann mal auf«, erklärt sie, steht auf und eilt nach oben, um ihre Sachen zu holen.

»Hab's dir doch gesagt«, meint Dave düster, während sie Sofia nachsehen, die schwungvoll durch das Tor tritt und über die Straße davongeht.

Janet schaut ihr hinterher. »Ihre Mutter bringt mich um.«

Dave runzelt die Stirn, verzieht dann die Lippen zu einem Lächeln und lacht los. »Tut mir leid«, keucht er. »Aber ehrlich. Da haben wir letzte Nacht versucht, leise zu sein, damit sie uns nicht hört, und sie stürmt heute Morgen strahlend davon, um den guten Baz zu verführen.«

»Dave!«, protestiert Janet. »Sag nicht so etwas.«

»Ach, komm schon, Liebling. Das war doch klar. Das Mädchen hat sich Hals über Kopf verliebt. Eigentlich rührend.«

»Es ist nicht rührend«, gibt Janet verärgert zurück. »Das wäre es höchstens, wenn Baz genauso empfinden würde …«

»Aber ich habe dir doch davon erzählt«, unterbrich Dave sie. »Ich habe dir gesagt, wie er sie angesehen hat.«

»Und«, fährt Janet energisch fort, »*und* wenn er zufällig in ihrem Alter wäre.«

Daves belustigte Miene verfliegt. »Ist das denn wirklich so wichtig?«

Janet starrt ihn an, atmet durch die Nase ein und zieht die Augenbrauen hoch. »Sieh mal«, erklärt sie geduldig, »ihre Mum und ihr Dad hoffen immer noch, einmal Großeltern zu werden. Sie wünschen sich, dass Sofia jemanden findet, sesshaft wird und ein Baby bekommt. Meinst du wirklich, Baz will in seinem Alter noch einmal eine Familie gründen? Möchtest du derjenige sein, der ihren Eltern sagt, dass ihre geliebte Tochter sich in einen Mann verguckt hat, der so alt ist wie sie? Sie haben sie uns anvertraut, damit wir sie in einer schweren Zeit unterstützen, und nicht, damit wir sie dazu ermuntern, sich in einen Mann zu verlieben, der alt genug ist, um ihr Vater zu sein.«

Dave verzieht das Gesicht. »Ich hasse diese Formulierung«, murrt er.

»Welche würdest du denn vorziehen?«

»Ach, sei still«, sagt er. »Aber ich kann mir nicht vorstellen, was wir dagegen unternehmen können. Wie sollten wir das ahnen? Außerdem, woher wollen wir wissen, dass sie nicht glücklich miteinander werden? Das wäre nicht das erste Mal. Vielleicht ist Baz genau das, was sie braucht. Das arme Mädchen hat genug von egoistischen jungen Männern. Warum dann nicht ein netter, großzügiger, freundlicher älterer Mann?«

Janet seufzt und zuckt mit den Schultern. »Meinetwegen. Doch ich werde nicht diejenige sein, die es ihren Eltern sagt. Ich meine ja nur.«

»Es ist ihre Sache, ihren Eltern davon zu erzählen«, erwidert Dave. »Und überstürzen wir nicht alles ein wenig? Vielleicht ist es ja nur eine kleine Urlaubsromanze.« Wieder lächelt er. »Ich würde viel darum geben, das Gesicht des guten Baz zu sehen, wenn Sofia in dieser Stimmung bei ihm aufkreuzt.«

Janet schmunzelt ebenfalls. »Schrecklich. Man ist verliebt und glaubt, dass niemand eine Ahnung hat, und dabei strahlt man wie ein Leuchtturm.«

»Ich finde das nicht furchtbar«, meint Dave, »sondern wunderschön. Und ich muss noch etwas essen. Ich habe mein Frühstück gar nicht geschmeckt, während sie da saß und Leidenschaft ausgestrahlt hat.«

»Ich habe eine bessere Idee«, sagt Janet und folgt ihm wieder ins Haus. »Wir fahren nach Kingsbridge, um Kaffee zu trinken und Croissants zu essen. Ich finde, das haben wir uns verdient.«

»Die Zwillinge haben schlechte Laune«, sagt Liv zu Baz, als sie in seine »Höhle« tritt. »Das kommt von Kuchenschlachten um Mitternacht.«

»Unsinn«, widerspricht er und dreht sich von seinem Computer weg, um sie anzusehen. »Sie haben oft schlechte Laune. Ich auch. Und du ebenfalls. Das war eine großartige Nacht. Ich fühle mich sogar besonders ausgeruht.«

»Du bist wahrscheinlich daran gewöhnt«, gibt Liv zurück. »Jedenfalls langweilen sie sich mit ihren Stickeralben und kleben stattdessen mich voll.« Sie zeigt ihm ihre Arme, die die Zwillinge mit winzigen rosa Herzen geschmückt haben. »Also habe ich beschlossen, eine kleine Ausfahrt mit ihnen zu unternehmen. Nur bis nach South Milton. Möchtest du mitkommen?«

Er runzelt die Stirn und denkt darüber nach. »Ich glaube nicht, danke. Ich bleibe hier und faulenze. Ist alles in Ordnung? Du siehst quietschfidel aus. Dir hat das Mitternachtspicknick offenbar gutgetan.«

»Ja, doch, mir geht's gut«, räumt Liv ein. »Aber ich möchte mit Matt reden. Ich habe eine Voicemail von ihm bekommen, und er klang gut und hat vom Wochenende gesprochen. Doch es ist nicht das Gleiche, wie mich mit ihm zu unterhalten. Es ist schwierig, hier Empfang zu bekommen, ohne auf die Klippe zu klettern, daher dachte ich, nach South Milton zu fahren. Ich könnte uns zum Mittagessen zu Fish and Chips einladen.«

Es stimmt, heute Morgen ist sie glücklich über Matts Nachricht; sie fühlt sich hoffnungsvoll und aufgemuntert. Ihre Beziehung ist schon so lange angespannt, doch seine Voicemail vom vergangenen Abend war so nett, so liebevoll, als hätte er erkannt, dass sie uneins gewesen sind, und wollte das in Ordnung bringen. Sie hat die Nachricht zweimal abgehört.

»Ihr fehlt mir wirklich alle, Liebes, und ich kann es kaum er-

warten, am Samstag hinunterzufahren und euch wiederzusehen. Ich komme spät, aber ich kann über Nacht bleiben und am Sonntag nach dem Mittagessen zurückfahren, obwohl ich immer noch hoffe, für nächste Woche eine Aushilfe zu finden, damit ich richtig mit euch zusammen sein kann. Hör mal, ich versuche, morgen früh gegen zehn noch einmal anzurufen.«

Wenn sie losfährt und auf den Klippen einen Torweg findet, in dem sie anhalten kann, wird sie vielleicht ein richtiges Gespräch mit Matt führen können.

»Schön«, meint Baz. »Das wird euch allen Spaß machen. Aber nehmt Jenks mit, wenn es euch nichts ausmacht. Er wird unruhig, wenn ihr zu lange ausbleibt.«

»Okay«, sagt sie. »Bis später dann.«

Sie geht hinaus und ruft nach den Zwillingen, die bei der Aussicht auf eine Ausfahrt schon fröhlicher wirken. Liv sucht die nötigen Erfrischungen und das Spielzeug für den Ausflug zusammen und bugsiert die beiden und Jenks in Richtung Auto.

Sie startet den Wagen und holpert langsam den Pfad hinauf, wobei sie aussteigt, um die Gatter zu öffnen, biegt schließlich auf die Straße ein und fährt in Richtung Westen. Sehr bald findet sie einen offenen Torweg, der auf ein frisch abgeerntetes Feld führt, steigt aus und lässt die Zwillinge und Jenks laufen. Noch während sie mit ihrem Ball davonrennen, klingelt Livs Handy, und sie greift ins Auto und nimmt es vom Beifahrersitz.

»Matt!«, ruft sie, als hätte sie Angst, er könnte schon aufgelegt haben, doch er ist da.

»Hi«, sagt er. »Wie läuft es? Hast du meine Nachricht bekommen?«

»Ja.« Sie drückt das Telefon ans Ohr, damit ihr kein Wort entgeht. »Der Empfang im Haus ist grauenhaft. Ich stehe mit den Zwillingen und Jenks auf einem Feld auf der Klippe.«

Er lacht. »Klingt gut. Hör mal, ich komme auf jeden Fall am Samstag. Ehrlich, Liv, ihr fehlt mir wirklich. Ohne euch ist es einfach nicht dasselbe.«

»Ich bin mir so gemein vorgekommen, dir alles zu überlassen und herzufahren, um mich zu amüsieren«, gesteht Liv.

»Nein«, sagt er. »Nein, so darfst du nicht denken. Es wäre verrückt gewesen, wenn wir alle verzichtet hätten. Joe hat jetzt sein Gipsbein und kommt heute wieder, um den ganzen Papierkram zu übernehmen, und ich glaube, ich habe jemanden gefunden, der nächste Woche aushelfen kann. Ich bin absolut entschlossen, sehr bald bei euch zu sein. Wir brauchen Zeit zusammen …«

Sie beugt sich dicht über das Telefon und hört zu, wie er weiterspricht, bis langsam ein merkwürdiges Unbehagen in ihr aufsteigt. Für Matts Verhältnisse klingt er einen Hauch übertrieben, fast so, als wollte er sie irgendwie beruhigen und davon überzeugen, dass sie nichts zu fürchten hat. In seiner Stimme liegt ein eigenartiger Unterton, den sie zu deuten versucht. Schließlich erkennt sie ihn wieder: Erleichterung.

»Hör mal«, sagt er gerade. »Ich muss los, doch es war großartig, sich richtig zu unterhalten. SMS sind schön, aber nicht das Wahre. Oh, Joe ist gerade gekommen. Bis Samstag, und umarme die Kinder von mir.«

»Ja«, antwortet sie. »Klar, mache ich.«

»Ich liebe dich, Liv.« Er schreit es beinahe heraus, als müsste er sie davon überzeugen.

»Ich liebe dich auch«, sagt sie.

Dann ist es still, und sie nimmt das Telefon vom Ohr und steht nachdenklich da. Sie fragt sich, warum Matt erleichtert klingt – als wäre etwas passiert, das eine Bedrohung für sie war, die er jedoch abwenden konnte. Aber was kann das sein?

Langsam geht Liv in das Feld hinein und sieht zu, wie die

Zwillinge den Ball hin- und herkicken, während Jenks immer wieder danach springt und aufgeregt kläfft. Sie steckt die Hände in die Taschen; in der einen hält sie immer noch das Telefon. Ihre Freude von vorhin ist verflogen. Ihr Instinkt warnt sie, dass etwas nicht stimmt, und ihre vertraute Unruhe kehrt zurück.

Sofia nähert sich dem Strandhaus und schaut sich nach den Zwillingen oder Liv um, doch sie hört nichts, kein Geschrei, keine Rufe, kein Hundegebell von Jenks. Ihr wird klar, dass das Auto nicht da ist, und Enttäuschung steigt in ihr auf. Dave hat recht gehabt; sie hätte eine SMS schreiben sollen. Dann sieht sie, dass die Haustür offen steht, geht fast auf Zehenspitzen darauf zu und schöpft neue Hoffnung.

Gerade, als sie rufen will, taucht mit einem Mal Baz auf, und beide stoßen vor Verblüffung und Ungläubigkeit einen Schrei aus. Sofia weiß, dass sie beide exakt das Gleiche empfinden. Dass so etwas passiert, hatten sie sich am meisten gewünscht, und doch war es am unwahrscheinlichsten. Ihr absolutes Vertrauen darauf, dass er genauso fühlt, lässt ihren Optimismus von eben zurückkehren, und sie lacht.

»Tut mir leid«, sagt sie, obwohl das nicht stimmt. »Ich wollte mich gerade bemerkbar machen. Habe ich dich erschreckt?«

Sein Lächeln ist so warmherzig, so liebevoll, dass sie sich am liebsten einfach in seine Arme stürzen würde, doch sie wartet, bis er ihr eine Hand entgegenstreckt. Sofia sieht ihm an, dass er keine Ahnung hat, wie er sie begrüßen soll. Dies ist kein gesellschaftlicher Anlass. Baz ist ihr bisher erst viermal begegnet, und für dieses ungeplante Zusammentreffen existieren keine Regeln. Beim Drachensteigenlassen und später bei der Party waren sie von anderen umgeben, und die Teeparty mit Liv und den Zwillingen hatte ihre eigene Dynamik. Beim Einkaufsbummel in Kingsbridge hat er sie einfach auf einen Kaffee entführt. Doch hier und jetzt ist alles anders.

Wie einfach es wäre, denkt sie, wenn wir uns natürlich benehmen könnten! Spontan tritt sie einen Schritt vor, umfasst Baz' Arm und küsst ihn direkt neben dem Mund auf die Wange. Es ist eine intime Berührung, und sie spürt, wie der Schock darüber als kleiner Schauer an seinem Arm herunterläuft, der sich unter ihrer Hand anspannt.

»Sofia«, sagt er.

Seine Stimme zittert ganz leicht, was ihr Mut schenkt, und sie lächelt. Ihr Gesicht ist seinem immer noch ganz nahe, und sie sieht ihm in die Augen. Es erstaunt und rührt sie, wie bewegt er ist. Doch er ist auch vorsichtig, um ihre Geste nicht auszunutzen, falls er sie missverstanden hat. Das Herz schwillt ihr vor Zärtlichkeit an, und sie hält weiter seinen Arm.

»Ich habe irgendwo gelesen«, sagt sie leise, die Lippen nur Zentimeter von seinem Ohr entfernt, »dass ein Mann und eine Frau sich am Ende verlieben, wenn sie einander vier Minuten in die Augen sehen.«

Baz lächelt bedächtig und zärtlich. »Oh, liebste Sofia«, sagt er. »So lange? Bei mir hat es ungefähr zehn Sekunden gedauert. Aber ich probiere es, wenn es dir wichtig ist.«

Vor Freude lacht sie laut. Sie ist noch nie so glücklich gewesen. »Ach nein. Ich schlage deine zehn Sekunden locker, doch wir wollen ja keinen Wettbewerb daraus machen.«

Er legt die Hand auf ihre und sieht sie eindringlich an, und nun fühlt sie sich ein wenig befangen. Entschlossen, jetzt nicht den Mut zu verlieren, hält sie seinem Blick stand und sehnt sich danach, dass Baz die Kontrolle übernimmt – was er tut, indem er sie ins Haus zieht und die Tür schließt. Sie hört, wie sich der Schlüssel im Schloss dreht.

»Was für ein Glück«, sagt er, »dass das Auto weg ist. Jeder Besucher wird denken, dass niemand zu Hause ist, und uns nicht stören.«

Sie fasst seine Hand, und er hebt ihr Kinn, um sie genauso aufmerksam anzusehen. In seinem Blick steht eine Frage, und sie nickt und lächelt ihm zu, und er legt den Arm um sie, als sie zusammen die Treppe hinaufsteigen.

Baz regt sich, runzelt die Stirn und schlägt die Augen auf. Er hatte einen wunderbaren Traum, in dem Sofia zur Strandvilla gekommen ist und ihm ihre Liebe gestanden hat, und dann haben sie in seinem ungemachten Bett miteinander geschlafen. Er wälzt sich auf den Rücken, streckt einen Arm aus und fühlt ihren warmen Körper immer noch neben sich. Ein gewaltiger Schock überläuft ihn. Baz keucht auf, beugt sich über sie und sieht sie an. Lächelnd breitet sie die Arme aus.

»Ich dachte, es wäre ein Traum gewesen«, sagt er, und seine Stimme klingt an ihrer Schulter gedämpft. »Ein wunderschöner Traum. Ich hatte so eine eigenartige Nacht. Das Gewitter, das Mitternachtspicknick, und danach bin ich im Morgengrauen schwimmen gegangen. Und dann bist du gekommen.«

Er möchte Jubelschreie ausstoßen oder vor Dankbarkeit weinen, doch er zieht sie einfach fester an sich. Er kann spüren, wie sie lautlos lacht und in seinen Armen erbebt.

»Mitternachtspicknick?«, fragt sie, und er fühlt ihren warmen Atem in seinem Ohr.

»Die Zwillinge hatten Angst. Sie konnten nicht schlafen, und da haben wir in Livs Bett zusammen mit Jenks ein Mitternachtspicknick veranstaltet. Als die Kinder eingeschlafen sind, war es schon früher Morgen. Also habe ich Jenks hinausgelassen, und es war alles so magisch, dass ich schwimmen gegangen bin.«

»Es war *wirklich* magisch«, pflichtet sie ihm bei. »Ich habe es von meinem Fenster aus beobachtet, und da habe ich beschlossen, zu dir zu gehen.«

Er hält sie immer noch fest umschlungen und vergräbt das Gesicht an ihrer warmen, weichen Haut, weil er zu große Angst hat, um sie anzusehen, für den Fall, dass es für sie nur ein wenig Spaß bedeutet hat. Er weiß, dass er das einfach nicht ertragen könnte, doch wie in aller Welt kann er mehr von ihr verlangen? Der Altersunterschied … Angst ergreift ihn, und er dankt dem Himmel dafür, dass alles so unerwartet und außerordentlich war, dass er keine Zeit zum Überlegen hatte.

»Wahrscheinlich«, meint sie unter bezauberndem Zögern, »sollten wir uns anziehen für den Fall, dass Liv und die Zwillinge zurückkommen.«

Er vermutet zwar, dass es bis zur Mittagszeit noch lange hin ist und sie alle in South Milton sind, aber er beugt sich der Vernunft. Schließlich könnte Liv es sich anders überlegen und beschließen, früher zurückzukommen …

Der Gedanke hilft ihm, Sofia aus seinen Armen zu lassen und an die Bettkante zu rutschen. Sie kleidet sich an und fährt sich mit den Händen durch die dichte Mähne, und er hantiert ungeschickt mit seinem Shirt und fragt sich, wie in aller Welt es jetzt weitergehen wird. Während er seine Jeans anzieht und mit den Füßen in die Segelschuhe fährt, ist er sich bewusst, dass Sofia im Bad verschwunden ist.

Er eilt nach unten und schließt die Tür auf, und dann fällt ihm ein, dass die Küchentür offen steht, und er beginnt zu lachen. Jeder hätte hereinkommen können. Als Sofia auftaucht, lacht er immer noch, und er erklärt ihr, was so komisch ist. Sie prustet ebenfalls los, und mit einem Mal ist die ganze Verlegenheit verschwunden. Baz fühlt sich wieder stark. Immer noch hat er keine Ahnung, wo das enden soll, doch er spürt, dass er in der Lage ist, die Zukunft anzugehen, einen Schritt nach dem anderen. Er wartet darauf, dass Sofia den ersten tut.

Und sie macht ihn, ohne zu stolpern oder zu zögern. »Wann fährst du zurück nach Bristol, Baz?«

»Nicht allzu bald. Liv bleibt vierzehn Tage hier, dann nimmt sie mich mit nach Truro, und von dort aus fahre ich mit dem Zug wieder nach Bristol. Matt hofft, glaube ich, dass er einen Teil der nächsten Woche mit uns verbringen kann. Wie sieht's bei dir aus?«

»Ich bin nur diese Woche hier. Ich muss zurück und mir einen Job suchen. Ich würde mir wünschen, etwas in Bristol zu finden. Doch im Moment wohne ich noch bei meinen Eltern in Bath.«

»Wenn du eine Unterkunft benötigst«, sagt er leichthin, »zum Beispiel, wenn du zu einem Bewerbungsgespräch in die Stadt kommst, brauchst du nur zu fragen. Sobald ich zurück bin.«

»Und wenn ich einfach Lust habe, Bristol ohne Vorstellungsgespräch zu besuchen, sobald du zurück bist?«

Sie setzt ihre Schritte immer noch unbeirrt und sicher, obwohl ihre Miene jetzt weniger zuversichtlich wirkt, sondern verletzlich.

»Meine liebste Sofia«, sagt er zärtlich. »Du wirst immer willkommen sein. Das weißt du doch, oder?«

»Ich habe aber das Bedürfnis, es zu hören«, erklärt sie. »Schließlich …« Sie zögert. »Vielleicht hast du ja andere Verpflichtungen.«

Er lächelt. »Vielleicht sollten wir doch dieses Vier-Minuten-

Experiment durchführen. Ich hatte gehofft, dich schon überzeugt zu haben … aber gern, wenn du das brauchst.«

Sie lacht, durchquert den Raum und legt die Arme um ihn. »Ich erlasse dir die vier Minuten«, sagt sie und macht den nächsten Schritt. »Doch ich brauche deine Handynummer. Wenn wir uns SMS schreiben könnten, wäre das hilfreich. Es ist ein bisschen kompliziert, wenn man bei anderen Leuten wohnt, obwohl sie reizend sind. Es wird schwierig sein, uns zu … verstellen.«

»Wir könnten es einfach öffentlich machen.«

Er drückt die Wange in ihr wildes kupferrotes Haar und wartet darauf, dass sie zaudert, zurückweicht. Doch sie zögert keine Sekunde.

»Das wäre Liv gegenüber nicht fair, solange wir alle zusammen hier sind. Die Leute werden Zeit brauchen, um sich an den Gedanken zu gewöhnen. Und alle werden sich über den Altersunterschied zwischen uns auslassen. Ich war noch nie verheiratet und habe keine Kinder, und du hast zwei Enkel.«

Angesichts ihrer Direktheit keucht er leise auf, und sie zieht sich zurück, um zu ihm aufzulächeln.

»Ich will nicht, dass deine Freunde versuchen, dich davon abzubringen«, sagt sie. »Jeder hier wird eine Meinung dazu haben. Doch es ist nur eine Sache zwischen dir und mir, Baz.«

Er beugt sich vor, um sie zu küssen. »Ich weiß nicht, was ich sagen soll«, murmelt er.

Immer noch sieht sie zu ihm hoch und fordert ihn lachend heraus. »Doch, das weißt du.«

Und so macht er den nächsten Schritt selbst, trittsicher und selbstbewusst. »Ich liebe dich«, erklärt er.

18. Kapitel

Von ihrem Aussichtspunkt auf der Klippe erblickt El Baz und Sofia, die am Strand entlangschlendern. Sie halten einander an den Händen und gehen dicht nebeneinander. Sie sieht zu und fühlt sich merkwürdig gerührt von ihren langsamen Bewegungen und der Art, wie sie sich einander zuneigen. Sogar aus dieser Entfernung ist offensichtlich, dass sie intim miteinander waren. Sie bleiben stehen und sehen einander an, während Sofia spricht, und dann lachen sie. El fühlt sich ein wenig unbehaglich, als spionierte sie den beiden nach, und wendet sich wieder ihrem Skizzenblock zu. Als sie das nächste Mal hinunterschaut, ist Baz allein. Vermutlich ist Sofia zum Küstenpfad hinaufgeklettert und befindet sich jetzt auf dem Rückweg ins Dorf.

Vielleicht, denkt El, will sie ja niemandem begegnen, der mit dem Auto zur Strandvilla unterwegs ist.

Sie ist fasziniert und packt spontan ihren Rucksack, geht an der Klippe entlang und dann über den kleinen kieselbestreuten Weg zum Strand hinunter.

Baz sitzt allein vor dem Haus unter einem Schirm und streckt die langen Beine aus. El beginnt zu lachen.

»Du trägst das dümmliche Grinsen eines Mannes, der bis über beide Ohren verliebt ist«, bemerkt sie. »Ich habe euch von der Klippe aus gesehen.«

Sein Lächeln wird noch breiter. »Was schlägst du vor, was ich dagegen unternehmen soll?«

»Absolut nichts.« El setzt sich neben ihn. »Aber wenn ich an deiner Stelle wäre, würde ich eine Tasche packen, in den ersten Zug nach Bristol steigen und Sofia mitnehmen.«

»Ah, doch *deine* Affären, meine liebe El, werden nicht durch Familienbeziehungen kompliziert. Ich kann unmöglich jetzt schon fort. Matt will am Wochenende herkommen. Ganz zu schweigen von Miles' und Annabells Mittagessen am Freitag.«

»Na, viel Glück dabei«, sagt sie und verzieht das Gesicht. »Da musst du dich aber besser schlagen, sonst vergiftet Annabel Sofias Drink.«

Baz setzt sich leicht auf, seine Miene schlägt um, und er wirkt so niedergeschlagen, dass El in Gelächter ausbricht. »Du meinst, die anderen könnten es erraten?«, fragt er.

»Wenn du diese Miene aufsetzt, wenn sie nicht hier ist, dann weiß nur Gott, wie du dich in ihrer Gesellschaft anstellst. Oder habt ihr euch entschieden, es öffentlich zu machen?«

»Nein, nein. Nicht hier.« Er schüttelt den Kopf. »Ich habe es sogar vorgeschlagen, doch Sofia findet, das wäre Liv gegenüber unfair, und alle würden sich fürchterlich aufregen. Sie meint, das sei unsere Privatsache. Etwas nur zwischen uns beiden, solange wir noch hier sind.«

»Sie hat ganz recht. Deswegen sagte ich ja, ihr solltet direkt zurück nach Bristol fahren. Aber da du hier Familienpflichten hast, schlage ich vor, dass du aufhörst, dich zu benehmen wie jemand, der nackt auf der Straße steht. Reiß dich lieber zusammen.«

»Wie praktisch du denkst, meine liebe El«, sagt Baz. »Schließlich konnte ich doch nicht damit rechnen, dass du hier anspaziert kommst, oder? Du hast mich überrumpelt. Ich werde der Anstand in Person sein, du wirst schon sehen.« Trotzdem kann er nicht verhindern, dass seine Mund- und Augenwinkel sich zu einem Lächeln verziehen, als er sich jetzt zufrieden streckt.

»Hoffnungslos«, murmelt El. »Absolut hoffnungslos. Sag nicht, ich hätte dich nicht gewarnt. Hast du schon zu Mittag gegessen?«

Baz verneint. »Ich hätte Sofia etwas gekocht, aber sie wollte nicht bleiben. Ich habe nicht gewagt, ihr vorzuschlagen, dass wir in den Pub gehen.«

»Auch gut«, bemerkt El. »Soll ich uns ein Sandwich machen?«

»Gute Idee.« Baz steht auf. »Tut mir leid, El. Ich kann im Moment nicht vernünftig denken. Lass uns einen kleinen Drink nehmen, ja? Ich finde, Prosecco könnte das Richtige für diesen Anlass sein.«

Sie lächelt ihm voller Zuneigung zu. »Und was genau feiern wir?«

Wieder beginnt Baz zu lachen. »Ach, liebe El. Alles, was du willst. Wer hat noch gesagt: ›Liebe ist keine Liebe, bis man sie verschenkt‹?«

»Ich habe keine Ahnung.« Sie zieht in einer Mischung aus Belustigung und Widerwillen eine Grimasse. »Aber es klingt sehr kitschig.«

»Du bist solch eine Zynikerin!«, ruft er aus.

Sie grinst. »Okay. Du bist verliebt. Sie ist verliebt. Das nehme ich jetzt so, wie es ist. Nun hol die Drinks, und ich mache uns ein Sandwich.«

Schnellen, leichten Schrittes geht Sofia nach Hause. Sie fühlt sich von demselben Gefühl von Zuversicht und Entspanntheit angetrieben, das sie heute Morgen nach dem Gewitter empfunden hat. Alles, was sie sich erhofft und gewünscht hat, ist in Erfüllung gegangen. Baz ist ihr auf Augenhöhe begegnet, hat sie verstanden und akzeptiert und die Liebe, die sie ihm geschenkt hat, angenommen und zurückgegeben. Sie erinnert sich daran, wie zärtlich er sie ausgezogen hat, als öffnete er begierig ein ganz besonderes Geschenk, und wie er ihr voller Ehrfurcht und Freude die Kleidung abgestreift hat.

Als sie auf die Dorfstraße einbiegt, fragt sich Sofia, wie sie sich in »Brombeerhag« zusammennehmen soll. Sie beginnt zu lachen und denkt daran, wie sie Baz von ihrer komischen Art erzählt hat, Dave und Janet zu betrachten.

»Ich habe die beiden furchtbar lieb«, erklärte sie, als sie zusammen am Strand entlanggingen, und blieb stehen, um nervös zu ihm aufzuschauen, damit er sie nicht verdächtigte, gemein zu ihnen zu sein. »Es ist ein Kompliment. Als ich klein war, habe ich die *Brombeerhag*-Bücher von Jill Barklem geliebt, und ich meine das nett. Es ist alles so behaglich, und die beiden sind so lieb. Wie Mr. und Mrs. Apple im Baumstumpf-Laden.«

»Und nicht Lord und Lady Holzmaus?«, sagte er und sah fragend auf sie herunter, und dann prusteten sie beide los.

Wie wunderbar, eine solche Bemerkung machen zu können, ohne dass die andere Person verwirrt dreinschaut und fragt: »Was meinst du?« Wahrscheinlich hat er Matt die Bücher vorgelesen, als er so klein war wie die Zwillinge jetzt.

Der Gedanke lässt sie stutzen, und ein leiser Ruck durchfährt sie. Sie möchte nicht auf diese Art an Baz denken. Wie gut es sein wird, sich auf neutralem Boden zu treffen, nicht länger von Familie und wohlmeinenden Freunden umgeben.

Sofia fühlt sich leicht ernüchtert und ist sich dessen, was vor ihnen liegt, stärker bewusst. Sie öffnet das Tor und tritt in den Garten.

Dave, der das Klicken des Riegels gehört hat, steht sofort von dem Tisch unter dem Kirschbaum auf und geht ihr entgegen, um sie einen Moment lang vor Miles und Annabel abzuschirmen, die mit Janet zusammensitzen.

Er ist sich bewusst, dass etwas Bedeutsames passiert sein könnte und er Sofia vielleicht vor den neugierigen Blicken ihrer beiden Freunde beschützen muss. Er kann ihre Miene erkennen, triumphierend und glücklich, doch es mischen sich auch leise Nervosität und ein verletzlicher Ausdruck hinein.

Instinktiv fasst er ihren Arm und lächelt ihr zu.

»Miles und Annabel sind da«, erklärt er fröhlich. »Hattest du einen schönen Spaziergang?«

»Ja«, antwortet sie. »Ja, oh ja. Ich bin über den Klippenpfad zurückgekommen.«

Sie wirkt verwirrt und späht nervös an ihm vorbei zu der kleinen Gruppe, und ihm fällt auf, dass sie weder Baz noch Liv erwähnt.

»Dann ist ja alles gut, oder?«, erklärt er und versucht, ihr zu bedeuten, dass sie nicht mehr zu sagen braucht.

Er drückt ihren Arm und schüttelt ihn ein wenig. Sie sieht ihn mit verklärtem Blick an, und er spürt einen Anflug von Nervosität. Hoffentlich verrät sie sich – und Baz – nicht!

»Sofia war auf den Klippen spazieren«, ruft er den anderen entgegen und hält immer noch ihren Arm fest, als wollte er sie trösten oder verhindern, dass sie über ihre eigenen Füße stolpert. Er ist sich nicht sicher, was von beidem, aber er weiß, dass etwas passiert ist, und ist entschlossen, sie zu beschützen. Er denkt an seine eigenen Töchter, als sie jung, verletzlich und verliebt waren, und an sein Gefühl von Hilflosigkeit damals.

Annabel blickt gleichgültig in die Runde und ist offensichtlich an nichts von dem, was Sofia vielleicht getan hat, interessiert. Dave stößt innerlich einen Seufzer der Erleichterung aus. Miles lächelt ihr zu, und Janet schaltet sich mit einer Bemerkung über das Gewitter ein. Der Moment geht vorüber. Er setzt Sofia behutsam auf einen Stuhl und nimmt selbst wieder Platz. Janet sieht ihn mit hochgezogenen Augenbrauen an, und er nickt ihr verstohlen zu.

»Tja«, sagt sie fröhlich. »Ich glaube, ich sollte mich um das Mittagessen kümmern …«

Sofort stehen Miles und Annabel auf und entschuldigen sich dafür, so lange geblieben zu sein, bedanken sich bei Janet für den Kaffee und wenden sich zum Gehen.

»Bis später dann«, ruft sie ihnen nach. »Vergesst unsere Grillparty heute Abend nicht. Kommt gegen sechs.«

Dave begleitet sie zum Tor und kehrt zurück.

»Ein schöner Spaziergang?«, fragt Janet gerade munter. »War Liv da? Und Baz?«

Sofia sieht zu ihr auf. »Nein«, erklärt sie. »Also, ja.«

Janet lacht. »Du musst dich schon entscheiden.«

»Ja. Tut mir leid. Liv war nicht da. Baz schon.«

Ein Schweigen tritt ein. Janet stellt Tassen zusammen, Dave beobachtet Sofia.

»Aha«, meint Janet schließlich. »So. Sehr nett.«

»Ja«, sagt Sofia leise. »Das war es. Sehr nett.«

Dave und Janet sehen einander an. Janet verdreht die Augen, und Dave zieht eine Grimasse, die eine Art Schulterzucken mit dem Gesicht ausdrückt: hochgezogene Augenbrauen und heruntergezogener Mund.

»Hat er etwas von der Grillparty heute Abend erwähnt?«, fragt Janet.

Sofia wirkt verwirrt und nervös. »Nein. Nein, darüber haben wir … nicht geredet.«

»Da bin ich mir sicher«, versetzt Janet trocken. »Aber ich denke doch, dass er kommt. Liv meinte, sie werde verzichten. Badezeit und all das. Egal. Sie können uns zu einer anderen Gelegenheit besuchen.«

Sie stapelt alles auf ein Tablett und trägt es ins Cottage. Dave wirft Sofia noch einen Blick zu und folgt seiner Frau.

»Vollkommen weggetreten«, bemerkt er, während er Janet die Küchentür aufhält. Sie stellt das Tablett auf den Tisch und stößt ein entnervtes Seufzen aus.

»Und was jetzt?«

Er zuckt mit den Schultern. »Wer weiß das schon? Sie ist offensichtlich schwer verliebt.«

Janet schnaubt leise. »Ich könnte Baz umbringen.«

»Es ist nicht seine Schuld«, gibt Dave abwehrend zurück. »Du weißt ja, dass immer zwei dazugehören.«

»Langsam fange ich an, den heutigen Abend zu fürchten«, sagt Janet.

»Alles wird gut gehen«, erklärt Dave mit einer Zuversicht, die er nicht empfindet. »Sie ist kein Kind mehr. Und Baz wird …«

»Ja, was wird Baz?«, fragt Janet scharf und beginnt, die Spülmaschine einzuräumen.

»Die Tassen nicht dorthin«, sagt er automatisch. »Hör mal, überlass mir das. Baz wird sich schon benehmen. Es sei denn, die beiden haben beschlossen …«

»Was beschlossen?«, ruft sie ungeduldig, und dann drehen sich beide instinktiv um und sehen zur Gartentür

»Das wird schon«, sagt Dave verzweifelt. »Baz würde nie etwas Peinliches tun. Darauf gebe ich dir mein Wort.«

Sofia tritt in die Küche. Sie lächelt sie beide strahlend und mit einer Art Zärtlichkeit an, als wären sie unschuldige Kinder.

»Ich gehe nur nach oben, um mein Handy zu holen«, erklärt sie. »Kann ich irgendwie helfen?«

»Nein«, antwortet Janet. »Nein, lauf nur, liebe Sofes. Mittagessen in zwanzig Minuten?«

Sofia strahlt die beiden an und verschwindet dann über die Treppe nach oben. Janet und Dave starren einander an.

»Wie soll ich das nur ihrer Mutter erklären?«, murmelt Janet.

Als die SMS kommt, sitzt Baz noch mit El zusammen.

Hast du an die Grillparty im Baumstumpfladen heute Abend gedacht?

Er beginnt zu lachen und sieht dann eine ältere SMS: *Countdown, mon ami: dix, neuf, huit …* Countdown, mein Freund: zehn, neun acht …

»Was ist denn so komisch?«, fragt El müßig, doch Baz scheint abgelenkt zu sein und gibt keine Antwort.

Er klappt sein Handy zu und steckt es weg. Er wirkt abwesend und sehr ernst, und sie mustert ihn neugierig. Mit einem Mal nimmt er sich zusammen und wirft ihr rasch ein Lächeln zu. »Tut mir leid«, meint er. »Kommst du heute Abend auch zu der Grillparty im Baumstumpf-Laden?«

»Im *was?*«

»Tut mir leid«, sagt er noch einmal. Er wirkt amüsiert und verlegen zugleich. »Dave und Janet geben ihre übliche Grillparty. Du weißt schon. Ihre Gegeneinladung. Normalerweise bist du doch dabei, oder?«

»Ja«, antwortet sie. »Ja, natürlich.«

Sie denkt an Miles, und ihr wird ein wenig schwer ums Herz, denn sie weiß, dass sie ihm nie ganz so viel Zeit schenken kann, wie er sich von ihr wünscht.

»Gut«, sagt Baz. »Ausgezeichnet. Liv wird nämlich nicht da sein, um mich moralisch zu unterstützen. Und es kann sein, dass ich moralische Unterstützung brauche.«

»Das gilt für uns beide«, gibt sie zurück.

19. Kapitel

Am Strand von South Milton sitzt Liv an einem der Holztische vor dem Café. Gegenüber haben sich die Zwillinge niedergelassen, und Jenks liegt zu Livs Füßen. Das Mittagessen ist vorüber, und die Zwillinge sind in eines ihrer komplizierten Spiele mit ihren Lieblingsfiguren versunken. Sie sitzen rittlings auf der Bank, und ihre Stofftiere – Pengy und Douggie Doggy – unterhalten sich.

Liv hört nur mit halbem Ohr zu und sieht auf das Meer hinaus, wo die weißen Segel einer kleinen Jacht im hellen Sonnenschein gerade eben zu erkennen ist. Das Wasser blendet sie, aber sie ist sich weder der Jacht noch des glitzernden Wassers wirklich bewusst; sie denkt an Matt und den merkwürdig erleichterten Unterton in seiner Stimme. Sie hat sich gemahnt, nicht töricht oder neurotisch zu sein, doch bisher hat das nicht funktioniert.

Sie hat versucht, sich einzureden, dass Matt erleichtert ist, weil Joe zurück ist und den ganzen Schriftkram übernimmt, auch wenn er nicht an vorderster Front stehen kann. Das muss eine Hilfe sein, und Matt ist sicher froh darüber. Doch es erklärt dieses eigenartige Gespräch nicht, die Dringlichkeit, mit der er »Ich liebe dich« gerufen hat, als bestünden daran Zweifel. Als bräuchte sie diese Versicherung, um ihre Angst zu lindern.

Angst. Sie erinnert sich an ein Gespräch, das sie mit ihrer Mutter über dieses Thema geführt hat. Es hatte alles mit Cat und deren Mutter, Angela, zu tun. Cat war im *The Place* aufgetaucht und hatte es wie immer geschafft, eine Atmosphäre von Unbehagen und Zwietracht zurückzulassen. Liv hatte ihrer Mutter davon erzählt und zu analysieren versucht, wie das passiert war, und Julia beschloss plötzlich, mit einigen Geständnissen herauszurücken. Liv war schockiert zu hören, dass ihr Vater und Angela einmal ein Paar gewesen waren, ganz früher. Bis Mum auf der Bildfläche erschienen war.

»Angela hat mir das nie verziehen«, erklärte sie Liv, »und dein Vater hatte deswegen ein schlechtes Gewissen. Immer hat sie bei ihm schöngetan und mit ihm geflirtet, und Pete hat wegen seiner Schuldgefühle mitgespielt. Sie war so schlau, so gut darin, Unruhe zu stiften. Na, du kennst ja Cat und kannst dir das bestimmt vorstellen. Weißt du noch, wie sie auf dem Weg nach Rock bei uns aufzutauchen pflegten, wenn Pete und Martin auf See waren? Angela hat es immer fertiggebracht, eine Anspielung fallen zu lassen, Zwietracht zu säen und mich in die Defensive zu treiben. Dann hat mir eine andere Marineehefrau erzählt, die beiden hätten eine Affäre. Sie hatte gesehen, wie Pete eines frühen Morgens, als Martin unterwegs war, Angelas Dienstwohnung mit dem Taxi verließ. Tatsächlich hatte das Ganze eine vollkommen logische Erklärung, doch das wusste ich nicht und habe Pete schließlich damit konfrontiert. Mit einem Mal wurde mir klar, dass meine eigene Furcht genauso viel Schaden angerichtet hat wie Angelas geschickte Intrigen. Ich habe ihr in die Hände gespielt, indem ich zugelassen habe, dass sie zwischen Pete und mir standen.«

Jetzt stützt Liv die Ellbogen auf den Tisch und denkt über das Gespräch nach. Die Zwillinge klettern von ihrer Bank und setzen ihr Spiel im groben, pulvrigen Sand fort. Liv spürt, wie Jenks sich unter dem Tisch an ihren Füßen bewegt und sich tiefer in den Sand gräbt, um den kühleren, feuchteren Boden darunter zu erreichen. Sie rückt herum, um es ihm leichter zu machen, und spürt seine Wärme an ihrem nackten Bein. Dieser Kontakt tröstet sie, obwohl sie weiß, dass es töricht von ihr ist, sich so verletzlich zu fühlen, den Trost zu brauchen. Das ungute Gefühl lässt sich nicht vertreiben. Mit einen »Ping« kommt eine SMS herein, und sie greift nach ihrem Handy. Sie stammt von Andy.

Wie geht's dir? Dachte, ich schaue später bei Matt vorbei. Liv lächelt und fühlt sich aufrichtig erleichtert. Es ist, als hätte ihr Zwillingsbruder ihre Nervosität aufgefangen. Sie antwortet sofort. *Großartig. Das wird eine nette Überraschung für ihn sein. X*

Einen Moment lang sieht sie auf ihre Nachricht hinunter. Die Worte übermitteln eine unausgesprochene Botschaft, und sie fragt sich, ob Andy sie verstehen wird. Aber was versucht sie ihm eigentlich zu sagen? Liv zögert, beißt sich auf die Lippen und drückt dann auf *Senden.* Sie fühlt sich ängstlich, schuldbewusst und leicht beschämt, als forderte sie Andy auf, Matt auszuspionieren, ihn zu überrumpeln. Natürlich könnte sie Matt eine Nachricht schicken und ihm mitteilen, dass Andy zu ihm unterwegs ist, doch aus irgendeinem Grund unterlässt sie das. Sie streicht mit dem Fuß über Jenks' Rücken und spürt, wie er zur Antwort mit dem Schwanz auf den Boden schlägt. Wie beruhigend Hunde doch wirken! Sie sind so unkompliziert. Der Tanz der Liebe hat so viele Schritte, so viele Rhythmen. Da geschieht es leicht, dass man einen Fuß falsch aufsetzt, ein Signal verpasst und aus dem Takt mit dem anderen kommt.

Einmal mehr spürt Liv eine große Sehnsucht nach Veränderung, danach, zusammen mit Matt etwas Neues auszuprobieren. Ihr Tanz ist zu vertraut geworden, zu stark in Routine erstarrt. Sie hat immer im Gastgewerbe gearbeitet, in Pubs und Restaurants, und dann Freunden geholfen, den Ferienwohnungs-Komplex in Port Isaac aufzubauen. Vielleicht können Matt und sie sich an so etwas versuchen oder vielleicht an dem Glamping, über das sie schon lange nachdenkt.

Ein Schatten fällt über den Tisch, und sie blickt auf. Dort steht ein Mann mit einem Glas in der Hand und weist auf die leere Bank.

»Es füllt sich langsam«, erklärt er. »Darf ich mich zu Ihnen setzen?«

»Ja, selbstverständlich«, antwortet sie.

Er lässt sich nieder und lächelt ihr dankend zu, doch sie bemerkt, dass er sie neugierig ansieht, und wird sich der kleinen rosa Herzen bewusst, mit denen die Zwillinge ihre Arme beklebt haben. Verlegen lacht sie und beginnt, sie abzuziehen.

»Oh, tun Sie das nicht«, sagt er. »Sie sehen gut aus und geben ein Statement ab.« Er streckt die Beine aus, trifft auf Jenks, zieht sie rasch wieder zurück und schaut unter den Tisch. »Aha«, meint er. »Ich sehe, Sie werden gut bewacht.«

Liv lacht. Er ist ihr sympathisch. »Ganz bestimmt. Aber keine Sorge, er beißt nicht.«

»Ein erstaunliches Lokal«, sagt er und weist auf das Strandcafé. »Auf den ersten Blick glaubt man, es ist nur ein Kiosk, an dem Eis verkauft wird, doch das Essen ist köstlich, und drinnen reservieren die Leute sogar für das Mittagessen.«

»Es ist wie die Zeitmaschine aus *Doctor Who*«, sagt Liv. »Machen Sie hier Urlaub?«

Er erzählt ihr, wie er als Kind in den Ferien herkam und sie dann am Strand gezeltet haben, und zwischen ihnen entwickelt sich ein lockeres Gespräch. Es ist sehr angenehm, in der Sonne zu sitzen, zu plaudern und sich zu entspannen.

Flora und Freddie tauchen auf. Zeit, zurück zur Strandvilla zu fahren. Während sie Jenks zum Aufstehen ermuntert und ihrem Begleiter zum Abschied zulächelt, fällt Liv ein, dass heute Abend

Janets und Daves Grillparty stattfindet, und sie ist erleichtert, dass sie einen Grund hat, nicht hinzugehen. Mit den Zwillingen, die wahrscheinlich überdreht und müde wären, würde das schwierig, vor allem angesichts der ziemlich hochnäsigen Annabel, die offensichtlich jeden ablehnt, der einen Anspruch auf Baz erhebt. Kurz überlegt Liv, ob Sofia vielleicht Lust hat, auf das Grillen zu verzichten und ihr Gesellschaft zu leisten. Doch dann erinnert sie sich daran, dass Dave und Janet Sofias Gastgeber sind und es ziemlich unhöflich wirken würde, sie bei ihrer eigenen Grillparty zu versetzen.

Liv schiebt die Füße in ihre Espadrilles und fragt sich, wann Andy wohl zu Matt fährt. Angenommen, Matt würde einfach unangekündigt bei ihnen auftauchen? Das wäre großartig. Es erstaunt sie, wie sehr sie ihn vermisst. Schließlich haben sie sich erst sechs Tage nicht gesehen. Sie denkt an ihre Mum. Wie sie wohl mit den häufigen Trennungen von Dad zurechtgekommen ist, der oft wochenlang auf See war?, überlegt Liv.

»Reiß dich zusammen«, tadelt sie sich. »Sei nicht so ein Waschlappen.«

Doch irgendwie hilft das nicht.

In der ruhigen Zeit nach dem Mittagessen, aber bevor die ersten Drinks serviert werden, sieht Matt Catriona in die Bar treten, und ihm wird beklommen zumute. So schnell hätte er nicht wieder mit ihr gerechnet, und er wappnet sich, um sie zu begrüßen. Sein Entschluss steht fest, und sein Gespräch mit Liv hat ihm vor Augen geführt, was alles auf dem Spiel steht. Catrionas zarte und doch mächtige Magie ist abgewehrt, aber peinlich ist es trotzdem.

»Hi«, sagt er und fragt sich, wie sie zu ihrem alten, scherzhaften Ton zurückkehren können, der zwischen ihnen geherrscht hat, bevor er mit ihr nach Rock gefahren ist. Sie hat ihn mit ihrer Trauer um ihre Mutter entwaffnet, und jetzt ist ihm nicht recht klar, wie er weitermachen soll. Er ist entschlossen, nicht an Boden zu verlieren – doch er weiß immer noch nicht, wie und was er Liv über den Sonntag und das Mittagessen mit Cat im *Mariners* erzählen soll.

Catriona beobachtet ihn mit ihrem vertrauten, insgeheim amüsierten Blick, als wüsste sie genau, was er denkt.

»Zum Mittagessen ist es zu spät«, meint Matt fröhlich, »und zu früh zum Abendessen. Da wirst du wieder Tee trinken müssen.«

»Ich musste einkaufen«, erklärt sie und weist auf eine Tragetasche aus dem Supermarkt, »und ich dachte, ich schaue vorbei.«

»Wäre Wadebridge da nicht näher gewesen?«, will er sie am liebsten fragen, doch er unterdrückt den Drang und nickt. »Aha. Also Tee?«

»Das wäre nett.« Sie legt immer noch dieses leicht wehmütige Trauergehabe an den Tag, das es ihm schwer macht, kurz angebunden zu reagieren, und er sehnt sich nach der alten Catriona, der kratzbürstigen, spitzzüngigen Cat, gegen die Liv eine solche Abneigung hegt.

»Hast du Zeit, eine Tasse mit mir zu trinken?«, erkundigt sie sich hoffnungsvoll und klingt wieder wie ein verlorenes Waisenkind, und er muss sich beherrschen, um seine Gereiztheit in den Griff zu bekommen.

»Ich habe gerade Kaffee getrunken«, sagt er, was nicht stimmt; und wieder sieht er Belustigung in ihrem Gesicht aufblitzen, als sie ihn bei seiner Lüge ertappt. »Aber vielleicht kann ich mich einen Moment zu dir setzen.«

Er verlässt sie und geht in die Küche. Dort steht er einen Moment still da, und die wenigen Angestellten, die im Dienst sind, sehen ihn neugierig an.

»Eine Kanne Tee«, sagt er, »und lasst euch ruhig Zeit.«

Catriona sieht ihm nach. Sie weiß, dass sie ihn verloren hat, doch sie hat keine Ahnung, warum. Etwas ist passiert, das Schuldgefühle in ihm geweckt und ihn gewarnt hat. Sie fragt sich, was das war. Am Sonntag ist alles so gut gelaufen, und sie könnte wetten, dass er Liv nicht davon erzählt hat. Ganz still sitzt sie da und denkt nach. Viel Zeit hat sie nicht mehr. Sie muss am Montag wieder in London sein und arbeiten. Seltsam, diese Sehnsucht danach, um sich zu schlagen und Dinge zu zerstören, Rache zu nehmen für ihre schwierige Kindheit und dafür, dass ihr Vaters sie verlassen hat. Jetzt hat sie niemanden mehr, und die Bodrugans sind immer noch eine große glückliche Familie.

Catriona wird klar, dass sie eins der Gemälde mit den Straßenmärkten anstarrt. Ihre Neugier lenkt sie von ihren Gedanken ab, und sie steht auf und beugt sich vor, um die Signatur noch einmal anzusehen: *Maurice Desmoulins.* Die Tür wird geöffnet, und jemand kommt von der Straße herein. Catriona blickt sich um, und dann fährt sie zusammen. Der Schock reißt sie aus ihrer üblichen Gelassenheit.

»Also, so etwas«, sagt Andy Bodrugan. »Catriona. Was führt dich hierher?«

Sie kommt rasch wieder zu sich. Livs Zwillingsbruder ist der allerletzte Mensch, den sie jetzt gebrauchen kann, obwohl er mit seinem blonden Haar und den blauen Augen auf die typische Art der Bodrugans sehr attraktiv ist. Sie denkt an die kurze Zeit, die Andy und sie ein Paar waren, und fragt sich, ob sie die Anziehung, die sie einmal auf ihn ausgeübt hat, wiederbeleben kann.

»Wahrscheinlich ungefähr das Gleiche wie dich, kann ich mir vorstellen«, gibt sie munter zurück und setzt sich. »Ich halte mich zurzeit im Cottage in Rock auf und bin nach Truro gekommen, um einzukaufen und die beiden hier im *The Place* zu besuchen.«

»Nur, dass Liv nicht da ist.« Andy lässt sich neben ihr nieder.

»Aber Matt schon«, antwortet sie und lächelt ihm zu. »Ist das nicht nett? Er besorgt mir gerade Tee. Wo bist du untergekommen?«

»Bei einem Freund in Polzeath. Dann sind wir ja fast Nachbarn.«

»Ich würde dich ja zu mir einladen, doch im Cottage herrscht ein schreckliches Chaos. Mum ist Anfang des Jahres gestorben, und Matt hat mir beim Ausräumen geholfen.«

Angesichts seiner Miene lacht sie beinahe laut heraus: Bestürzung und Schock. Doch es steckt noch mehr dahinter. Es ist fast, als hätte er mit etwas gerechnet – aber nicht damit.

»Matt?« Stirnrunzelnd starrt er sie an, und sie schüttelt den Kopf über ihn.

»Du klingst so ungläubig, als könntest du dir nicht vorstellen, dass Matt sich freundlich und hilfsbereit verhält. Er war wirklich lieb, deswegen habe ich ihn zur Belohnung zum Mittagessen in Nathan Outlaws *Mariners* eingeladen. Erwartet er dich? Er hat nichts davon erwähnt.«

Jetzt hat sie richtig Spaß. Es ist ein gutes Gefühl, Matt so richtig reinzureiten, während sie zusieht, wie Andy sich windet. Damals ist sie ihm sehr nahegekommen, bis seine Familie sich eingemischt hat, und sie wird ihm nie verzeihen, dass er ihr den Laufpass gegeben hat, genau wie Pete ihre Mum für Julia verlassen hatte. »Deshalb bin ich hier«, sagt sie. »Schon wieder. Es hat alles Spaß gemacht. Matt erledigt in Rock noch einen kleinen Job für mich. Ich muss einiges zur Müllkippe fahren.«

Was für eine Wonne, es so klingen zu lassen, als tanzte Matt nach ihrer Pfeife, als machte er Erledigungen für sie und spränge, wenn sie ruft. Sie fragt sich gerade, was sie noch anrichten kann, als sich die Küchentür öffnet und Matt mit einem Teetablett herauskommt. Begierig wartet sie darauf, dass seine Miene zu Entsetzen und womöglich Angst umschlägt, doch zu ihrer Verblüffung hellt sich Matts Gesichtsausdruck beim unerwarteten Anblick seines Schwagers auf. Ohne Umschweife knallt er das Tablett auf den Tisch und umarmt Andy, der aufgestanden ist.

»Gott, das ist großartig!«, sagt Matt mit unverhohlener Erleichterung. »Warum hast du dich nicht angekündigt?«

Und Andy erwidert sein Grinsen. »Hatte gehofft, dich bei irgendeiner Missetat zu ertappen«, erwidert er scherzhaft, »und es sieht aus, als wäre mir das fast gelungen!«

Mit einer kleinen Kopfbewegung weist er auf Catriona, die sich im Nachteil fühlt. Matts Reaktion hat sie vollkommen verblüfft, und sie verzieht nur ein wenig das Gesicht, um anzudeuten, dass das Benehmen der beiden sie amüsiert und gleichgültig lässt. Die Männer beginnen eine Unterhaltung und ignorieren sie vollständig, und angesichts ihrer Kameradschaft steigt all der vertraute Zorn wieder in Cat auf. Sie gießt sich Tee ein und bleibt mit großer Mühe ruhig; und bald setzt Andy sich wieder, und Matt geht ihm einen Kaffee holen.

»Und, was hast du so aufmerksam angeschaut, als ich hereingekommen bin?«, fragt Andy leichthin. »Willst du ein Gemälde kaufen?«

Sie wirft einen Blick zu den Bildern, ist jedoch in Gedanken anderswo.

»Das Thema ist interessant«, erwidert sie knapp, und Andy steht auf, um sich die kleinen Gemälde genauer anzusehen.

»Markthändler«, sagt er und tritt näher an das erste Bild. »Witzig. Der große Junge stiehlt dem Mann hier Geld aus der Schürzentasche. Die beiden haben dem Händler eine Falle gestellt.«

»Ich fand, der große Junge sieht Matt ein wenig ähnlich«, meint sie. Und dann dreht sie sich schnell wieder um, um das Bild noch einmal anzusehen, als Andys Ausspruch »Markthändler« richtig bei ihr ankommt. »Insidergeschäfte«, murmelt sie halblaut. »Maurice Desmoulins.«

Andy setzt sich wieder und schaut sie neugierig an. »Du kennst ihn?«

Sie verneint. »Aber sein Name sagt mir etwas. Da ist irgendeine Verbindung.«

»Desmoulins?«, fragt Andy. »War das nicht jemand aus der Französischen Revolution? Wenn ich mich recht erinnere, wurde er der ›Staatsanwalt der Laterne‹ genannt. Doch er hieß Camille. Diese Ära hat mich immer interessiert. Robespierre. Danton. Desmoulins. Sie waren die großen Architekten des Terrors, nicht wahr?«

Er klingt, als versuche er, sie abzulenken, aber sie starrt ihn wortlos an. Andy hat soeben die Verbindung für sie hergestellt, obwohl die Sache immer noch geheimnisvoll ist.

»Und?«, will er wissen. »Hast du eine Idee?«

»Ich denke an einen ehemaligen Chef bei einer Investmentbank, in der ich früher gearbeitet habe. Er ist inzwischen im Ruhestand. Maurice Leclos. Er lief unter dem Spitznamen ›Terror‹. Hatte einen ziemlichen Ruf.«

Andy hat sich abgewandt, als hätte er das Interesse verloren, doch sie bleibt aufmerksam und rätselt an dieser kleinen Idee herum, die sie neugierig gemacht hat. Matt kommt mit Andys Kaffee und setzt sich zu ihnen.

»Ich habe nachgedacht«, erklärt er fröhlich. »Diese Woche ist absolut die Hölle. Ich sehe wirklich nicht, wie ich mich freimachen soll, und ich hatte mich gefragt, Andy, ob du Catriona helfen könntest, die letzten Teile zur Müllkippe zu fahren. Schließlich bist du an der Küste und hast es nicht weit nach Rock.«

Mit einem Ruck kehrt Catriona in die Gegenwart zurück. Jetzt ist ihre Demütigung vollkommen. Andy ist ganz nebenbei eingespannt worden, um ihr zu helfen, und Matt ist sicher und unangreifbar und aus dem Schneider. Sie schluckt ihren Zorn herunter und versucht, sich eine passende Antwort einfallen zu lassen.

»Selbstverständlich«, sagt Andy. »Aber nicht morgen. Da habe ich einen Termin. Wäre Freitag auch okay, Cat?«

Einem Instinkt gehorchend, unternimmt sie einen letzten Versuch. »Kann schon sein«, gibt sie gleichgültig zurück. »Wir hatten über diese Bilder geredet, Matt. Gehören sie dir? Wo hast du sie gekauft?«

»Ach, die habe ich von meinem alten Pa«, antwortet er beiläufig. »Er hat sie aus seiner Galerie in Bristol mitgebracht. Konnte sie nicht verkaufen, also haben wir beschlossen, sie hier aufzuhängen.«

»Sie gehören Baz?«, wiederholt sie. »Wirklich? Hatte Baz eigentlich immer eine Kunstgalerie?«

»Nein«, erklärt Matt. »Wir sind aus London hierher gezogen, als ich drei war. Vorher war er Investmentmanager. Das ist lange her, doch er spielt immer noch gern mit seinen Aktien herum.«

Catriona zittert beinahe vor Aufregung. »Tatsächlich? Investmentmanager?« Sie lächelt. »Ich hatte ja keine Ahnung.«

»Oder wir erledigen das heute Nachmittag, Cat«, unterbricht Andy sie. »Wenn du willst, schaffen wir es gerade noch, bevor die Müllkippe schließt.«

Aber sie schüttelt den Kopf und trinkt ihren Tee aus. »Nein, ich habe einiges zu erledigen. Muss etwas überprüfen. Bis dann.« Sie sammelt ihre Habseligkeiten ein, steht auf, geht hinaus und hebt beiläufig die Hand.

»Sie hat ihren Tee nicht bezahlt«, bemerkt Matt und macht einen Scherz daraus. Nun, da sie allein sind, fühlt er sich ein wenig unbehaglich.

Aber Andy ist in Gedanken. Auch er hat eine Verbindung hergestellt, und während Matt aufsteht, um sich um einen Gast zu kümmern, erinnert sich Andy an Baz' SMS von einem Maurice.

Lust auf einen letzten Ausritt um der alten Zeiten willen, mon vieux?

En avant, mon vieux. Ich habe Lust, noch ein Bildchen zu malen. Dieses Mal vom Brick-Lane-Market?

Andy denkt an Cat und spürt, wie ihm von innen heraus kalt wird. Er weiß, dass sie etwas erraten, eine Verbindung hergestellt hat und dass es sehr wichtig ist, Baz zu warnen. Cats Begabung dafür, verbrannte Erde zurückzulassen, ist wohlbekannt – sie hat ihr beruflichen Erfolg eingebracht, aber sie hat sich damit auch Feinde gemacht. Und Andy weiß, das der Umstand, dass sie bei Matt abgeblitzt ist, ausreicht, um sie auf eine Art Rache sinnen zu lassen. Als sie Matt nach den Bildern gefragt hat, hat ihn das daran erinnert, wie sie ihn einmal über Tiggy und den »kleinen Merlin« ins Kreuzverhör genommen hat. Wie eine Katze, die mit einer Maus spielt.

Als Matt zurückkehrt, muss Andy sich von diesen Sorgen losreißen und auf seinen Schwager konzentrieren. Matt wirkt leicht verlegen, peinlich berührt.

»Ich weiß, das klingt alles ein bisschen verrückt«, beginnt er. »Dass ich mit ihr gefahren bin, um ihr im Cottage zu helfen, doch es war einfach so schwer, Nein zu sagen. Sie hat diese tränenerfüllte Nummer von wegen ›Meine Mum fehlt mir so‹ abgezogen, und um ehrlich zu sein, kam es mir nicht wie eine große Sache vor.«

»Und?«, fragt Andy, als Matt verstummt.

»Na ja, die Dinge sind ein wenig aus dem Ruder gelaufen. Sie hat mich richtig nett zum Mittagessen eingeladen, und ich habe mich irgendwie … nun ja …«

»Von ihr angezogen gefühlt?«, schlägt Andy vor.

Matt setzt eine schockierte Miene auf, aber sie wirkt nicht ganz überzeugend. »Zum Teufel, nein«, protestiert er. »Nicht so … also, nicht wirklich.«

»Sie ist eine sehr attraktive Frau«, sagt Andy gelassen. »Ich war mit ihr zusammen. Ich weiß Bescheid.« Er sieht Matt an, dass er mit sich ringt, also versucht er, ihm auf die Sprünge zu helfen. »Also hat sie dein … Mitgefühl erregt, und du hast gedacht, du würdest wie ein Idiot aussehen, wenn du das ablehnst, und dann kam eines zum anderen, und du hattest das Gefühl, in der Falle zu sitzen.«

Matt starrt ihn argwöhnisch an. »Ich habe nichts Verkehrtes getan«, erklärt er energisch. »Also, zum Beispiel … na, du weißt schon …«

»Zum Beispiel Sex?«, fragt Andy hilfsbereit.

»Natürlich nicht«, gibt Matt verärgert zurück. Er klingt so aufgebracht, dass Andy vermutet, dass es einen Moment der Versuchung gab. »Nicht das. Aber das Problem ist …«

Er zögert, und Andy seufzt. Es ist, als müsste man einem kleinen Kind beim Buchstabieren helfen.

»Das Problem ist, dass du Liv nicht davon erzählt hast, dass Cat hier war und du den barmherzigen Samariter gespielt hast.«

»Den was?«, hakt Matt nach.

»Egal. Die Sache ist die, du hast ihr nicht davon erzählt, und je länger du es ihr verschweigst, desto schlimmer wird es. Und besonders, weil es um Cat geht, die Liv hasst wie die Pest.« Andy unterbricht sich, um tief Luft zu holen, während Matt unglücklich auf die Tischplatte starrt.

»Etwas in der Art«, antwortet er schließlich.

Andy seufzt. »Du bist so ein Depp«, bemerkt er. »Warum hast du es nicht gleich gesagt? ›Ach, du wirst nie erraten, wer hier war. Die leidige Cat. Und sie hat mich sogar dazu überredet, ihr beim Ausräumen ihres Cottages zu helfen. Aber die gute Nachricht ist, dass sie das Cottage verkauft und wir sie nie wiedersehen werden.‹ Warum hast du es nicht einfach so erzählt, wie es war? Ich nehme doch an, Cat verkauft das Cottage?«

»Ich habe ihr geraten, es besser nur zu vermieten«, sagt Matt unglücklich.

Andy platzt vor Lachen heraus; er kann nicht anders. »Du hast dein Leben einfach nicht verdient«, meint er. »Okay. Also, ich kümmere mich um Cat und sehe zu, dass sie sich das mit dem Cottage anders überlegt. Tatsächlich …« Er unterbricht sich, als ihm eine Idee kommt. »Vielleicht kaufe ich es ja selbst.«

Matt starrt ihn an. »Könntest du das?«

»Mmm.« Andy nickt. »Wenn es sein muss, mache ich ihr ein Angebot, das sie nicht ablehnen kann. Und unterdessen, mein lieber Junge, legst du bei Liv ein Geständnis ab.«

»O Gott. Ich weiß gar nicht, wo ich da anfangen soll«, stöhnt Matt.

»Sag die Wahrheit«, erklärt Andy bestimmt. »Ich rate nicht immer dazu, doch bei dieser Gelegenheit glaube ich, es könnte funktionieren. Aber nicht per SMS oder am Telefon. Wann fährst du zur Strandvilla?«

»Samstag spät. Und ich bleibe bis Sonntag nach dem Mittagessen.«

»Versuch, schon am Freitag zu fahren. Das *The Place* wird ohne dich schon nicht zusammenbrechen. Gib dir Mühe. Und jetzt«, sagt Andy, »habe ich etwas zu erledigen. Danke für den Kaffee. Ich zahle meinen übrigens auch nicht. Bis dann.«

Matt sieht ihm nach. Er holt tief Luft und steht auf. Andy hat ihm neue Kraft geschenkt und ihm das Gefühl vermittelt, dass alles gar nicht so schlimm ist. Ihm ist beinahe schwindlig vor Erleichterung. Es war wie ein Wunder, seinen Schwager mit Catriona zusammensitzen zu sehen, wie Magie in einem Märchen. Und Andy hat gelassen die Regie übernommen, das Gespräch mit all dem Gerede über die Gemälde in eine andere Richtung gelenkt und sich erboten, ihr zu helfen.

Sicher, Catriona wirkte außerordentlich verärgert, doch was kann sie schon unternehmen? Matt schnaubt leise. Nachdem er jetzt beschlossen hat, Liv genau zu erzählen, was passiert ist, hat Cat keine Macht mehr über ihn. Nun ja, vielleicht sollte er es nicht ganz genau erzählen. Möglicherweise wäre es nicht taktvoll, Liv gegenüber zuzugeben, wie sehr er das Mittagessen genossen hat, bei dem er mit Catriona in der Sonne saß, oder diese kurzen, lüsternen Momente zu erwähnen. Doch das ist in Ordnung. Es ist kein Schaden entstanden. Andy hat vollkommen recht, und das Wichtigste ist, es Liv so bald wie möglich zu sagen. Es wird unangenehm werden, er wird sich wie ein Idiot vorkommen, aber wenn es einmal heraus ist, wird alles gut sein. Außerdem kann er damit Catriona für immer neutralisieren. Und jetzt muss er Dienstpläne schreiben und alles vorbereiten, damit er am Freitag zu seiner Familie fahren kann.

Matt stößt einen tief empfundenen Seufzer der Erleichterung aus, nimmt Andys leere Kaffeetasse und geht zurück in die Küche.

20. Kapitel

Baz ist mit Liv am Strand. Sie haben ihre Liegestühle ans Wasser getragen und sehen den Zwillingen zu, die im Dingi sitzen und so tun, als wären sie auf See.

»Klar zum Wenden!«, schreit Freddie, und Flora duckt sich gehorsam. Weil das Dingi am Strand liegt, darf Jenks bei ihnen sein, und Liv und Baz sehen lachend zu, wie Flora versucht, Jenks die Grundzüge der Seefahrt zu lehren.

Mit einem »Ping« kommt eine SMS herein, und Liv sieht auf ihr Handy.

»Oh, großartig!«, ruft sie aus. »Fantastisch! Andy kommt morgen. Ist das nicht toll, Baz?«

Sie sieht so erfreut aus, dass Baz aus seinen Gedanken an Sofia gerissen wird, aus seinen privaten, wollüstigen Erinnerungen an die jüngste Vergangenheit, und Liv genauer mustert. »Ja«, pflichtet er ihr bei. »Das ist es. Immer schön, den Jungen zu sehen.«

Er weiß, wie nahe sich Andy und Liv stehen, doch ihre heftige Reaktion verblüfft ihn. Wie sehr ihr Matt wohl fehlt? Baz fragt sich, ob er sich zu sehr mit sich selbst beschäftigt hat, und fühlt sich leicht schuldig. Doch bevor sie etwas sagen kann, und kaum, dass Liv Andy eine Antwort geschrieben hat, kommt eine weitere Nachricht herein. Dieses Mal zeigt sie ihr Gefühl ganz offen.

»Du meine Güte!«, murmelt sie, als könnte sie es kaum glauben. »Matt kommt Freitagmorgen und bleibt die ganze Woche. Er hat alles organisiert …«

Sie liest die Nachricht noch einmal, und Baz mustert sie eingehend. Weint sie etwa? Das erscheint ihm leicht übertrieben, besonders bei Liv, die keine dieser emotionalen Frauen ist; und er spürt, wie die natürliche männliche Abneigung gegen dramatische Szenen in ihm aufsteigt.

»Gut«, sagt er nachdrücklich, aber ruhig. »Das ist sehr gut. Andy und Matt. Genau das, was der Arzt verordnet hat. Die Zwillinge werden ganz aus dem Häuschen sein.«

Er sieht, dass Liv sich wirklich mit der Hand über die Augen streicht, und wird noch nervöser.

»Ich sage es ihnen aber noch nicht«, erklärt sie, und er hört erleichtert, dass ihre Stimme nicht zittert. »Nur für alle Fälle.«

»Gute Idee«, meint er herzhaft, um die positive Stimmung zu wahren.

Er sehnt sich danach, Sofia wiederzusehen; er wünscht es sich und fürchtet es zugleich. Wie schwierig es sein wird, ihr später am Abend bei der Grillparty unter all diesen Menschen zu begegnen und sich zu verhalten, als wäre nichts geschehen!

»Ich überlege gerade, ob ich dich zusammen mit den Zwillingen zum Grillen fahren soll«, sagt Liv. »Dann könnte ich ein paar Minuten mit allen verbringen und wieder zurückfahren. Ich würde nämlich Sofia gern sehen.«

»Wieso?«, fragt er schnell und ziemlich scharf, und Liv sieht ihn verblüfft an.

»Na ja«, gibt sie lahm zurück, »nur um ihr zu erzählen, dass Andy morgen kommt. Und Matt. Sie wird sich freuen.«

Baz nimmt sich zusammen. »Natürlich«, antwortet er, »aber dann steht das Auto wieder hier, und der Heimweg zu Fuß wird nachher ziemlich lang für mich.«

Er versucht zu ergründen, warum er nicht will, dass Liv ihn fährt, und ihm ist klar, dass er sein erstes Wiedersehen mit Sofia möglichst einfach gestalten will. Je weniger Menschen, vor denen er sich verstellen muss, desto besser.

»Ich gebe ihr Bescheid«, schlägt er vor und kommt sich ein wenig egoistisch vor. »Sie könnte ja morgen früh zum Kaffeetrinken kommen. Oder zum Mittagessen.«

»Ja.« Liv nickt, und ihre Miene hellt sich bei seinem Vorschlag auf. »Und es ist ziemlich dumm, die Zwillinge mitzunehmen. Dann drehen sie kurz vor dem Schlafengehen noch einmal richtig auf. Müsstest du dich nicht langsam fertig machen?«

Baz wirft einen Blick auf seine Armbanduhr – etwas, das er verstohlen schon seit einer Stunde tut – und zählt die Minuten, bis er Sofia wiedersieht. Wie wird sie sich verhalten? Wie reagieren? Vor Erwartung überschlägt sich sein Magen.

»Vielleicht verliebt sich Sofia ja in Andy«, meint Liv müßig und mit geschlossenen Augen und dreht an einer ihrer langen blonden Haarsträhnen. »Das wäre schön, oder?«

»Nein, das wäre es verdammt nicht!«, möchte Baz am liebsten schreien. Er starrt Liv schweigend an und fragt sich, ob das passieren kann. Ob dieser Vormittag nur ein einmaliges Wunder war, das Sofia inzwischen vielleicht bedauert.

Liv schlägt die Augen auf und sieht ihn an. »Geht's dir gut?«

»Ja«, antwortet er schnell. »Ja, alles bestens. Ich versuche nur gerade, mich zum Duschen und Umziehen aufzuraffen.«

Liv setzt sich auf und seufzt. »Ich sollte den Zwillingen das Abendessen zubereiten«, erklärt sie. »Ich werde ganz faul, Baz, so gern bin ich hier.«

Er öffnet den Mund zum Sprechen und klappt ihn dann wieder zu. Dies ist nicht der richtige Moment, um mit Liv über seine neue Glamping-Idee zu reden. Er wird warten, bis Matt da ist. Wieder denkt er zweifelnd an Andy und schiebt seine Furcht dann beiseite. Er erinnert sich an Sofia heute Morgen, wie sie ihn angesehen und was sie gesagt hat. Er will sie wieder in den Armen halten, in seinem Bett haben.

Liv steht auf, und Baz schlendert zur Strandvilla. Bei der Aussicht, sowohl Matt als auch Andy zu sehen, fühlt sie sich erstaunlich fröhlich, als wäre die Last, die ihr in letzter Zeit auf dem Herzen gelegen hat, von ihr abgefallen. Eigentlich war es dumm zu glauben, dass Matt ein Problem hatte. Töricht von ihr, ihn zu verdächtigen … Wessen?, fragt sie sich.

Schließlich ist Matt keiner dieser Männer, die gern flirten und Frauen ansprechen, und er liebt seine Kinder über alles. Ganz bestimmt hat es nichts mit dem Geschäft zu tun, über das sie beide mithilfe eines Buchhalters und eines Steuerberaters mit Argusaugen wachen. Also, was könnte nur die Ursache dieses eigenartigen, unguten Gefühls gewesen sein? Denn da war eindeutig etwas, ruft Liv sich ins Gedächtnis.

»Mummy!«

Die Zwillinge verlangen nach ihr, und sie geht bereitwillig zu ihnen. Sie fühlt sich von der Liebe zu ihnen gewärmt und schwelgt in ihrer Schönheit und Unschuld. Jenks bellt, um sie zu begrüßen, und sie beschleunigt ihre Schritte, ruft, dass es Zeit zum Abendessen ist, und fühlt sich versucht, ihnen von dem Vergnügen zu erzählen, das sie erwartet: Morgen bekommen sie Besuch von Onkel Andy, und Daddy kommt am Freitag. Doch sie bremst sich, denn sie fürchtet, Freddie und Flora könnten enttäuscht werden, falls etwas schiefgeht. Trotzdem genießt sie diese Aussicht, während sie neben dem Boot niederkniet, Jenks eine Hand entgegenstreckt und den Zwillingen erklärt, dass es Zeit ist, ins Haus zu gehen.

Sofia wartet nervös. Sie steht in ihrem kleinen Zimmer und fragt sich, was für ein Gefühl es sein wird, Baz wiederzusehen, in seiner Nähe zu sein. Wie ist es möglich, dass sie ihn erst heute Morgen angesehen, die Arme um ihn geschlungen und ihn an sich gezogen hat? Sie erinnert sich daran, wie sie gelacht haben, wie er gesagt hat: »Ich liebe dich.« Sofia erschauert bei dem Gedanken an ihre Intimität. Sie sehnt sich danach, es wieder zu tun.

»Sofia.« Daves Stimme hallt die Treppe herauf. »Kommst du herunter?«

»Ja«, ruft sie zurück. »Ja, ich komme sofort.«

Aber sie hält inne, um in den Spiegel zu sehen und ihre blasse Haut und ihre Augen zu betrachten, die vor Liebe und Begierde riesig wirken, und fragt sich, wie in aller Welt sie dieses Gefühl verbergen soll. Sie verschränkt die Arme vor der Brust, streicht mit den Händen an ihren nackten, schlanken Armen auf und ab und fühlt sich schwach und zittrig. Wer hätte gedacht, dass es so sein kann?

Langsam, vorsichtig geht sie in die Küche, bleibt an der Tür stehen und tritt dann ein. Mr. und Mrs. Apple wieseln geschäftig im Baumstumpf-Laden herum, umgeben von Tabletts und Platten mit Leckerbissen, und mit einem Mal möchte Sofia am liebsten vor Lachen herausplatzen.

»Ach, Liebes«, sagt Janet, »könntest du das hier für mich in den Garten bringen? Oh, hört doch! Ist das ein Auto? Dave, sieh doch nach, wer gekommen ist. So, jetzt sind wir fast fertig.«

Nun fühlt Sofia sich ruhiger. Sie nimmt das Tablett mit Brötchen und folgt Dave nach draußen. Er begrüßt Miles und Annabel, und El trifft gerade ein – doch von Baz ist nichts zu sehen. Die Drinks sind vorbereitet; Flaschen, ein Krug Wasser und Gläser sind auf einem Tisch in der Nähe des Grills aufgebaut. Sofia fragt sich, ob ein kleiner, ein winziger Schluck Wein sie vielleicht beruhigen wird. Während sie noch zögert, hört sie Baz' Stimme. Dave begrüßt ihn gerade, und Annabel quietscht vor Freude, als hätte sie ihn wochenlang nicht gesehen. Ganz langsam dreht Sofia sich um und schaut über den Rasen.

Annabel umarmt Baz – sie umschlingt ihn mit ihren langen, dünnen Armen, an denen die Armreifen klirren, und er lässt sich ihre Attacke gefallen, die ihn fast erwürgt –, doch hinter Annabels Kopf begegnet er Sofias bebendem Blick und lächelt ihr zu. Lachfältchen bilden sich um seine Augen, fordern sie auf, Mitgefühl mit seiner misslichen Lage zu haben. Seine Miene ist zärtlich und wissend zugleich, und sie hat das Gefühl, jeden Moment in Flammen aufzugehen.

Er tritt in den Garten. Annabel klebt besitzergreifend an ihm, und Miles folgt ihnen. Dave lädt sie ein, einen Drink zu nehmen, und plötzlich steht El neben ihr und lächelt ihr zu.

»Sofia«, sagt sie. »Hallo. Dave meint, wir sollen uns bedienen, warum tun wir das also nicht? Baz hat mir erzählt, dass Sie einen Job in Bristol suchen. Ich wohne in der Nähe der Universität. Wie gut kennen Sie diesen Teil der Stadt?«

Mit einem Mal stellt Sofia fest, dass sie über ihren Beruf redet und darüber, wo sie gern leben möchte, und sie segnet El für ihre ruhige Art, ihren Humor und ihre Kraft. Als Baz irgendwann zu ihnen tritt, kann Sofia in seiner Nähe sein, ohne zu zittern, und während El und er über ein Konzert sprechen, das sie gemeinsam besucht haben, sieht sie ihn noch einmal an und hat keine Angst, sich zu verraten. Trotzdem ist sie sich seiner Nähe stark bewusst, und ihm geht es ebenso, das spürt sie. Gelegentlich wirft er ihr ein leises Lächeln zu, das nur ihr gilt, und es ist, als hätte er ihre Hand berührt.

Annabel kommt, um ihren Platz an seiner Seite zu beanspruchen, und lächelt Sofia unbestimmt und gleichgültig an, als könnte sie sich wirklich nicht daran erinnern, wer diese Person ist. Sofia möchte am liebsten laut herauslachen, als sie daran zurückdenkt, wie Baz sie auf seinem ungemachten Bett geliebt hat. Sie geht davon und begrüßt Miles, der merkwürdig und distanziert wirkt, als hätte er gerade einen Schock erlitten, und eilt dann zu Janet und hilft ihr, noch mehr Zutaten für die Grillparty nach draußen zu tragen.

Eigenartig, denkt Miles und nippt an seinem Wein, wie nach all diesen Jahren die Liebe einfach zu existieren aufhört. Dass jemand einem einfach völlig gleichgültig wird.

Über den Rasen hinweg sieht er zu Annabel, die neben Baz posiert und lacht, und runzelt leicht die Stirn, als versuchte er, sie wiederzuerkennen. Wenn man bedenkt, dass er den größten Teil seines Erwachsenenlebens mit dieser Frau verbracht hat, und jetzt kommt sie ihm wie eine Fremde vor …

Ich mag sie nicht einmal mehr leiden, denkt er. Sie ist mir vollkommen egal. Was soll ich tun? Wahrscheinlich könnte ich sie einfach verlassen.

Doch er weiß, dass er den Mut dazu nicht aufbringen wird. Er wird den einfachen Weg aus der aktuellen Lage wählen, und er hat auch schon eine Vorstellung, wie. Er wird vorschlagen, dass sie eine Wohnung in Bristol kaufen. Die Idee geht ihm schon eine Weile im Kopf herum, doch jetzt hat er vor, sie umzusetzen. Er vermutet, dass Annabel die Vorteile sehen wird; sie wird sich sofort vorstellen, dass sie dann Gelegenheit hat, mehr Zeit mit Baz zu verbringen.

Und unterdessen, denkt Miles, werde ich El öfter sehen.

Und hier kommt sie auf ihn zu, das schwarz-weiße Elsternköpfchen geneigt, und lächelt ihm entgegen. »Wie geht's dir, Miles?«, fragt sie. Sie mustert ihn aufmerksam. »Was ist los?«

Er lacht über ihren Scharfblick. »Ist etwas los? Ja, wahrscheinlich schon. Ich habe beschlossen, eine Wohnung in Bristol zu kaufen.«

Sie sieht ihn aus großen Augen an, diesen klaren Augen, die alles wahrnehmen. »Ist das eine einseitige Entscheidung?«

Er lächelt ihr zu. »Ach, Annabel wird die Vorteile schon erkennen.« Vielsagend weist er mit einer Kopfbewegung auf seine Frau, die immer noch dicht bei Baz steht. »Und ich werde dringend benötigte Freiheiten hinzugewinnen. Zum einen würde ich Lily und ihre Partnerin gern öfter sehen. Annabel will sie nicht hierher einladen, weil sie glaubt, die Nachbarn würden reden. Aber nach Bristol kann ich die beiden holen. Ich möchte Lily gern wieder näherkommen. In ihrer Kindheit habe ich sie nicht oft gesehen, da ich so viel auf See war, doch wir waren sehr glücklich, als wir in London ein Jahr zusammengelebt haben. Ich finde, es ist Zeit für Veränderungen.«

»Und das klingt nach sehr positiven Veränderungen«, meint El.

»Auf eine Art schon, ja. Es macht es mir auch leichter, gelegentlich von hier wegzukommen.« Er hebt sein Glas. »Auf die Zukunft?«, schlägt er vor.

El lässt ihr Glas an seines klingen. »Darauf trinke ich«, sagt sie.

Weitere Gäste treffen ein, eine Freundin möchte mit Annabel reden, und Baz ergreift die Gelegenheit, sich von ihr zu entfernen. Lächelnd bleibt er immer wieder stehen, um mit jemandem zu plaudern, und schaut sich dabei nach Sofia um. Doch im Garten ist nichts von ihr zu sehen. Er bleibt am Grill stehen, um mit Dave zu sprechen, der ihm nachschenkt, und schlendert dann weiter, in Richtung Haus.

Sofia ist allein in der Küche und wickelt ein Päckchen Papierservietten aus. In der Tür zögert Baz und schaut sich um.

»Nachdem du es gesagt hast, sehe ich jetzt, was du meinst«, bemerkt er. »Es ist der Baumstumpfladen, wie er leibt und lebt. So gemütlich, bezaubernd und sicher.«

Sie sieht zu ihm auf, und er bemerkt, wie ihr das Blut in das blasse Gesicht steigt. Es wäre so einfach, sie zu necken, sie zum Lachen zu bringen, aber er sieht, dass sie nervös ist, und fühlt sich von Zärtlichkeit erfüllt.

»Ich habe eine Nachricht von Liv für dich«, erklärt er.

Sofia wirkt erstaunt und erleichtert. Mit etwas so Prosaischem hat sie offensichtlich nicht gerechnet.

»Von Liv?«

»Ihr Bruder Andy, der sich zurzeit in Polzeath aufhält, besucht uns einen Tag. Sie hat sich gefragt, ob du zum Mittagessen kommen magst. Sie möchte, dass du ihn kennenlernst.« Er zögert. »Ich selbst bin mir da nicht so sicher.«

Sofia wirkt verwirrt. »Warum nicht?«

Baz trinkt einen Schluck Wein und zuckt mit den Schultern. »Na, du weißt ja, wie das geht. Er ist attraktiv, amüsant, reich und jung. Genau das Richtige für eine schöne, kluge junge Frau, oder? Ich glaube, Liv möchte ihren Zwillingsbruder gern mit ihrer neuen besten Freundin verkuppeln.«

Sofia wirft die Verpackung in den Müll und nimmt die Servietten. »Dann wird sie aber enttäuscht werden«, sagt sie.

»Wirklich?«, fragt er leise und sieht sie aufmerksam an.

Bevor sie antworten kann, kommt hinter ihm Janet herein, sodass er beiseitetreten muss, um ihr Platz zu machen.

»Was heckt ihr zwei denn aus?«, will sie wissen, tritt eilig an den Herd und öffnet die Ofentür.

»Ich habe etwas von Liv ausgerichtet«, erklärt Baz beiläufig und hofft, dass Janet nicht bemerkt, wie Sofia wieder errötet. »Andy besucht uns morgen, und sie möchte gern, dass Sofia zum Mittagessen kommt. Und am Freitag erwarten wir Matt. Er hofft, dass er die ganze nächste Woche bleiben kann. In der Strandvilla ist ordentlich etwas los.«

Sofia ergreift die Chance, an Baz vorbei in den Garten zu huschen.

Janet setzt ein Backblech mit Ofenkartoffeln auf einem Metallgestell ab, schließt die Backofentür und dreht sich um, um Baz anzusehen. »Was führst du im Schilde?«

Die direkte Frage verblüfft ihn, doch er erwidert ihren Blick unverwandt, und ihm wird klar, dass es dumm wäre, sich zu verstellen. »Ich habe mich in Sofia verliebt«, antwortet er.

Mir dem Ofenhandschuh in der Hand stützt sich Janet an der Lehne eines Küchenstuhls ab. »Und Sofia? Ist sie auch verliebt in dich?«

»Ich finde, die Frage solltest du ihr selbst stellen?«

»Ich frage aber dich.«

»Sie sagt, sie liebt mich, und ich möchte ihr gern glauben. Oh, denk nicht, dass ich all die Komplikationen und die …«, er zögert und sucht nach dem richtigen Wort, »… das Unpassende daran nicht sehe«, sagt er schließlich. Baz hält weiter Janets strengem, kühlem Blick stand und weigert sich nachzugeben. Er widersteht dem feigen Wunsch, darauf hinzuweisen, dass Sofia den ersten Schritt getan hat, und wartet darauf, dass Janet ihn tadelt.

»Ich sehe schon, dass sie dich vielleicht in eine schwierige Position gebracht hat«, erklärt sie und schnaubt angesichts seiner verblüfften Miene leicht. »Ach, wir sind nicht dumm, Dave und ich, verstehst du? Sie ist hier heute Morgen losgezogen wie ein Mädchen mit einer Mission, und wir hatten eine ziemlich gute Vorstellung davon, worin die bestand.«

Baz verschlägt es die Sprache. Er wedelt mit seiner freien Hand. »Ich weiß nicht, was ich sagen soll.«

»Ach, hör auf, so ritterlich zu sein«, gibt Janet gereizt zurück. »Wenn du ihr wehtust, Baz, bringe ich dich um.«

Er kann nicht anders, er lacht laut heraus. »Ach, Janet. Du siehst so grimmig aus. Ich verspreche, dass ich nichts tun werde, um Sofia zu verletzen. Ich empfinde ihr gegenüber nichts als Liebe und Dankbarkeit. Ich sehe die Probleme schon, ich bin auch nicht dumm. Doch was würdest du an meiner Stelle tun? Ihr sagen, sie soll loslaufen, sich einen netten jungen Mann in ihrem Alter suchen und ein Baby bekommen? Ich glaube, sie hat die Nase voll von jungen Männern. Aber falls du das wissen willst, ich zittere wie Espenlaub. Morgen soll sie Andy kennenlernen, und wer könnte netter und passender sein als Livs Zwillingsbruder?«

Janet schnaubt noch einmal wegwerfend. »Ich wette, sie nimmt nicht einmal Notiz von ihm. Nicht, wenn du da bist. Du unterschätzt dich selbst, Baz, und wenn ich nicht Sofias Patentante wäre, würde ich dir Beifall klatschen. Aber ihre Mutter hat sie hergeschickt, damit sie sich von einer Beziehung erholt, und jetzt sieht es aus, als hätte sie sich gleich in die nächste gestürzt. Auf der anderen Seite habe ich Sofia noch nie so gesehen, also verlasse ich mich darauf, dass du auf sie aufpasst. Viel Glück euch beiden!«

Baz stellt seinen Drink ab, durchquert die Küche und nimmt Janet in die Arme. »Ich habe dich verkannt«, murmelt er. »Du bist keine Maus, sondern eine wahre Tigerin.«

21. Kapitel

Donnerstag

»Du meinst, du hast es ihm tatsächlich auf den Kopf zugesagt?«, verlangt Dave ungläubig zu wissen. »Du bist direkt damit herausgerückt und hast ihn gefragt? Warum hast du mir das nicht schon gestern Abend erzählt?«

»Weil wir nach dem ganzen Aufräumen müde waren und Sofia oben war«, gibt Janet zurück. »Um Himmels willen. Wie hätte ich das tun können?«

»Und er hat es einfach zugegeben?«

»Ja. Er hat nicht um den heißen Brei herumgeredet, das muss ich ihm zugestehen. Er hat gesagt, er sehe schon, wie unpassend das sei. Das ist das Wort, das er gebraucht hat. ›Unpassend‹.«

»Armer guter Baz«, meint Dave. Es tut ihm leid, dass sein alter Freund in einer so heiklen Lage steckt.

»Warum?«, fragt Janet. »Wieso ›armer guter Baz‹? Ich würde sagen, Baz ist ein Glückspilz.«

»Ja, aber trotzdem. Das muss doch sehr peinlich gewesen sein.«

»Nun, was hättest du an meiner Stelle getan?«, kontert Janet. »Ich komme in die Küche, und da stehen die beiden da, völlig ineinander versunken. Sofia ist so rot wie der Claret, den du getrunken hast, und Baz benimmt sich wie ein Teenager, der keinen Ton herauskriegt. Was hättest du denn gemacht?«

Dave schweigt. Er hätte wahrscheinlich eine einfältige Bemerkung über die Party abgegeben und wäre wieder hinausgeeilt. Ganz bestimmt hätte er seinen alten Freund nicht gefragt, ob Sofia und er ein Paar sind. Respektvoll sieht er seine Frau an, die seinen Blick erwidert.

»Zumindest hat er nicht versucht, ihr die Schuld zuzuschieben«, meint sie. »Das muss ich ihm zugutehalten. Ich habe ihm gesagt, wenn er ihr wehtut, bringe ich ihn um.«

Dave schnaubt vor Lachen. »Was hat er darauf geantwortet?«

Janet wirkt leicht verwirrt. »Er hat gesagt, er habe mich verkannt. ›Du bist keine Maus, sondern eine wahre Tigerin‹, hat er gemeint, was immer das heißen soll.«

»Und wo steckt Sofia jetzt?«

Janet schüttelt den Kopf. »Ist mit dem Auto weggefahren. Angeblich einkaufen, aber wahrscheinlich trifft sie sich mit Baz, und dann fährt sie zur Strandvilla. Livs Bruder kommt heute und Matt am Freitag, dort wird also viel los sein.«

»Wahrscheinlich wünscht sich Baz, er könnte nach Bristol zurückfahren, sobald Sofia am Wochenende abgereist ist«, meint Dave. »Ich frage mich, wie das alles weitergehen wird.«

Er möchte, dass Janet ihn beruhigt, ihm versichert, dass sein alter Freund und Sofia zusammen irgendeine Art Glück finden.

»Tja, ich kann nur sagen, dass Sofia wie eine sehr glückliche und äußerst erfüllte Frau wirkt«, bemerkt Janet nachdenklich. »Und das alles an einem Vormittag. Der gute Baz beeindruckt mich.«

Dave beginnt zu lachen. Er umarmt Janet und drückt sie fest an sich. »Wie praktisch du immer denkst!«

»Aber trotzdem«, sagt sie mit gedämpfter Stimme. »Was hat er mit ›keine Maus, sondern eine Tigerin‹ gemeint?«

»So ist es schön«, bemerkt Sofia, die mit Baz im Garten des Harbour House sitzt. »Ich hoffe nur, Annabel kommt nicht wieder herein.«

»Viel zu früh für sie«, versichert ihr Baz. »Hattest du ein Problem wegzukommen?«

Sofia verneint. »Dave und Janet sind ganz glücklich damit, einfach dazusitzen und sich von gestern Abend zu erholen. Ist es nicht wundervoll, dass sie nichts bemerkt haben?«

Sie sieht einen seltsamen Ausdruck über Baz' Gesicht huschen und schaut ihn eindringlicher an. »Was ist?«

»Nichts«, antwortet er. »Gar nichts. Aber ich werde froh sein, wenn ich wieder in Bristol bin, genau wie du. Hier sind wir im Moment ein wenig zu eingeengt.« Er greift nach ihrer Hand und hält sie fest. »Ich hoffe, für uns wird alles gut, mein Liebling.«

Begütigend drückt sie seine Hand. »Das wird es. Das weiß ich einfach. Wenn wir es langsam angehen, findet sich alles. Da bin ich mir ganz sicher.« Sofia ist überrascht, wie ruhig sie sich fühlt, wie stark und sicher. So mit ihm zusammen zu sein, das Recht zu haben, ihrer Liebe Ausdruck zu verleihen, und zu erleben, wie sie so bereitwillig und offen erwidert wird, ist außerordentlich und wunderbar. Sie nimmt ihre Hand weg und greift nach ihrer Kaffeetasse. Sie wünschte, sie müsste Andy nicht treffen und bräuchte sich vor Liv nicht zu verstellen, doch sie sieht keinen Weg daran vorbei. Die Aussicht, Baz' Schwiegertochter und ihrem Zwillingsbruder alles zu erklären – ganz zu schweigen von seinem Sohn –, wirkt im Moment noch so einschüchternd, dass sie nicht darüber nachdenken möchte.

»Dann kommst du zum Mittagessen?«, fragt Baz gerade. »Ich habe Liv gesagt, du wärest noch nicht ganz sicher.«

»Nein«, erklärt Sofia unvermittelt. »Nicht zum Mittagessen. Ich komme auf eine Tasse Tee vorbei. Würde das reichen? Ich bin mir nicht sicher, ob ich ein Mittagessen mit dir und Liv durchstehen kann. Den gestrigen Abend habe ich geschafft, ohne dass jemand Verdacht geschöpft hat, aber ich weiß nicht, ob ich das beim Mittagessen fertigbringe. Ich weiß, das ist feige, doch Tee ist einfacher.«

»Die Zwillinge werden alle ablenken«, sagt Baz tröstend, »und du wirst Andy mögen. Aber nicht allzu sehr«, setzt er warnend hinzu, und sie lachen beide. »Und wie war es«, fragt er beiläufig, »heute Morgen im Baumstumpfladen?«

Sofia wirkt nachdenklich. »Nett. Janet war sogar sehr süß. Hat mich umarmt und mir gesagt, ich solle glücklich werden. Keine Ahnung, warum. Die beiden sind so was von lieb.« Sie schmunzelt. »Mr. und Mrs. Apple.«

»Mmm«, meint Baz, und sie sieht ihn fragend an, doch er lächelt ihr nur zu.

»Lieber Baz«, sagt sie, beugt sich vor und küsst ihn schnell, berührt seine Lippen kurz mit ihrem Mund. »Ich bin sehr glücklich. Obwohl ich mich, um ehrlich zu sein, vor Annabels Lunchparty morgen fürchte. Mir war gar nicht klar, wie schwierig das ist. In deiner Nähe zu sein und doch nicht bei dir, wenn du verstehst, was ich meine.«

»Es tut mir so leid, dass es so sein muss«, gibt er betrübt zurück.

Sofia bereut ihre Worte. Es ist, als hätte sie herausgestellt, dass sie sich verstecken müssen, weil er sonst vielleicht Probleme mit seiner Familie und seinen Freunden bekommt. »Nicht nötig«, versetzt sie rasch. »Eigentlich macht es auf gewisse Art sogar Spaß. Und es ist ja nur für kurze Zeit, bis wir einander ganz für uns richtig kennengelernt haben, ohne andere Leute, die uns Ratschläge erteilen und versuchen, uns alles zu verderben.«

»Ist schon in Ordnung.« Baz nimmt wieder ihre Hand.

»Wahrscheinlich stehe ich noch unter Schock. Ich kann mein Glück kaum fassen.«

»Glaub ruhig daran.« Sie drückt seine Hand fest und lässt sie dann los. »Und jetzt verschwinde ich lieber, bevor Annabel noch einmal auftaucht. Bis später.«

Annabel schreibt Listen. Nur Listen können sicherstellen, dass eine Party zu einem Erfolg wird. Während sie kritzelt, prüft und in den Kühlschrank späht, ist sie sich bewusst, dass Milo sich hinter ihr herumdrückt. Irritiert durch seine Anwesenheit dreht sie sich um und sieht ihn an.

»Was ist?«, fragt sie. »Meggie kommt gleich. Wolltest du nicht nach Kingsbridge fahren und noch Wein besorgen?«

»Vielleicht«, antwortet er, »obwohl ich nachgesehen habe und nicht glaube, dass das nötig ist. Ich wollte dir nur etwas sagen.«

»Was denn jetzt schon wieder?«

Sie verbirgt ihre Ungeduld nicht, und er seufzt.

»Wahrscheinlich ist es nicht der beste Zeitpunkt, doch es dauert nicht lange, und ich wollte es dir mitteilen. Ich habe beschlossen, dass wir eine Wohnung in Bristol kaufen.«

Sie starrt ihn an. Ärger über das »*Ich habe* beschlossen«, Verblüffung und aufkeimendes Interesse wetteifern in ihrem Inneren. Es ist einfach nicht der richtige Moment für diese Diskussion, aber … eine Wohnung in Bristol … Sie denkt darüber nach. Das hätte alle möglichen Vorteile, und der größte wäre, Baz öfter zu sehen. Für sie ist sonnenklar, dass Baz bei seinem jetzigen Besuch etwas Neues ausstrahlt, etwas Aufregendes. Sie kann es nicht ganz definieren, obwohl sie tief im Inneren weiß, dass er viel stärker auf sie reagiert als sonst. Die Vorstellung einer Wohnung spricht ihre Fantasie an, sie sieht Möglichkeiten und spürt eine wachsende Aufregung. Miles beobachtet sie. Sie bringt ihren Gesichtsausdruck unter Kontrolle und nickt ihm zu. »Das könnte eine gute Idee sein«, sagt sie zu ihm. »Es müsste natürlich in Old Clifton sein.«

»Natürlich«, gibt er zurück. Seine Stimme hat einen ironischen Unterton, und sie wirft ihm rasch einen Blick zu. Doch er sieht genauso aus wie immer, und sie lächelt.

»Gut«, meint sie. »Dann müssen wir uns ein paar Angebote von Maklern einholen.«

»Oh, das habe ich schon erledigt«, erklärt er, und wieder klingt seine Stimme eigenartig.

Aber jetzt hat sie keine Zeit, darüber nachzudenken, sie hat zu viel zu tun. »Na schön«, sagt sie herablassend. »Ich muss weiterkommen. Aber wir erzählen öffentlich noch nichts davon.«

Miles zögert. »Ach, übrigens. Livs Bruder kommt heute. Sollten wir ihn nicht auch einladen, wenn er morgen noch da ist?«

»Das würde die Sitzordnung vollkommen durcheinanderbringen«, erwidert sie gereizt. Begreift er denn nicht, dass es auch ohne einen unbekannten Bruder schon schlimm genug ist, Liv und das Patenkind einladen zu müssen? »Kommt überhaupt nicht infrage. Oh, das ist Meggie. Lässt du sie herein, ja? Sie soll im Salon anfangen.«

Sie kehrt zu ihrer Liste zurück, doch die Aussicht auf eine Wohnung in Bristol schlägt in ihrem Hinterkopf feste Wurzeln, und sie spürt eine ganz neue Aufregung in sich aufsteigen.

Meggie lächelt Miles zu, stellt ihre Tasche auf dem Stuhl in der Diele ab und tritt an den großen Schrank unter der Treppe, um Lappen und Möbelpolitur zusammenzusuchen.

»Ich hole den Staubsauger«, erklärt Miles hilfsbereit, und Meggie dankt ihm mit einem Nicken für seine Freundlichkeit. Sie mag den großen Bodenstaubsauger nicht. Es ärgert sie, ihn hinter sich herziehen zu müssen. Er scheint sie höhnisch anzugrinsen, wenn er sich an Türrahmen, an den Ecken von Betten oder hinter Stühlen verhakt. Sie mag richtige Staubsauger, die sie vor sich herschieben kann.

»Sagen Sie Bescheid, wenn Sie so weit sind. Dann trage ich das Ungetüm für Sie nach oben«, bietet Miles an.

»Danke«, gibt sie zurück, »aber ich glaube, heute konzentrieren wir uns auf das Erdgeschoss. Das Esszimmer und das Silber müssen für morgen bereit sein. Hier drinnen mache ich nur eine kurze Runde.« Nur, weil Miles so freundlich ist, arbeitet sie überhaupt noch für Annabel Carver.

»Wir können doch den Captain nicht im Stich lassen«, sagt Phil, wenn Meggie sich über Annabels Unhöflichkeit beklagt. »Der arme Kerl braucht alle Unterstützung, die er bekommen kann. Er kann nur ein gewisses Maß an Zeit auf dem Golfplatz verbringen. Du musst nett zu ihm sein.«

Meggie beginnt, Staub zu wischen, doch ein Stapel Papiere auf dem kleinen antiken Sekretär weckt ihre Aufmerksamkeit: Maklerangebote. Sie beugt sich darüber, um sie anzuschauen, und sieht das Fotos eines hübschen alten Hauses in Bristol. *Geräumige Dreizimmerwohnung im beliebten Stadtteil Old Clifton*, liest sie, und dann hört sie Annabel rufen und immer näher kommen, daher wendet Meggie sich rasch ab. Sie fragt sich, ob die Carvers nach Bristol ziehen wollen, und was Baz wohl davon halten wird, wenn sie Nachbarn werden.

Als sie die Fotos auf dem marmornen Kaminsims abstaubt, betrachtet Meggie voller Zuneigung Lily, die auf ihrem Pony sitzt. Was für ein entzückendes Kind sie war, als sie klein war, und wie sie diesen Buttons geliebt hat! Ein Jammer, dass sie so weit weggezogen ist! Aber Meggie hat eine ziemlich gute Vorstellung davon, warum – abgesehen von dem außerordentlich guten Jobangebot in Neuseeland. Ein paar Jahre vor seinem Unfall war Phil nach dem Fußball mit seinen Freunden in einem Pub unten in Plymouth gewesen und hatte Lily mit einer Freundin gesehen – offensichtlich waren die beiden ein Paar. Sie hatte ihn nicht bemerkt, und er hatte sich hinausgeschlichen, bevor sie ihn entdeckte.

»Komisch, dass die Kleine nie Freunde hat, dabei ist sie so hübsch«, hatte Meggie nicht lange darauf gemeint.

»Ich glaube, sie interessiert sich nicht für Jungs«, hatte Phil daraufhin erklärt und ihr erzählt, wie er die beiden zusammen gesehen hatte. Als sie erstaunt dreinschaute, hatte er gutmütig mit den Schultern gezuckt. »Gibt halt solche und solche.«

Meggie stellt das Foto von Lily und Buttons wieder an seinen Platz und stößt einen kleinen Seufzer aus. Heutzutage spricht Annabel nie von ihrer Tochter, obwohl sich Meggie manchmal nach ihr erkundigt, einfach um Annabels verärgerte Miene zu sehen. Miles ist da anders. Er redet immer noch gern von Lily, erzählt, was sie tut, wo sie lebt.

Er tritt jetzt hinter Meggie ein, kommt herüber, nimmt die Maklerangebote und steckt sie in die Schublade.

»Und, wie geht's Lily?«, fragt Meggie ihn. »Ist sie glücklich?«

Miles lächelt ihr zu. »Ich glaube schon.« Er zögert und spricht ein wenig leiser. »Ich hoffe, sie recht bald zu sehen.«

Bevor sie etwas darauf sagen kann, ist wieder Annabel zu hören, die nach jemandem ruft, und er zuckt mit den Schultern, lächelt und geht hinaus. Meggie steckt den Staubsauger ein, schaltet ihn ein, damit sie Annabel nicht hört, und versetzt ihm einen kleinen Tritt.

»Und wage bloß nicht, unter dem Sofa stecken zu bleiben«, warnt sie ihn und beginnt zu saugen.

Langsam fährt Andy den Weg hinunter, parkt und klettert aus dem Auto. Von Livs Wagen ist nichts zu sehen, doch noch während er sich umsieht, tritt Baz aus der Strandvilla und winkt ihm zu.

»Ich habe mich unbeliebt gemacht«, ruft er. »Ich bin früh losgefahren, doch ich habe nicht das Richtige eingekauft. Liv und die Zwillinge sind schnell noch einmal nach Kingsbridge gefahren. Sie war sich nicht ganz sicher, um welche Uhrzeit du ankommst.«

»Ich bin früh los«, erklärt Andy. »Hatte beschlossen, in Gang zu kommen, bevor die Touristen alles verstopfen.« Er stößt einen lautlosen Seufzer der Erleichterung aus. Er hatte sich gefragt, wie er es schaffen soll, allein mit Baz zu reden, und jetzt hat die Gelegenheit sich problemlos eröffnet.

»Kaffee?«, fragt Baz gerade. »Ich nehme an, du bleibst über Nacht?«

»Vielleicht«, sagt Andy und folgt ihm ins Haus. »Momentan ist noch nichts festgelegt. Ich muss mir dir sprechen, Baz.« Sinnlos, um den heißen Brei herumzureden. Liv kann jeden Moment zurückkehren, daher kommt es auf jede Minute an.

Baz dreht sich um und schaut ihn verwirrt an. »Wieso, was ist los?« Er lächelt. »Du bist sichtlich gut in Form. Wie läuft denn alles?«

»Tja, eigentlich ein bisschen merkwürdig. Ich bin gestern bei Matt vorbeigefahren.« Er zögert und spricht dann weiter. »Diese Bilder, Baz, die er im Bistro hängen hat … Wie gut kennst du Maurice Leclos?«

Baz' Lächeln verblasst, er wird sehr still und schaut argwöhnisch drein. »Warum fragst du?«

»Weil sich eine dritte Person bei uns im Bistro befand, die sich sehr für diese Gemälde zu interessieren schien. Das Thema hat sie fasziniert. Die Markthändler und diese zwei Jungen, die die Standbesitzer bestehlen. Sie hat nach Maurice Desmoulins gefragt, und als ich erklärt habe, dieser Name stehe im Zusammenhang mit der Französischen Revolution und dem Terror, sagte ihr das offensichtlich etwas. Sie schien zwei und zwei zusammenzuzählen und zu einem erschreckenden Ergebnis zu kommen. Als sie jünger war, erzählte sie, hat sie bei einer Investmentbank gearbeitet, wo jemand namens Maurice ›Terror‹ Leclos eine sehr wichtige Rolle spielte.«

»Wer ist sie?« Baz' Stimme klingt gelassen, doch seine Miene ist finster.

»Sie heißt Catriona. Wir kennen sie von Kindheit an, und sie ist eine verschlagene, gerissene und gefährliche Frau. Sie hat keine glückliche Vorgeschichte mit unserer Familie. Als ich jünger war, dachte ich, wir wären ihr gegenüber alle ein wenig unfair, und Catriona und ich waren für sehr kurze Zeit ein Paar, doch ich habe mich dann der Ansicht der anderen angeschlossen: Sie ist darauf aus, Unruhe zu stiften. Sie hat es bei Matt versucht und ist abgeblitzt, und dann hat sie die Bilder entdeckt.«

»Und du dachtest, ich sollte davon wissen?«

Andy zuckt mit den Schultern. »Sie wirkte sehr erstaunt zu hören, dass du früher als Investmentmanager in London gearbeitet hast, ungefähr zur gleichen Zeit wie Maurice Leclos. Sie fand, dass der Junge auf dem Bild Matt ähnlich sieht, aber dieser Meinung war ich nicht. Ich habe mich gefragt, ob Maurice Leclos vielleicht ebenso klein und dunkel ist wie du groß und blond und ob er sich mit diesen beiden Jungen einen kleinen Spaß gemacht hat.«

Baz starrt ihn an. »Wie äußerst scharfsinnig von dir.«

Einen Moment lang sieht Andy einen ganz anderen Baz vor sich: cool, mit blitzschnellen Reflexen, hartgesotten.

»Ich hatte überlegt, wie man Cat vielleicht von weiteren Nachforschungen abbringen kann«, sagt Andy bescheiden.

»Und?«

»Und ich weiß, dass sie wirklich gern in einer Investmentbank in New York arbeiten möchte. Bisher ist ihr die Chance verwehrt geblieben – nicht, weil sie nicht gut wäre, sondern weil sie sich Feinde macht. Ich habe es überprüft. Maurice Leclos sitzt im Vorstand einer ganzen Menge Banken. Eine davon befindet sich in New York.«

»Ich hätte Matt nie erlauben dürfen, diese Bilder aufzuhängen«, sagt Baz. »Aber wer hätte gedacht …?«

»›Von allen Bars auf der Welt‹ …«, zitiert Andy leise und nicht ganz korrekt aus *Casablanca*.

Baz sieht ihn scharf an. »Erstaunlich, dass du dir das so schnell zusammengereimt hast.«

Andy erwidert seinen Blick, bleibt ruhig und gibt nicht zu, dass er in Baz' SMS geschnüffelt hat.

»Zuerst hatte Cat keine Ahnung, ihr haben nur die Bilder gefallen; und als ihr klar wurde, dass etwas daran wirklich eigenartig war, hatte ich schon selbst ein paar Schlüsse gezogen. Außerdem bin ich so etwas aus meiner Vergangenheit mit Cat gewohnt.«

Baz schweigt, als ginge er mit sich zurate, und scheint dann zu einer Entscheidung zu gelangen.

»Du hast ein Recht darauf, den Grund dafür zu erfahren«, erklärt er schließlich. »Die offizielle Version ist, dass Matts Mutter bei der Geburt eines Bruders gestorben ist. Das ist nicht wahr.

Sie hat das Kind bekommen, aber der Kleine gedieh nicht, und wir haben herausgefunden, dass er Krebs hatte und nicht mehr lange leben würde. Das hat ihr das Herz gebrochen. Und mir auch. Ich versuchte, ihr beizustehen, doch ich konnte ihr nicht helfen, sie nicht erreichen. Eine schreckliche Zeit war das. Matt haben wir zu meiner Mutter nach Bristol geschickt, und Lucy und ich haben versucht, damit umzugehen. Die Ärzte haben ihr Valium gegen die Depressionen verschrieben. Das war damals üblich, bevor man über die Langzeitfolgen Bescheid wusste. Aber ihre Depressionen verschlimmerten sich. Dann hat sie eines Tages das Baby erstickt und eine Überdosis genommen. Ich kam nach Hause und habe die beiden gefunden.«

Andy ist so entsetzt, dass er kein Wort herausbringt. Er streckt einfach beide Hände nach Baz aus, der nickt, als nähme er die mitfühlende Geste an.

»Ich war noch lange vollkommen durcheinander. Dann kam Maurice mit diesem verrückten Vorschlag zu mir. Es war beinahe so etwas wie eine Mutprobe. Ein dummer Streich. Er hat mir die Informationen geliefert, ich habe die Aktien gekauft, als die Kurse fielen, und dann verkauft, als die Preise wieder stiegen. Doch inzwischen hatte meine Mutter vorgeschlagen, Matt und ich könnten zu ihr nach Bristol ziehen, und ich solle die Galerie übernehmen. Damit Maurice seinen Anteil bekam, haben wir uns darauf geeinigt, dass ich ihm Gemälde abkaufen würde, wenn er Geld brauchte. Meinen Anteil habe ich an die Krebsforschung gespendet.«

Er verstummt, und Andy weiß nicht, was er sagen soll.

»Ich habe es als eine Art Rache gesehen, verstehst du?«, fährt Baz schließlich fort. »Am Leben. Am Schicksal. Keine Ahnung, woran. Damals habe ich es nicht als kriminelle Handlung betrachtet. Die beiden so vorzufinden, das Baby in ihren Armen und mit ihrem Erbrochenen bedeckt … Wie gesagt, ich war vollkommen durcheinander. Aber das ist keine Entschuldigung, nicht wahr?«

»Nein«, erwidert Andy behutsam. »Wahrscheinlich nicht. Nicht wirklich.«

»Von Zeit zu Zeit führt Maurice mich in Versuchung, beinahe scherzhaft. Ich kenne ihn schon, seit wir zusammen zur Schule gegangen sind. Er ist ein wenig älter als ich und hatte immer Stil. So eine Art Glamour. Er war klein, und ich war groß, und die anderen Jungs pflegten uns ›lange Rede, kurzer Sinn‹ zu nennen. Doch Maurice hatte stets die Oberhand. Er erinnert mich immer noch gern daran, sodass ich die Sache nie wirklich hinter mir gelassen habe. Und jetzt könnte diese Frau uns nach all dieser Zeit auffliegen lassen.«

»Wenn Maurice in der Bankenwelt so bekannt ist, könnte sie, wenn schon nichts anderes, über die sozialen Medien einen sehr unangenehmen Skandal auslösen«, räumt Andy ein. »Aber wenn sie … abgelenkt würde, wer weiß?« Er zuckt mit den Schultern.

Baz setzt sich an den Küchentisch und stützt den Kopf in die Hände. »Vor so etwas kann man einfach nicht fliehen«, sagt er. »Ein dummer Fehler. Eine verheerende Fehleinschätzung.«

»Also, vielleicht solltest du Maurice vor dieser Gefahr warnen und sehen, ob man sie abwenden kann. Ich glaube, es würde mich ernsthaft unglücklich machen, wenn Cat dich vor Gericht zerren würde.«

Baz blickt zu ihm auf. »Du meinst, man könnte sie … bestechen?« Bei der Vorstellung verzieht er vor Selbstverachtung den Mund.

»Wir alle tun Dinge, die wir später bedauern. Größere und kleinere. Cat möchte wirklich gern in New York arbeiten. Wenn man ihr einen Job in Maurices Bank anbieten würde, wäre es weniger wahrscheinlich, dass sie plaudert. Einen Versuch ist es wert. Um unser aller willen.«

»Wird sie das nicht erraten? Würde ihr das nicht noch mehr Munition liefern?«

»Vielleicht kann Maurice das ja schlau anstellen. Es muss einen Versuch wert sein.«

Baz zögert. »Ich rede mit ihm.«

»Mach es jetzt«, sagt Andy. »Vergeude keine Zeit. Hier.« Er schnappt sich ein Notizbuch, das auf dem Küchentisch liegt, kritzelt etwas hinein und reicht es Baz. »Das sind ihr Name und die Adresse ihres Arbeitsplatzes. Versuch es einfach.«

Baz steht auf. »Ja, ich verstehe, dass ich mich damit beeilen sollte. Ich muss aber auf den Klippenpfad steigen, um Empfang zu haben.«

Er nimmt das Papier und sein Handy und geht hinaus. Andy setzt sich an den Tisch. Baz' Enthüllung hat ihn bestürzt; er hatte zwar die Wahrheit über den Insiderhandel schon vermutet, doch der Gedanke daran schockiert ihn immer noch.

Armer Teufel, denkt er. So viele Jahre hat Baz das alles mit sich herumgetragen, und dabei ist er so ein guter, freundlicher und großzügiger Mann. Aber wer weiß, was jeder von uns unter solchen Umständen tun würde? Wie furchtbar, Frau und Kind auf diese Art zu verlieren!

Er hört das Motorengeräusch eines Autos und steht auf, um aus dem Fenster zu sehen. Liv steigt gerade aus dem Wagen und lässt die Zwillinge heraus, die beim Anblick von Andys Auto vor Aufregung schreien. Er nimmt sich zusammen und geht hinaus, um sie zu begrüßen.

22. Kapitel

Liv eilt ihm entgegen. Sie umarmt ihn und drückt ihn fest. Den ganzen Vormittag hat sie sich Sorgen um ihn gemacht, als stünde er am Rand einer Katastrophe, und sie ist über alle Maßen erleichtert darüber, dass er ganz wie immer aussieht.

»Hey«, sagt er und lächelt zu ihr hinunter. »Was hat das alles zu bedeuten?«

»Keine Ahnung«, sagt sie und kommt sich töricht vor. »Ich hatte mir nur irgendwie Sorgen um dich gemacht.«

Die Zwillinge stürzen herbei und umklammern seine Knie, und er zerzaust ihnen das Haar und geht dann zu seinem Auto. Jäh verstummen sie und sehen mit leuchtenden Augen zu, wie er eine Tüte hervorholt. Er öffnet sie langsam und hebt zwei bunte Plastikboote zum Aufziehen heraus.

»Die sind für die Gezeitentümpel«, erklärt er ihnen. »Damit könnt ihr Rennen veranstalten. Kommt, probieren wir sie aus!«

Gemeinsam überqueren sie mit den Booten den Strand, und Liv klopft ihm auf die Schulter.

»Gute Idee, Onkel Andy«, sagt sie.

»Das hoffe ich«, gibt er zurück. »Ich bete nur, dass sie nicht schlecht für die Umwelt sind. Die Krabben erschrecken oder so etwas.«

»Ich bin froh, dass wir all diese Sorgen nicht hatten, als wir klein waren«, meint Liv. »Wo steckt Baz?«

»Oh, ich glaube, er ist auf die Klippe gegangen, weil er einen Anruf erwartet oder so etwas.« Andy klingt vage. Er kniet sich zu den Zwillingen und hilft ihnen, die Boote aufzuziehen und sie in dem großen Tümpel fahren zu lassen. Liv sieht ihnen voller Zuneigung und Dankbarkeit zu. Was immer ihr auf dem Herzen gelegen hat, ist verschwunden; die Gefahr ist vorüber, und sie schwelgt in der warmen Salzluft, dem endlos blauen Himmel und dem Plätschern der Wellen auf dem Strand. Sie sieht Baz den Klippenpfad herunterkommen und winkt ihm zu. Er schenkt ihr ein Lächeln, und Andy steht auf und geht ihm entgegen. Liv sieht zu, wie Baz ihm eine Hand auf die Schulter legt, ihm lächelnd zunickt, als wollte er ihm signalisieren, dass alles in Ordnung ist, und dann zur Strandvilla weitergeht.

»Alles okay bei Baz?«, fragt sie, als Andy wieder zu ihnen stößt. Wieder überfällt sie kurz ein ungutes Gefühl, als zöge eine Wolke über ihre Haut.

»Ihm geht's gut«, gibt Andy beiläufig zurück. »Warum auch nicht? Er hat gesagt, er wolle sich bei einem Freund nach etwas erkundigen. Hi, Leute«, ruft er den Zwillingen zu. »Wer liegt vorn?«

»Ich räume die Einkäufe weg«, erklärt Liv. »Es ist fast Mittagszeit.«

Sie geht zurück zum Auto, holt die Einkaufstasche und trägt sie ins Haus. Baz steht mit unbestimmtem Blick im Atrium, und einmal mehr spürt sie, wie der Schatten sie berührt. Irgendwie wirkt er geschwächt, verletzlich, und sie setzt die Tasche ab und nimmt seinen Arm. »Was ist los?«, fragt sie beunruhigt.

Er lächelt zu ihr herunter und ist wieder der alte Baz: beruhigend, stark, großmütig.

»Los?«, gibt er zurück. »Was könnte an solch einem Tag Schlimmes passieren?«

»Ich weiß nicht«, antwortet sie unsicher. »Du hast gerade ein wenig seltsam ausgesehen.«

»Ach, nur ein paar Geister aus der Vergangenheit«, sagt er

leichthin. »Nichts, worüber wir uns jetzt Sorgen zu machen bräuchten.«

Mitfühlend drückt sie seinen Arm und trägt dann die Tasche in die Küche.

»Hast du Sofia gefragt, ob sie zum Mittagessen kommt?«, ruft sie.

»Sie fand, dass Tee der bessere Plan war. Keine Ahnung, ob Dave und Janet etwas anderes vorhatten. Jedenfalls kommt sie später vorbei.«

»Gut«, meint Liv.

Sie hofft wirklich, dass Sofia und Andy sich verlieben. Es wäre so gut, wenn ihr Zwillingsbruder eine Familie gründen würde. Liv geht ins Atrium zurück, um mit Baz darüber zu reden, denn sie erinnert sich daran, dass sie schon einmal davon gesprochen hat, kurz bevor er zu der Grillparty aufbrach. Doch Baz ist nirgendwo zu sehen, daher kehrt sie in die Küche zurück und beginnt, das Mittagessen zu kochen.

Die Zwillinge sind glücklich. Sie lassen ihre Boote um die Wette fahren und laufen an dem Gezeitentümpel entlang, während Jenks aufmunternd bellt, obwohl eigentlich keiner von ihnen gewinnen will. Sie fühlen sich nur richtig gut, wenn sie vereint sind. Und so gewinnt zuerst das gelbe Boot und dann das rote, und nach dem Rennen beschließen sie, dass sie ein Bootshaus aus Steinen bauen müssen wie der Schuppen, in dem Baz sein Dingi aufbewahrt. Darin sind sie versunken, als Mummy kommt und ihnen sagt, dass das Mittagessen fertig ist, und sie protestieren, dass sie nicht können, nicht jetzt, noch nicht.

Doch Mummy meint, sie müssten kommen, weil sonst ihre Fischstäbchen kalt werden, und Onkel Andy, der sich neben ihnen im Sand ausgestreckt hat, sagt, dass er gar nicht wusste, dass hier Fischstäbchen gefangen werden, und sie schütten sich vor Lachen aus und schreien genau wie Baz: »Du meine Güte, Charlie Brown!«

Onkel Andy steht auf. »Kommt«, sagt er. »Wir veranstalten ein Wettrennen. Wenn ich zuerst da bin, kriege ich alle Fischstäbchen«, und sie müssen ihm hinterherrennen, damit er ihnen nicht das Mittagessen wegisst.

Mummy hat das Essen auf den Tisch draußen unter der Markise gestellt, ihr Lieblingsplatz, und sie setzen sich rechts und links von Onkel Andy, der tut, als wollte er ihnen die Fischstäbchen mopsen, bis Mummy ihm sagt, er soll sich benehmen. Sie erklärt, dass Sofia später zum Tee kommt.

Onkel Andy kennt Sofia noch nicht, daher erzählt Mummy ihm von ihr. Die Zwillinge essen ihr Mittagessen, manchmal mit den Fingern, was sie nicht dürfen, und Baz sitzt ganz still da und lächelt ihnen zu.

Nach dem Essen beschließt Baz, dass er eine Weile verschwinden muss. Es war anstrengend, beim Mittagessen so zu tun, als wäre nichts passiert, und dabei jene schreckliche Vergangenheit noch einmal zu erleben, diesen verrückten Ritt mit Maurice. Außerdem fragt er sich, wie er im Licht von allem, was ganz frisch wieder aufgerührt worden ist, damit umgehen soll, Sofia wiederzusehen.

»Ich kümmere mich darum«, hat Maurice gesagt. »Gib mir den Namen der Frau. Wenn sie New York will, soll sie New York haben.«

»Ich hasse das«, erwiderte Baz. »Und wenn sie dann erst recht einen Verdacht hegt?«

»Ich habe viele Kontakte«, erklärte Maurice. »Headhunting ist heutzutage vollkommen normal. Keine Panik, *mon vieux*. Geh zurück zu deiner Familie. Ich kontaktiere ein paar Leute, die mir noch einen Gefallen schuldig sind, und sie bekommt ein Angebot, das sie nicht ablehnen kann. Das wird ihr die Lust nehmen, Staub aufzuwirbeln. Das ist alles lange her, Baz, und wäre sehr schwierig zu beweisen.«

Mit einem Mal wird Baz klar, dass er Sofia noch nicht gegenübertreten kann, sondern alles sorgfältig durchdenken muss. Er ruft Liz zu, dass er einen Spaziergang unternimmt, setzt sich seinen alten Leinenhut auf und schlendert zum Strand und dann den Klippenpfad hinauf. Langsam geht er dahin, die Hände in den Taschen seiner Jeans, und kneift die Augen zusammen, um sich vor dem grellen Licht zu schützen. Verschwommen und leuchtend treffen Himmel und Meer am Horizont zusammen; Möwen legen sich schräg in die Luft und segeln auf warmen Strömungen dahin. Er hat keine Ahnung, wohin er sich wenden und was er tun soll oder ob er überhaupt das Recht hat, Sofia in sein Lügengewirr hineinzuziehen. Der schöne Traum, in dem er die letzten fünf Tage gelebt hat, scheint sich in der hellen Luft, die ihn von allen Seiten umgibt, aufgelöst zu haben.

Der Klippenpfad fällt ab und führt landeinwärts um einen gelben Ginsterbusch herum, und da sitzt El mit ihrem Skizzenblock und ihrem Rucksack.

Baz keucht vor Erleichterung auf; sie ist der einzige Mensch, mit dem er reden kann. Es ist, als hätte sie das gewusst und wartete jetzt auf ihn. Er lässt sich neben ihr niedersinken und streckt sich einfach lang auf dem kurzen Gras aus.

El zeichnet weiter, ohne etwas zu sagen, und Baz lässt sich von ihrer friedvollen Ausstrahlung einhüllen. Bald legt sie das Skizzenbuch beiseite und öffnet den Rucksack.

»Mit dem Becher werden wir uns abwechseln müssen«, erklärt sie. »Ich hatte nicht mit Gästen gerechnet.«

Baz dreht sich um und stützt das Kinn in die Hände. »›Alte Sünden werfen lange Schatten‹«, zitiert er leise. »Wer hat das noch gesagt, El?«

»Das ist ein Sprichwort. Wahrscheinlich frühes zwanzigstes Jahrhundert. Keinem Autor zugeschrieben.«

Er lacht. Sie lässt sich einfach nie erwischen.

»Ist das wichtig?«, fragt sie. »Oder fühlst du dich einfach nur sentimental?« Sie hält ihm den Becher ihrer Thermoskanne hin, und er nimmt ihn lächelnd an.

»Du weißt, wie Lucy gestorben ist, El. Du bist einer der wenigen Menschen, die die Wahrheit kennen.«

El neigt zustimmend den Kopf. »Du hast es mir erzählt.«

Sie sagt nicht, dass seine Offenheit sie rührt, das ist nicht ihre Art, doch sie ist sich des Vertrauens bewusst, das zwischen ihnen herrscht, und ist dankbar dafür.

»Da ist noch etwas anderes, über das ich nie gesprochen habe. Etwas aus der Vergangenheit, das zurückgekommen ist und mich ins Bein gebissen hat.« Er trinkt von dem heißen Kaffee. »Darf ich dir davon erzählen? Im Vertrauen?«

Ein kurzes Schweigen tritt ein.

»Ist das die alte Sünde mit dem langen Schatten?«, fragt sie.

Baz nickt, und wieder schweigen sie.

»Und du bist dir vollkommen sicher, dass du mir davon erzählen willst?«

»Ja«, sagt er. »Bitte.«

»Weiß sonst noch jemand darüber Bescheid?«

»Zwei Personen. Aber keine von ihnen weiß von Sofia.«

»Aha.« Mit einen kleinen Nicken signalisiert El ihm, dass sie verstanden hat. »Nur zu.«

Baz lächelt ihr zu, trinkt den Kaffee aus und reicht ihr den leeren Becher. Dann wälzt er sich auf den Rücken, bedeckt die Augen mit den Händen und beginnt zu sprechen.

El schenkt sich Kaffee ein und beobachtet Baz. Sie sieht, wie er die Knie anzieht, als wollte er sich kleiner machen, wie er den Blick senkt, als schämte er sich und wollte ihre Reaktion ausblenden, und tiefes Mitgefühl erfüllt sie. Wäre sie in der Lage gewesen, sich einem Mann zu ergeben, dann wäre es Baz gewesen. Sie liebt seine Großmut, seine Bescheidenheit und seine Fähigkeit zu lieben, und jetzt lauscht sie betrübt seiner Geschichte. Sie erinnert sich daran, wie sie ihn kennengelernt hat, als er gerade mit dem kleinen Matt nach Bristol gezogen war; sie denkt zurück an seine Trauer und seinen Zorn darüber, wie Lucy und das Baby gestorben waren – an seine Verzweiflung. Damals war er achtundzwanzig. Wie tragisch, dass er sich in diesem Moment der Schwäche zu einer so törichten Tat hat verleiten lassen.

Baz redet weiter, über die Bilder, eine Frau namens Catriona, sein Gespräch mit Maurice. Und er spricht von Sofia. Wie typisch es ist, dass so etwas ausgerechnet jetzt passiert, nachdem er ihr begegnet ist und sich in sie verliebt hat. Er schreit nicht: »Das ist nicht *fair!*«, doch es liegt stillschweigend in der Art, wie er die Augen zusammenkneift und die Hände zu Fäusten ballt.

Merkwürdig, denkt El, dass die Menschen mit diesem Anspruchsdenken geboren werden. Nirgendwo steht geschrieben, dass das Leben gerecht ist, und trotzdem gehen wir davon aus.

Sie sagt nichts, und langsam entspannt sich Baz. Er streckt die Beine aus, lässt die Arme an den Seiten herabsinken und schlägt die Augen auf. Er setzt sich auf und sieht sie an. Jetzt ist er bereit, sich der Zukunft zu stellen.

»Was soll ich tun, El?«, fragt er.

»Das ist alles lange her«, sagt sie. »Du warst jung, unglücklich und dumm. Ich finde, es ist Zeit, dir selbst zu vergeben, Baz. Alte Sünden werfen in der Tat lange Schatten, und diese wird dich immer begleiten. Aber du könntest dir das mit Lucy und dem Baby verzeihen. Es ist Zeit.«

Er wirkt verblüfft, schockiert sogar. Dann zieht er die Knie an und schlingt die Arme darum. »Ich hätte es verhindern können«, sagt er. »Ich hätte deutlicher erkennen müssen, wie tief ihre Verzweiflung ging.«

»Das weißt du aber nicht genau«, sagt sie sanft. »Lass es los, Baz. Die Vergangenheit lässt sich nicht ändern. Akzeptiere es und lass los.«

»Und Sofia?«

»Darum geht das Ganze, nicht wahr? Zum ersten Mal seit Lucy bist du jemandem begegnet, mit dem du glaubst, dein Leben teilen zu können. Keine lockere Beziehung, sondern etwas, das viel mehr ist. Es hat dich umgeworfen, und es ist schwer, dass diese andere Geschichte exakt in diesem Moment wieder auftaucht wie ein Bumerang. Wenn du ernsthaft glaubst, eine Zukunft mit Sofia zu haben, musst du ihr die Wahrheit sagen. Die ganze. Wir können nur hoffen, dass diese Catriona beschließt, den Job in New York anzunehmen, und dich in Ruhe lässt. Doch nichts garantiert, dass sie sich irgendwann in der Zukunft vornimmt, Schaden anzurichten.«

Wieder schließt Baz die Augen, wie um einen Schlag abzuwenden. Er stöhnt auf.

El mustert ihn nachdenklich. Es wäre ein Fehler, ihm zu erlauben, diese Beichte in sentimentales Selbstmitleid abgleiten zu lassen, und sie sieht keinen Sinn in einem öffentlichen Geständnis. Dazu ist es viel zu spät, und niemand hätte etwas davon.

»Ich frage mich, warum ausgerechnet Sofia«, überlegt sie laut. »Merkwürdig, dass dieses Mädchen dich nach all den Jahren so umwirft, nicht wahr?«

Baz reißt die Augen auf. Er ist verwirrt. Bei dem Gedanken an Sofia wird seine Miene weicher, und El unterdrückt ein Lächeln.

»Es ist merkwürdig«, pflichtet er ihr bei. »Absolut überwältigend. Sie ist ein außerordentliches Mädchen, El.« Er seufzt. »Schätze, ich muss es ihr erzählen.«

»Ja, und zwar alles, doch nicht heute. Nicht hier. Warte, bis du wieder in Bristol bist – es sei denn, die perfekte Gelegenheit tut sich auf. Du wirst erkennen, wenn der richtige Zeitpunkt gekommen ist.« Sie fragt sich, ob Sofia schockiert sein wird, ob das ihre Gefühle für Baz verändern wird, aber sie glaubt es nicht. Das ist alles so lange her. El gießt noch Kaffee ein und reicht Baz den Becher.

»Sie ist so viel jünger«, sagt er. »Ich frage mich, ob ich das Recht dazu habe, El.«

»Wage es bloß nicht, dich feige zu verdrücken«, versetzt sie heftig. »Wenn Sofia dich will, dann nimm um Gottes willen dein Glück mit offenen Armen an. Aber eines noch«, setzt sie hinzu. »Vergiss nicht, diese Bilder zu vernichten.«

El sieht ihm nach. Sie schraubt den Becher wieder auf die Thermosflasche und steckt sie in ihren Rucksack. Ihre schnell hingeworfene Zeichnung eines vom Wind gepeitschten Weißdorns wirkt leblos, und während sie sie aus dem Skizzenblock reißt, fragt sie sich, wie Baz' neue Beziehung zu Sofia wohl die Dynamik in Bristol verändern wird. Die Aussicht auf Veränderung betrübt El. Baz und sie haben so oft die Gesellschaft des anderen gesucht und Miles bei seinen seltenen Ausflügen in die Stadt mit einbezogen. Doch wenn jetzt Sofia dazukommt, wird das mit Sicherheit große Veränderungen mit sich bringen.

El weiß, dass ihr diese Theater- und Konzertbesuche mit Baz fehlen werden. Da er nie an einer körperlichen Beziehung zu ihr interessiert war, gab es in ihrer Freundschaft keine Spannungen. Sie weiß, wie selten eine solche Freundschaft ist und dass sie sie vermissen wird. Selbst wenn Sofia so großmütig ist und nichts gegen eine Fortsetzung dieser Treffen hat, ist es unwahrscheinlich, dass Baz so viel Zeit wie bisher für sie hat. El hat sich daran gewöhnt, bei ihm an erster Stelle zu stehen – als Vertraute, Kumpan und jemand, bei dem man mit neuen Ideen spielen kann. Er wendet sich immer zuerst an sie.

Sie weiß, dass er nie eine zweite Ehe riskiert hat, weil er den Gedanken nicht ertrug, die furchtbare Tragödie seiner ersten könne sich wiederholen. Er hat Matt – und jetzt auch Liv und die Zwillinge –, und das ist mehr als genug für ihn. Baz ist nicht bereit, das Leben einer weiteren Frau aufs Spiel zu setzen, und daher sind seine körperlichen Beziehungen oberflächlich geblieben, anspruchslos auf beiden Seiten und etwas vollkommen anderes als ihre Freundschaft zu ihm.

Sie denkt an Miles und seinen neuen Plan, eine Wohnung in Bristol zu kaufen. Auch das wird die Dynamik verändern. Sobald Annabel über den Schock hinweggekommen ist, dass Baz und Sofia sich lieben, wird sie vermutlich jegliche Besuche in Bristol aufgeben, und dann wird Miles öfter die Gelegenheit haben, in die Freiheit zu entkommen. Offensichtlich erhofft Miles sich das. El vermutet, dass er damit zufrieden sein wird, in der Warteschleife zu leben und auf die Zukunft zu hoffen. Vielleicht kann er ja akzeptieren, dass sie in ihm nie mehr als einen guten Freund sehen wird. Er wird in ihrer Zuneigung zwar niemals Baz' Platz einnehmen können, doch vielleicht können Miles und sie die Gesellschaft des anderen genießen. Sie erinnert sich daran, wie Baz gesagt hat: »Liebe ist keine Liebe, bis man sie verschenkt«, und an ihre zynische Erwiderung.

Schmunzelnd packt El ihre Sachen zusammen und schlendert auf dem Klippenpfad heimwärts. Sie ist zufrieden und im Reinen mit sich selbst.

Als Baz wieder an der Strandvilla ankommt, ist der Tee fast vorüber. Sofia freut sich, ihn zu sehen, obwohl sie es sich nicht anmerken lässt, aber sie ist auch froh darüber, dass er sich ferngehalten hat. Sie vermutet, dass er weiß, wie schwer es ihr fallen wird, sich vor Liv und ihrem Bruder so zu verhalten, als übte Baz' Anwesenheit keine Wirkung auf sie aus. Und so, wie es jetzt war, hat sie sich gut unterhalten. Sie mag Andy gern, der sie mit der Art, wie er mit den Zwillingen spielt, zum Lachen bringt. Liv hofft wirklich, dass aus ihnen ein Paar wird; das spürt Sofia.

Am liebsten möchte sie ihr erklären, dass sie ihre Zeit vergeudet, doch natürlich kann sie das nicht. Glücklicherweise ist Andy, obwohl er charmant, lustig und äußerst gut aussehend ist, auch nicht überwältigt von ihr. Sie hat sofort erkannt, dass sie nicht Andys Typ ist, was alles viel einfacher macht.

Die Zwillinge halten alle auf Trab, der Tee ist ein großer Spaß, und dann kommt mit einem Mal Baz den kleinen Klippenpfad heruntergeschlendert, und Sofia spürt dieses seltsame und inzwischen schon vertraute Gefühl, das sie bei seinem bloßen Anblick überkommt: Es ist, als weite sich ihr Herz. Wie schwer es ihr fällt, nicht zu ihm zu laufen, seine Hand zu nehmen, ihn zu küssen – irgendwie zu signalisieren, dass sie zusammen sind.

Sie ist sich bewusst, dass er ein wenig distanziert ist, und weiß, dass der Grund seine Familie ist. Sogar vor Annabel und Miles oder Janet und Dave fällt das Verstellen schwer, aber vor seiner Schwiegertochter und den Enkelkindern ist es noch einmal eine Stufe schwieriger. Das kann sie vollkommen verstehen. Hier und jetzt dürfen sie nichts verraten. Sie hofft, langsam Livs Zuneigung gewinnen und ihr zeigen zu können, dass sie nichts zu fürchten hat. Dass sie keine Bedrohung darstellt. Sofia freut sich darauf, Matt kennenzulernen, obwohl sie sich auch beklommen fühlt. Sie kann sich gut vorstellen, wie er und Liv auf eine Frau reagieren würden, die sich in ihre fest gefügte kleine Familie hineindrängt. Baz und sie müssen ihnen viel Zeit lassen, um sich daran zu gewöhnen und ihre Befürchtungen zu überwinden.

Noch ein paar Spiele, doch dann erklärt Sofia, sie müsse fahren. Sie deutet an, dass Janet und Dave etwas vorhaben, und verabschiedet sich. Es wirkt vollkommen natürlich, dass Baz sie zum Auto bringt. Und obwohl sie immer noch sehr vorsichtig ist, zögert sie nicht, ihm zuzulächeln, als sie schon halb im Auto sitzt. Er steht mit dem Rücken zum Strand, daher fühlt sie sich sicher dabei, ihre ganze Liebe in das Lächeln zu legen.

Als sie ihn jetzt ansieht, nimmt sie eine Art Schatten in seinem Blick wahr, etwas Trauriges. Plötzlich wird ihr bange. »Ist alles in Ordnung?«, fragt sie schnell und ganz leise. »Du siehst traurig aus.«

»War ein komischer Tag«, sagt er und lächelt ihr beruhigend zu. »Ein paar Geister aus der Vergangenheit. Kommt vor.«

Sofia fällt ein, wie Janet ihr erzählt hat, dass seine Frau im Kindbett gestorben ist, und Mitgefühl für ihn steigt in ihr auf. Am liebsten möchte sie ihn umarmen, doch sie muss sich damit zufriedengeben, seine Hand zu nehmen und sie schnell zu drücken. »Meldest du dich per SMS?«, fragt sie.

Baz nickt, sie steigt ein, und er schließt die Autotür. Sie setzt zurück, und er winkt ihr noch einmal zu und geht davon. Als

Sofia losfährt, fühlt sie sich merkwürdig beraubt und einsam. Wie gut es sein wird, ihn auf neutralem Boden zu treffen und nach und nach eine Beziehung aufzubauen, zu der sie offen stehen können! Sie weiß, dass hier nicht der richtige Ort für eine Ankündigung ist, aber sie ist froh darüber, dass es nicht mehr lange dauern wird.

Als Sofia am Gatter anhält und aussteigt, um es zu öffnen, hält sie inne, um sich zu prüfen und an Seb und Rob zu denken. So langsam wird ihr klar, dass sie nicht so sehr verliebt in Rob war wie in das ganze Konstrukt: der kleine Seb, sie drei zusammen und das Gefühl, eine Familie zu sein.

Sie ist gerade wieder ins Auto gestiegen, nachdem sie durch das erste Gatter gefahren ist, als mit einem »Pling« eine Nachricht hereinkommt. Sie ist von Baz und ziemlich kurz.

Ich liebe dich. X

Sofia lacht glücklich auf und schreibt zurück. *Ich liebe dich auch. X*

Sie fährt weiter und denkt jetzt an morgen, wenn sie ihn wiedersehen wird, und fragt sich, wie sie es fertigbringen sollen, ihre Gefühle zu verbergen und sich zu verhalten, als wären sie nur gute Freunde. Sofia ist erleichtert darüber, dass Andy nicht interessiert war; es wäre sehr schwierig geworden, Livs Bruder abzuweisen. Es erstaunt sie, dass er in keiner Beziehung ist. Er ist so lustig, und es ist so einfach und ungezwungen, mit ihm zusammen zu sein – er ist Liv so ähnlich.

Sofia stößt einen Seufzer der Erleichterung aus; eine weitere Hürde ist genommen. Und das wahre Wunder ist, dass niemand etwas mitbekommen hat; niemand hat eine Ahnung davon, wie Baz und sie füreinander empfinden.

Trotz des Protestes seiner Schwester und der Enttäuschung der Zwillinge fährt Andy früh, nicht lange nach dem Tee, und kehrt über die vertrauten Straßen zur Nordküste zurück. Seit seinem Gespräch mit Baz ist er beinahe krank vor Sorge. Wie schwierig es war, mit den Zwillingen zu spielen und mit Liv zu plaudern, ohne dass sie etwas ahnte! Er ist sich der seltsamen Verbindungen zwischen ihnen bewusst, und als er ankam, war offensichtlich, dass sie unruhig war. Doch später wirkte sie so glücklich, und er versuchte sich einzureden, dass sich sein Instinkt vielleicht irrte und es doch nichts zu fürchten gab. Vielleicht würde Maurice ja das Wunder vollbringen und ihnen Catriona für immer vom Hals schaffen.

Jetzt will Andy sie unbedingt sehen und herausfinden, was sie vorhat. Sie haben bereits abgesprochen, dass er ihr morgen dabei hilft, noch einiges zur Müllkippe zu fahren, daher wird sie nicht erstaunt sein, ihn zu sehen. Und sie hat keine Ahnung, dass er inzwischen bei Baz war.

Er fährt auf die A30 und steuert nach Westen. Immer noch fühlt er sich überwältigt von Baz' Geschichte, dem grauenhaften Tod seiner jungen Frau und seines Kindes, und der Gedanke ist furchtbar, dass er all die Jahre damit gelebt hat. Baz ist so ein lieber Mensch, und es ist tragisch, dass er nie darüber hinweggekommen ist und mit jemand anderem sein Glück gefunden hat.

Interessant, wie Sofias Gesicht bei seinem Anblick aufleuchtete. Nachdenklich runzelt Andy die Stirn. Es war nur ein flüchtiger Ausdruck, aber ziemlich verräterisch. Baz wirkte leicht düster, was nach seinem Gespräch mit Maurice nur zu erwarten war. Aber Andy ist aufgefallen, wie er Sofia zum Auto gebracht hat und wie sie in diesen wenigen gemeinsamen Minuten miteinander geredet haben.

»Kannst du Sofia gut leiden?«, fragte Liv, nachdem sie gefahren war. »Sie ist nett, nicht wahr?«

Und er hat ihr beigepflichtet und gesagt, ja, er möge sie, und ja, sie sei nett, doch es war schwer zu erklären, dass dieser kleine Funke der Anziehung gefehlt hat, der die Begegnung mit ihr von der mit anderen netten, hübschen Frauen abgehoben hätte. Er spürte Livs Enttäuschung und zog sie damit auf.

»Du wirst noch so schlimm wie Mum«, sagte er zu ihr. »Sie sehnt sich danach, dass ich ein nettes Mädchen finde, eine Familie gründe und Kinder bekomme. Und erzähl mir nicht, dass ich so langsam mein Haltbarkeitsdatum überschreite. Sieh dir den guten Baz an …«

Er unterbrach sich, doch Liv reagierte schnell. »Baz? Was meinst du?«

Und Andy fiel wieder der rasch unterdrückte Ausdruck auf Sofias Miene ein. »Nun, Baz scheint doch ganz glücklich zu sein, oder? Er hat ein großartiges Leben.« Dann kam zum Glück einer der Zwillinge angelaufen und bestand auf einem Spiel, und der Moment war vorüber.

Andy fährt durch die Hügel von Hendra Downs, aber in Bodmin schlägt er nicht die Wadebrige Road ein, sondern fährt weiter, nach Truro.

23. Kapitel

Freitag

Am Morgen von Annabels Lunchparty ist der Himmel grau. Tief hängende Wolken ziehen über die Klippen. Es ist windstill, und Nieselregen hängt wie Nebel an den Fensterscheiben.

»Es soll später aufklaren«, erklärt Miles aufmunternd, als er ihr die erste Tasse Tee bringt. »Du hast doch den Wetterbericht gesehen. Außerdem essen wir drinnen, sodass es nicht wirklich etwas ausmacht.«

Annabel starrt ihn voll kühler Verachtung an, während er wieder ins Bett steigt. Begreift er denn wirklich nicht, wie viel besser alles ist, wenn die Sonne scheint? Sie denkt an den ursprünglich von Miles ersonnenen Plan, das Mittagessen in eine frühe abendliche Party mit Drinks und köstlichen Häppchen übergehen zu lassen, die dann draußen im Garten stattfindet.

»Natürlich macht es etwas aus«, erklärt sie schneidend.

Nachdenklich trinkt sie ihren Tee. In letzter Zeit scheint Miles sich verändert zu haben. Er ist weniger zugänglich, weniger offen gegenüber ihren Einflüsterungen. Er verbringt Stunden im Garten oder auf dem Golfplatz. Diese Wohnung in Bristol ist aber eine gute Idee, und Annabel kann es kaum erwarten, Baz' Gesicht zu sehen, wenn sie ihm davon erzählt.

»Ich stehe auf«, bemerkt sie. »Es ist jede Menge zu tun. Meggie kommt früher, bevor sie diese Zwillinge hütet.«

»Flora und Freddie«, sagt Miles.

Annabel zieht die Augenbrauen hoch und zuckt leicht mit

den Schultern. »Und Jeff kommt als Tischherr für das Patenkind.«

»Das ›Patenkind‹ heißt Sofia«, murmelt Miles.

Annabel kann ihr Seufzen kaum unterdrücken. Sie interessiert sich nicht für diese Details. Sie möchte einfach dafür sorgen, dass Baz sich gut unterhält. Er liebt ihre Partys und sagt Annabel, wie wunderbar sie ist; dafür lebt sie. Er wird natürlich neben ihr sitzen und Janet auf seiner anderen Seite. Janet ist ein Schatz, aber sie ist nicht gerade eine fesselnde Gesprächspartnerin und wird Baz nicht allzu sehr ablenken. Einer der Gründe, aus denen sie gern Lunchpartys mit fester Tischordnung gibt, ist, dass sie Baz so lange neben sich festhalten kann, wie sie es schafft, das Essen in die Länge zu ziehen. Sie werden zwölf Personen sein, es wird vier oder fünf Gänge geben und reichlich zu trinken. Zum Glück wohnen fast alle ihre Gäste in fußläufiger Entfernung.

Miles stellt seine Tasse auf den kleinen Nachttisch, faltet die Hände hinter dem Kopf und sieht ins Leere. Wenn er eine Wahl hätte, würde er die Zeit lieber auf dem Golfplatz oder in seinem Gewächshaus verbringen, aber er weiß, dass er mitspielen muss. Früher einmal hat er diese Partys genossen und ihre Freunde gern unterhalten, doch heute macht es ihm keine Freude mehr.

Vielleicht stimmt es, überlegt er, dass wir schlussendlich alle das sind, was andere in uns sehen. Er ist der gute alte Miles, Marineoffizier im Ruhestand, der eine Runde Golf und nachher einen Drink im Klubhaus genießt und bei dem man sich immer darauf verlassen kann, dass er in der Kirche die Lesung übernimmt. Keiner ihrer Freunde hier kennt den Miles, der er in Bristol ist, den Miles, der klassische Musik und Konzerte liebt und in kleinen Bistros stundenlang mit El und Baz über Lyrik diskutiert. Die Aussicht auf die Wohnung in Clifton ermöglicht es ihm, diese Farce von einer Ehe noch ein wenig fortzuführen.

Annabel kommt in ihrem weißen Bademantel herein und trocknet sich das Haar mit einem Handtuch. »Solltest du nicht auch sehen, dass du weiterkommst?«, fragt sie. »Wir haben viel zu tun, und du kannst nicht alles mir überlassen, weißt du?«

Er schluckt den aufwallenden Zorn hinunter und steht auf. »Ich gehe hinunter und fange mit dem Frühstück an«, erklärt er. »Und dann dusche ich, ziehe mich an und führe Daffy aus. Ich bin mir sicher, es wird ein großartiger Tag.«

Annabel starrt ihn mit der ihm nur zu vertrauten Miene an. »Und woher willst du das wissen?«, scheint ihr Gesichtsausdruck zu besagen. Sie geht zurück ins Badezimmer. Einen Moment lang steht Miles mit seiner Kaffeetasse in der Hand ganz still da. Sein Blick fällt auf einen kleinen silbernen Bilderrahmen, der auf einer hübschen antiken Kommode mit gewölbter Front steht. Von dem Foto lächelt Lily ihn an, eine kleine Lily mit blondem zerzaustem Haar, das ihr glückliches Gesicht umgibt.

Miles holt tief Luft. Er hebt die leere Tasse, als wolle er Lily zuprosten. »Auf Bristol!«, flüstert er ihr zu. »Und auf die Zukunft, Lily!«

»Kann nicht behaupten, dass ich mich besonders darauf freue«, meint Dave, als sie nach dem Frühstück aufräumen. »Ich frage mich, wie Baz darauf reagieren wird, dass Annabel und Miles eine Wohnung in Bristol kaufen wollen, während er kurz davorsteht, sich ein ganz neues Leben mit Sofia aufzubauen.«

Instinktiv werfen beide einen Blick zur Tür, aber Sofia ist in ihrem Auto davongefahren, und nichts weist darauf hin, dass sie unerwartet zurückkehren könnte.

»Ich war nur froh, dass Sofia zum Tee bei Liv war, als Miles gestern vorbeigekommen ist«, erwidert Janet. »Ich wusste gar nicht, was ich sagen sollte, aber ich kann schon verstehen, dass es gut für ihn wäre. Ich hoffe, es macht dir nichts aus, dass ich ihm angeboten habe, wenn nötig könnten wir Daffy ab und zu am Wochenende nehmen.«

»Nein, natürlich nicht. Obwohl Miles sie wahrscheinlich mitnehmen wird, wie ich ihn kenne. Sie ist ein sehr sanftes altes Mädchen.«

»Was mehr ist, als man von Annabel behaupten kann«, meint Janet, und sie brechen beide in Gelächter aus.

»Ich hoffe, sie stellt dem armen alten Baz nicht allzu sehr nach, wenn sie in Bristol sind.« Dave schließt die Spülmaschine und schaltet sie ein. »Ach je, ich sehe schon, das gibt Probleme.«

»Also bringen wir es hinter uns und machen gute Miene dazu«, schlägt Janet vor. »Wir müssen nur die nächsten vierundzwanzig Stunden überstehen, und dann kann ich mich entspannen. Natürlich freue ich mich nicht auf Sofias Abreise, doch ich muss gestehen, dass ich nicht mehr lange so weitermachen könnte. Wenigstens brauchen wir uns bei Baz nicht zu verstellen. Das ist die eine gute Sache. Aber Sofia … Sie scheint wie auf glühenden Kohlen zu sitzen.«

»Wohin wollte sie eigentlich? Sie schien es ziemlich eilig zu haben.«

»Sie sagte, sie wolle nach Kingsbridge, doch wenn du meine Meinung hören willst, sind sie und Baz in diesem Moment irgendwo zusammen.«

»Wirklich?« Dave zieht die Augenbrauen hoch und lacht. »Unmöglich. Es ist gerade erst zehn.«

»Was hat denn die Uhrzeit damit zu tun?«, gibt Janet zurück. »Eigentlich könnten wir selbst die Gelegenheit nutzen, uns nach oben zu verdrücken und uns etwas Aufregung zu verschaffen.« Sie schlingt einen Arm um seine Mitte und wirbelt Dave herum.

»Bist du verrückt geworden, Frau?«, fragt er lachend. »Jeden Moment könnte jemand hereinkommen.«

Janet seufzt und schüttelt bedauernd den Kopf. »Mit dir macht es keinen Spaß mehr, alter Mann. Jetzt sehe ich, dass ich mich die ganze Zeit an Baz hätte heranmachen sollen.«

»Ich kann einfach nicht glauben, dass Sofia und er sich um zehn Uhr morgens leidenschaftlich lieben.«

Janet lacht. »Ich wette mit dir, dass sie irgendwo an einem ruhigen Ort knutschen.«

»Na ja, wir werden es nie erfahren, nicht wahr?«

»Außer, ich frage ihn«, pflichtet Janet ihm bei.

»Das würdest du nicht tun«, sagt Dave schockiert. »Oder?«

Janet schneidet ihm eine Grimasse und tätschelt seine Wange. »Ich erzähl's dir später«, meint sie.

»Das ist inzwischen schon unser Café, oder?«, fragt Sofia.

Sie sitzt an dem Ecktisch im Harbour House und lächelt Baz zu. Die SMS, in der sie ihm vorschlug, sich hier mit ihr zu treffen, hat sie spontan geschickt. Sie hat nicht wirklich geglaubt, dass er sie so schnell beim Wort nehmen würde.

»Und zumindest kommt Annabel heute Morgen nicht vorbei«, sagt Baz und erwidert ihr Lächeln. »Sie wird viel zu sehr mit den Vorbereitungen für ihre Lunchparty beschäftigt sein.«

Sofia zieht eine Grimasse. »Ich fürchte mich davor«, gesteht sie. »Um ehrlich zu sein, bin ich sehr froh, dass wir nicht mehr lange so weitermachen müssen.«

»Ich auch.« Baz wirkt ernst, und ihr Herz macht einen ängstlichen Satz.

»Aber es ist alles in Ordnung, oder?«, fragt sie ihn.

Dieser merkwürdige Gesichtsausdruck, den er gestern in der Strandvilla hatte, ist wieder da, und sie greift nach seiner Hand. Er drückt ihre fest, wirkt jedoch immer noch nachdenklich.

»Nichts hat sich verändert«, erklärt er. »Jedenfalls nicht daran, wie ich für dich empfinde. Es sind nur diese Geister aus der Vergangenheit, von denen ich gestern gesprochen habe. Ich habe über sie nachgedacht, und ich finde, ich sollte versuchen, sie zu vertreiben. Ich dachte, es wäre besser, zu warten, bis ich wieder in Bristol bin, doch jetzt finde ich, dass es dir gegenüber nur fair ist, wenn ich dir davon erzähle, bevor du abreist.«

Nun hat sie richtig Angst bekommen. »Was, hier? Jetzt?«

»Nicht hier.« Er sieht sich um. »Das ist zu öffentlich. Würdest du dich mit mir ins Auto setzen? Es tut mir so leid, liebste Sofes, aber ich glaube, wir müssen das alles aus dem Weg schaffen. Und ich finde, das hier …« – er zögert –, »ist die perfekte Gelegenheit dazu«, schließt er.

Es klingt fast, als zitiere er jemanden, und sie nickt, wobei sie immer noch seine Hand umklammert. »Okay.«

Sie stehen auf und gehen zusammen hinaus in den Nieselregen. Wie Flüchtlinge eilen sie über die Straße in die Sicherheit des Wagens. Baz hilft ihr beim Einsteigen, tritt dann auf die Fahrerseite, steigt ein, wendet sich ihr zu und nimmt ihre Hände, die sie ihm entgegenstreckt.

»Du machst mir Angst, Baz.« Sie versucht zu lächeln. »So schlimm kann es doch nicht sein. Bitte erzähl es mir.«

Und er beginnt, ihr von Lucy, seiner Frau, zu erzählen, von dem Baby, das mit Krebs geboren wurde, und von Lucys Schmerz und ihren Depressionen. Wie sie schließlich, nachdem sie das Baby erstickt hatte, eine Überdosis Valium nahm, und wie er, Baz, die beiden gefunden hat.

Sofia schweigt voller Mitgefühl und Entsetzen, doch dann schildert Baz, dass er in diesem Schockzustand, in seinem Zorn und seiner Verzweiflung, mit einem Freund übereingekommen ist, Profit aus einem illegalen Insiderhandel zu schlagen.

»Ich rede mich heraus«, sagt er, zerquetscht ihre Hände fast zwischen seinen und sieht ihr in die Augen. »Eigentlich gibt es dafür keine Entschuldigung.«

»Was hast du mit dem Geld angefangen?«, fragt sie ihn ruhig.

Baz seufzt, entspannt sich. Er wirkt trostlos. »Meinen Anteil habe ich der Krebsforschung gespendet. Aber das macht es nicht besser. Mein Komplize war ein guter Künstler, und bis dahin habe ich eine Galerie in Bristol geleitet. Jedes Mal, wenn er etwas von seinem Anteil brauchte, habe ich ihm ein Bild abgekauft.«

»Und das war es?«

Er runzelt die Stirn. »Ich habe so etwas nie wieder getan. Bei ihm weiß ich das nicht. Er fragt mich immer noch ab und zu, ob ich Lust dazu hätte, doch ich bin bisher nie darauf eingegangen. Du musstest das wissen«, setzt er hinzu, »wenn wir je irgendeine Beziehung haben wollen. Nicht einmal Liv hat eine Ahnung. Nur Andy.« Er zögert. »Und noch eine weitere Person.«

Er beobachtet sie nervös, während sie sich fragt, wie sie darauf reagieren soll.

»Wie grauenhaft«, sagt sie schließlich, »Lucy und das Baby so vorzufinden. Entsetzlich. Du musst ja vollkommen außer dir gewesen sein.«

»Wenn du meinst, dass ich nicht bei klarem Verstand war, als ich diesen Deal getätigt habe, dann könntest du recht haben. Ich erinnere mich, dass ich voller Zorn war, voller Elend und Schuldgefühle, ohnmächtig. Es war eine Art verächtliche

Herausforderung an das Leben, das Universum und den ganzen Rest, aber das ist keine Entschuldigung.«

»Wie alt warst du da, Baz?«

»Achtundzwanzig«, antwortet er. »Kein Kind mehr.«

»Nein, kein Kind mehr, doch auch nicht wirklich alt genug, um unter so schrecklichen Umständen Witwer zu werden. Wie alt war Matt?«

»Er war drei. Meine Mutter hat sich in Bristol um ihn gekümmert, weil Lucy so krank war. Nach ihrem Tod bin ich hinuntergezogen. Ich habe die Galerie übernommen, und wir lebten alle zusammen, bis meine Mutter starb. So, jetzt weißt du alles.«

Baz richtet sich auf und sieht durch die beschlagene Windschutzscheibe. Sofia lässt seine Hände los, beugt sich vor und küsst ihn. Sie weiß nicht recht, wie sie jetzt weitermachen soll, ohne das, was er ihr erzählt hat, zu schmälern, und ihn gleichzeitig zu ermuntern, in die Zukunft zu sehen. Es wäre albern, ihm zu sagen, er solle die Vergangenheit vergessen, alles hinter sich lassen. Eine solche Vergangenheit kann man nicht einfach abtun. Sie formt einen und macht einen zu dem, der man ist. Aber wir können zumindest versuchen, sie zu akzeptieren, denkt Sofia. Er dreht sich zur Seite, um sie anzusehen, und sie lächelt ihm zu.

»Okay«, meint sie und tastet sich vorwärts, »jetzt hast du es mir erzählt, und es ändert nicht das Allergeringste zwischen uns und an meinen Gefühlen für dich. Ist das für den Anfang genug?«

»Oh, Sofia!« Baz umarmt sie, und sie spürt seinen Mund an ihrem Kopf. »Oh, das reicht vollkommen aus. Für den Anfang.«

Sie küsst ihn, doch sie weiß, dass sie jetzt auseinandergehen müssen, damit dieses Gespräch sich nicht zu Dankbarkeit und weiteren Erklärungen seinerseits und Beschwichtigungen weiterentwickelt. Sie müssen sich trennen und unter normaleren Umständen wiedersehen, die nicht so mit diesen Emotionen aufgeladen sind. Nun ist sie beinahe froh darüber, dass sie sich das nächste Mal auf Annabels Party treffen werden.

»Ich muss zurück in den Baumstumpfladen und zu meinen lieben Mäusen«, sagt sie leichthin, »bevor sie noch misstrauisch werden.«

Baz beginnt zu lachen, und sie sieht ihn an.

»Was ist?«, will sie wissen.

»Nichts.« Er schüttelt den Kopf. »Ja, du musst gehen … und ich auch. Danke, liebste Sofia. Danke.«

Sie küsst ihn rasch, huscht aus der Tür und läuft eilig zu ihrem Wagen. Vielleicht sollte sie sich aufgebrachter fühlen, besorgter wegen dem, was er ihr erzählt hat, aber das scheint alles so lange her zu sein. Hinter ihr hupt Baz kurz, als er vorbeifährt, und sie winkt ihm zu. Dann startet sie den Motor und macht sich auf den Rückweg zu Janet und Dave.

24. Kapitel

Andy fährt nach Rock hinein, parkt vor dem Cottage und steigt aus dem Wagen. Heute ist die Halbinsel in weiche Wolken gehüllt, die über die Meeresoberfläche treiben, sodass man auf der anderen Seite Padstow nicht erkennen kann. Er überquert die Straße, klopft an die Haustür und zögert. Dann öffnet er sie und geht hinein.

»Hi«, ruft er, »jemand zu Hause?«

»Ich bin hier«, antwortet Catriona, und Andy stößt die Tür auf und tritt ins Wohnzimmer.

Der größte Teil der Möbel ist verschwunden, aber sie sitzt im Schneidersitz auf einem kleinen Sofa und sieht in ihren Laptop. Sie blickt zu ihm auf und zieht die Augen zu diesem vertrauten, verstohlenen Lächeln zusammen. »Du bist früh dran«, sagt sie.

»Ach ja?« Er bleibt in der Tür stehen und lehnt sich an den Rahmen. »Ich hatte mich gefragt, ob du etwas zu Mittag essen möchtest, bevor wir zur Müllkippe fahren.«

»Das ist schon erledigt«, erwidert sie und schaut auf ihren Bildschirm. »Einer der Einheimischen hat sich über das Geld gefreut. Um ehrlich zu sein, hatte ich nicht gedacht, dass du kommen würdest.«

Er wirkt verblüfft. »Wirklich? Warum nicht?« Und die ganze Zeit fragt er sich, was ihn jetzt als Nächstes erwartet, und wappnet sich dagegen.

»Ich hatte nicht gedacht, dass du mir das abgenommen hast. Hast du das wirklich geglaubt? Ich brauchte Matts Hilfe eigentlich nicht. Diese Art von Hilfe kann man sich jeden Tag kaufen. Das ist jedenfalls vorbei.«

»Ja«, sagt Andy. »Matt verbringt die nächste Woche in der Strandvilla. Zumindest ist er inzwischen unterwegs. Ich habe vor einer Weile eine Nachricht von ihm bekommen, dass er losgefahren ist und hofft, dass ich sie dort besuchen komme.«

»Na, ich werde nicht anbieten, dich zu begleiten.« Sie grinst boshaft. »Obwohl ich mir vorstellen kann, wie sehr ihr das alle genießen würdet. Ich fahre später noch nach London zurück.«

»Heute?« Er kann seine Verblüffung nicht verbergen, obwohl das eine gute Nachricht für ihn ist. Er fragt sich, ob das Wunder schon geschehen ist. »Warum so früh? Du sagtest doch, du müsstest erst Montag zurück sein.«

Immer noch stellt sie dieses rätselhafte Lächeln zur Schau. »Ich habe Dinge zu erledigen«, erklärt sie. »Es hat sich etwas ergeben.«

Andy verzieht fragend das Gesicht. »Aha. Gut oder schlecht? Was für Dinge? Oder ist das ein Geheimnis?«

Sie zögert, als käme sie zu einem Entschluss.

»Es ist sehr gut«, antwortet sie schließlich. »Großartig sogar. Anscheinend hat eine New Yorker Bank einen Headhunter auf mich angesetzt. Ich hatte mich dort letztes Jahr um einen Job beworben und eine Absage bekommen. Aber es sieht so aus, als gäbe es den Job noch, und sie bieten ihn mir an.«

»Wow!« Er ist so erleichtert, dass es einfach ist, ihr Staunen, Freude und sogar Bewunderung vorzuspielen. »Hey, das ist ziemlich gut, oder? Glückwunsch. Ich bin ernsthaft beeindruckt.«

»Danke«, sagt sie und beobachtet ihn auf die vertraute Art – wie eine Katze, die vor einem Mauseloch sitzt. »Also eine Überraschung, was?«

»Na ja, ich habe immer daran geglaubt, dass du es eines Tages schaffst. Das war schließlich all die Jahre dein großer Ehrgeiz, oder? Früher oder später musste es eintreten.«

»Ja«, sagt sie. »Obwohl das Timing schon ein bisschen merkwürdig ist. Ausgerechnet jetzt.«

Er sorgt dafür, dass seine Miene genau die richtige Mischung aus Neugierde und Gleichgültigkeit ausdrückt. »Gibt es für etwas so Gutes denn einen richtigen oder falschen Zeitpunkt?«

»Wahrscheinlich nicht.« Sie scheint sich ein wenig entspannt zu haben. »Doch ich habe noch einiges zu regeln. Unter anderem, dieses Haus zu verkaufen.«

»Ich dachte, du hättest davon gesprochen, es zu vermieten.«

»Ach«, meint sie und verzieht das Gesicht, »das war doch nur, um Matt nach dem Mund zu reden. Verrückt eigentlich, besonders, wenn ich nach New York gehe. Nein, ich verkaufe es. Der Makler hat schon drei Kaufinteressenten, da werde ich wohl das beste Angebot annehmen.«

Erleichtert stößt Andy den Atem aus. Ihm wird klar, dass er dieses Cottage nicht würde haben wollen, obwohl er ein Angebot darauf abgegeben hätte, wenn das bedeutet hätte, dass sie schneller wegzieht. Als er jetzt dort steht und sich umsieht, hat er den Eindruck, dass das kleine Haus vom Geruch nach Verzweiflung und Groll erfüllt ist, von schlechten Schwingungen.

»Was ist los?«, fragt sie belustigt. »Wollest du mir ein Angebot machen?«

Er lacht ebenfalls und erinnert sich daran, wie dumm es war, sie zu unterschätzen.

»Könnte ich es mir überhaupt leisten?«, kontert er. »Es muss ja ein kleines Vermögen wert sein.«

»Genau so ist es. All diese wunderbaren Strände sind leicht zu erreichen, und mit der Fähre ist man schnell in Padstein. Doch nach allem, was ich so höre, bist du durchaus im Besitz eines kleinen Vermögens, oder, Andy?«

»Glaub nicht alles, was man dir erzählt«, gibt er leichthin zurück. »Also, wie sieht es mit diesem Mittagessen aus? Dabei kannst du mir von dem Job erzählen. Wir könnten in den Pub gehen. Um der alten Zeiten willen?«

Kurz schlägt ihre Miene um. Die kühle Maske verrutscht, und er erhascht, nur einen Moment lang, einen Blick voller Bedauern und Trauer. Er fühlt sich an ihre gemeinsame Kindheit erinnert, an die kleine Cat, die ihre kindlichen Bilder zerreißt oder ein Spielzeug zerbricht; daran, wie sie Zack den Beißring aufreizend so hinhält, dass er ihn gerade eben nicht erreicht, wie sie einen Fuß vor Charlies Fahrrädchen stellt, damit er sich nicht vorwärtsbewegen kann. Andy fragt sich, was sie antreibt, und empfindet eine große Traurigkeit für sie. Trotzdem weiß er, wie gefährlich sie ist, und unterdrückt diesen Anflug.

»Okay«, sagt sie, klappt den Laptop zu und steht vom Sofa auf. »Dann in den Pub. Du zahlst.«

An der Tür zögert sie und sieht sich um. »Ich bin hier fertig. Den Rest kann der Makler erledigen. Er hat den Zweitschlüssel.«

Andy beobachtet sie dabei, wie sie das Cottage mustert, in dem ihre Großmutter und ihre Mutter gelebt haben, den kleinen, mit Tamarisken bepflanzten Garten. »Wirst du es vermissen?«, fragt er behutsam.

Cat sieht ihn amüsiert und verächtlich an. »Machst du Witze?«

Sie schiebt ihn hinaus und schließt die Tür hinter ihnen ab, und er folgt ihr den Weg hinunter.

Nach dem Mittagessen und nachdem Andy gefahren ist, sperrt Catriona das Cottage ab, stellt ihre Koffer ins Auto und steigt ein. Nachdenklich sitzt sie einen Moment lang da und trifft dann eine Entscheidung. Sie startet den Motor und fährt in Richtung Wadebridge davon. Sie spürt wenig Bedauern, als sie die vertrauten Wegweiser passiert – *Splatt, Stoptide, Pityme* – und ist beinahe froh darüber, frei von diesen Kindheitserinnerungen zu sein: der ewigen Angst ihrer Mutter, ihrer Feindseligkeit und ihrer verbitterten Einsamkeit.

Stattdessen denkt sie an das, was vor ihr liegt, ihre Zukunftsaussichten. Und doch kann sie sich des Verdachts nicht erwehren, dass Andy irgendwie damit zu tun haben muss. Es ist ein zu großer Zufall, dass dieses Angebot ausgerechnet dann eintraf, als sie einer Art Geheimnis auf die Spur kam, das mit Maurice Leclos zu tun hat. Aus ihren jüngeren Jahren erinnert sie sich mit einer Mischung aus Zuneigung und Furcht an ihn, und sie bezweifelt nicht, dass seine Tentakel weit reichen. Doch sie erkennt die Verbindung immer noch nicht. Trotzdem hat sie einen kleinen Plan im Ärmel, eine Art Versicherungspolice.

Catriona lächelt in sich hinein und biegt nach Westen auf die Straße nach Truro ein. Wie immer das zustande gekommen ist – klar ist, dass von jetzt an die Erwartung ist, dass sich alle benehmen. Aber obwohl sie nichts beweisen kann, hat sie das Gefühl, ein klein wenig Hilfe gebrauchen zu können. Wie üblich fühlt sie sich bei der Aussicht auf eine Herausforderung beschwingt.

Sie denkt an die winzigen Preisschilder auf den Bildern: jeweils einhundertfünfzig Pfund. Nicht viel im Großen und Ganzen des Universums, und in ihrer Obhut sind sie, falls das nötig werden sollte, als Druckmittel viel mehr wert. Und Matt ist aus dem Weg, daher ist das jetzt genau die Gelegenheit, nach der sie sucht.

Catriona stellt den Wagen auf dem Parkplatz hinter der Kathedrale ab, nimmt eine große Tasche vom Rücksitz und eilt die kleine Gasse entlang, vorbei an den Feinkostläden, Galerien und Cafés und in das Bistro.

Im *The Place* ist es, wie sie genau gewusst hat, um diese Zeit ruhig. Sie schließt die Tür hinter sich, blickt sich um und keucht schockiert auf. Die Bilder sind verschwunden. An der Stelle, wo sie gehangen haben, prangt nun ein großes modernes Gemälde, das in großzügig aufgetragenen Primärfarben leuchtet. Sie steht ganz still und starrt es an, und dann sieht sie sich schnell um und fragt sich, ob die kleinen Marktszenen umgehängt worden sind, doch sie entdeckt keine Spur von ihnen.

Ein Mann tritt auf sie zu, ein junger Mann mit einem Fuß in einem stützenden Plastikstiefel. »Kann ich Ihnen helfen?«, fragt er freundlich. »Ich fürchte, zum Mittagessen kommen Sie zu spät.«

»Ich will nichts essen«, gibt sie schroff zurück. »Ich will die Bilder kaufen, die hier gehangen haben. Vier kleine Aquarelle von Straßenmärkten. Wissen Sie, wo sie geblieben sind?«

Jetzt lächelt er ihr zu und schüttelt wie verwundert den Kopf. »Es ist unglaublich«, erklärt er. »Vorhin ist ein Mann hereingekommen und hat sie gekauft. Ist das zu fassen?« Er scheint sie aufzufordern, seine ungläubige Verblüffung über diesen Zufall zu teilen, doch sie sieht ihn kalt an.

»Kennen Sie diesen Mann? Ist er ein Stammgast?«

Er denkt darüber nach. »Nein. In den letzten paar Wochen habe ich ihn ein- oder zweimal gesehen, doch ich war auch außer Gefecht.« Er zeigt auf seinen Stiefel und lächelt ihr zu. »Tut mir leid, dass ich Ihnen nicht weiterhelfen kann. Mein Name ist Joe. Der Chef ist im Moment nicht da.«

»Wissen Sie, woher die Bilder stammen?«, fragt sie, um ihn auf die Probe zu stellen.

Joe zuckt mit den Schultern. »Normalerweise bekommen wir sie von den Galerien in der Stadt. Es könnte jede gewesen sein. Sie könnten sich umhören. Erinnern Sie sich an den Namen des Künstlers?«

»Ja«, antwortet sie kühl.

»Na, sehen Sie. Vielleicht könnten Sie den nachverfolgen?«

Unverbindlich lächelnd sieht er sie an, und sie möchte ihn am liebsten schlagen.

»Danke«, sagt sie. »Vielleicht mache ich das ja.«

Als sie hinausgeht, zurück zum Wagen, kocht sie vor Zorn. Jetzt hat sie nichts in der Hand, keine Waffe, keinen Beweis. Doch als sie ins Auto steigt, fällt ihr etwas ein, das ihre Mutter zu sagen pflegte. »Du kannst Menschen manipulieren, indem du ihnen Angst einjagst. Sobald sie sich fürchten, zerstören sie sich selbst. Sie nehmen dir deine Arbeit ab.«

Man hat ihr einen prestigeträchtigen Job in New York angeboten, und jemand hat die Bilder verschwinden lassen. Vielleicht hat sie schon genug Angst verbreitet, um Schaden anzurichten.

Zufrieden seufzt Catriona und lächelt leise und verstohlen, während sie nach London aufbricht – und bald nach New York.

25. Kapitel

Liv hat den Eindruck, dass alle bis auf Annabel froh sind, als das Mittagessen vorüber ist. Die Stimmung ist unbehaglich und voll unterdrückter Emotionen. Miles wirkt besorgt, Dave und Janet scheinen ein wenig nervös zu sein, und Sofia ist sichtlich angespannt. Nur El ist wie immer: distanziert, belustigt, gelassen.

»Ehrlich, Annabel übertreibt es einfach«, meint Liv halblaut zu Sofia, als sie zum Kaffee in den Salon gehen. »Armer alter Baz. Ich habe keine Ahnung, wie er sie erträgt. Geh und sei nett zu ihm.«

Sofia schnaubt leise und amüsiert. »Meinst du, das sollte ich?«

Ihre Reaktion erstaunt Liv ein wenig. »Ja, ich finde, das solltest du«, erklärt sie energisch. »Und … hör mal. Matt ist inzwischen wahrscheinlich in der Strandvilla angekommen. Warum kommst du nicht morgen früh vorbei, um ihn kennenzulernen?«

Sofia zögert. »Sehr gern. Aber bist du dir sicher? Ich meine, wenn er gerade erst angekommen ist …«

»Natürlich bin ich mir sicher. Schließlich fährst du bald zurück, oder?«

»Am Sonntagmorgen«, sagt Sofia. »Ich muss mir einen Job suchen. Doch es war großartig hier. Mir hat es gut gefallen, und alle waren so freundlich.«

Sie wirkt ein wenig betrübt, und Liv fühlt sich von Zuneigung zu ihr überwältigt.

»Und, wie fandest du Andy?«, fragt sie gespannt, und Sofia lacht.

»Er geht total süß mit Flora und Freddie um, und er sieht sehr gut aus. Aber es hat keinen Sinn, uns verkuppeln zu wollen, Liv. Dazu hat bei uns beiden der notwendige Funke gefehlt.«

Liv lacht ebenfalls. »Ist mir auch schon aufgefallen. Schade, oder? Das wäre einfach perfekt gewesen.«

»Lieb von dir, das zu sagen«, beginnt Sofia und zögert dann, als wollte sie noch etwas hinzufügen, doch El tritt zu ihnen.

»Ich sehe nicht ganz, wie diese Geschichte bis zur Teezeit weitergehen soll«, bemerkt sie in ihrer direkten Art, »trotz Annabels Erwartungen. Was meint ihr?«

»Du meine Güte, Charlie Brown!«, zitiert Liv Baz. »Du machst wohl Witze. Ich habe jedenfalls eine gute Ausrede. Matt muss bald eintreffen, wenn er nicht schon da ist, und ich will ihn sehen. Abgesehen davon passt die arme alte Meggie auf Flora und Freddie auf, also habe ich eine wirklich gute Erklärung. Was ist mit dir?«

»Ich brauche keine Ausrede.« El lächelt heiter. »Annabel würde mich nicht vermissen.«

»Aber Miles vielleicht«, sagt Sofia vorsichtig, und die anderen beiden Frauen sehen sie erstaunt an.

El neigt den Kopf, als akzeptiere sie den Einwurf. »Schon möglich«, sagt sie. »Miles und ich sind alte Freunde. Nicht so alte wie Baz und ich, doch wir amüsieren uns gut miteinander, wenn er nach Bristol kommt. Wir gehen alle zusammen zu Konzerten in St. George's und Colston Hall.«

»Klingt wunderbar«, meint Sofia. »Vielleicht kann ich mich gelegentlich anschließen, falls ich einen Job in Bristol bekomme?«

El lächelt ihr zu, und Liv hat den Eindruck, dass die beiden eine Botschaft ausgetauscht haben.

»Ich freue mich darauf«, sagt El. »Herrje, da kommt der Bursche, mit dem Annabel mich immer zusammensetzt. Armer Jeff.

Wir haben nicht das Geringste gemeinsam, doch er tut sein Bestes. Seid nett zu ihm, Mädels.«

Sie huscht davon, und Liv und Sofia hören auf zu lachen und lächeln Jeff entgegen, der auf sie zukommt.

Baz geht mit El hinaus, um sie zu verabschieden und kurz auf sein Handy zu sehen. Er erwartet eine SMS von Andy. Doch als sie durch das Gartentor treten, klingelt das Telefon, und Andys Name wird angezeigt.

Er entschuldigt sich mit einer Geste bei El, wendet sich ab und nimmt den Anruf an. »Was gibt's Neues?«, fragt er.

»Wunderbare Nachrichten«, sagt Andy. »Sie hat einen sehr guten Job in New York angeboten bekommen. In einer Bank, bei der sie sich letztes Jahr beworben hat. Sie ist schon auf dem Rückweg nach London.«

»O mein Gott.« Baz lässt sich auf eine Gartenmauer sinken. »Hat sie einen Verdacht?«

»Oh, ich glaube schon, aber sie kann die Verbindung nicht herstellen. Es ist alles zu nebulös, und sie begreift nicht ganz, welche Rolle die Bilder dabei spielen, obwohl sie vielleicht noch darauf kommt. Sie ist sehr schlau, unsere Cat.«

»O mein Gott«, sagt er noch einmal. »Und bist du hinuntergefahren und hast sie mitgenommen?«

Andy beginnt zu lachen. »Allerdings. Sie liegen in meinem Wagen, und das ist auch besser so.«

»Warum?«

»Weil Joe mich angerufen hat. Catriona ist nach unserem Mittagessen im *The Place* aufgekreuzt und wollte sie kaufen.«

Baz bringt kein Wort heraus. Schweigend und mit pochendem Herzen sitzt er da.

»Wie ich ihm aufgetragen hatte, hat Joe ihr erklärt, ein Kunde habe sie eben gekauft, und er wisse nicht, wer er war. Cat war anscheinend ziemlich aufgebracht.«

»Jesus!«

»Gott sei Dank hast du an die Bilder gedacht, Baz.«

Baz sieht die Straße entlang zu El, die dort steht und auf ihn wartet. »Ich glaube, wir sind aus dem Schneider«, fährt Andy fort. »Catriona hat einen tollen Job, und wenn sie etwas verlauten lässt, wäre das beruflicher Selbstmord. Außerdem haben wir die Bilder.«

»Ich weiß nicht, wie ich dir danken soll, Andy«, sagt Baz mit zittriger Stimme. »Du hast uns allen das Leben gerettet.«

»Und noch eins, Baz – für den Fall, dass du reinen Tisch machen willst: Erzähl Liv auf keinen Fall, dass Cat etwas weiß. Ich bin aufrichtig überzeugt davon, dass wir nichts zu fürchten haben. Aber allein das Wissen, dass Cat etwas weiß oder ahnt, wird Livs inneren Frieden für immer zerstören. Die Angst, dass Catriona eines Tages wieder auftauchen könnte, wird Liv verfolgen. Und niemand hat einen Vorteil davon. Wenn du das Gefühl hast, ihnen erzählen zu müssen, dass du vor vierzig Jahren sehr unartig warst, dann tu, was du nicht lassen kannst, wie mein alter Dad sagen würde. Aber bleib bei einfachen Erklärungen.«

»Weißt du, ich glaube, du hast recht.« Erleichterung überwältigt Baz. »Ich weiß nicht, wie ich dir danken soll, und ich habe keine Ahnung, wie du das so schnell herausbekommen hast. Doch ich danke Gott dafür.«

»Genießt eure gemeinsame Zeit«, erwidert Andy. »Ich komme nächste Woche vorbei.« Er zögert, und Baz hört ihn leise lachen. *»Bonne chance, mon brave«*, sagt er. Und dann ist die Leitung tot.

Verdutzt über den französischen Abschiedsgruß starrt Baz sein Telefon an. Er denkt einen Moment nach und stellt dann ganz langsam die Verbindung her. Nach ein paar Sekunden lacht er ebenfalls leise. »Dieser Satansbraten«, murmelt er.

»Worüber lachst du?«, fragt El, als er wieder zu ihr tritt.

Er schüttelt den Kopf. »Eines Tages erzähle ich es dir«, sagt er. »Aber nicht hier.«

»Wir müssen los«, sagt Janet bedauernd zu Annabel. »So schade, dass wir gehen müssen, doch wir haben … ähm … eine Komiteesitzung«, und Dave nickt schnell.

Annabel lächelt den beiden verkniffen und säuerlich zu. »Wieder gute Werke?«, fragt sie. »Du meine Güte! Dann dürfen wir euch nicht davon abhalten.«

Janet blickt sich um. »Sieht aus, als würde der Regen alle vertreiben«, bemerkt sie. »Was für ein Jammer.«

Annabel wirft ihr einen scharfen Blick zu – ist Janet etwa sarkastisch? –, doch sie und Dave strahlen sie an, verabschieden sich in die Runde und eilen Arm in Arm davon.

Ihr wird klar, dass sie bald zusammen mit diesem Langweiler Jeff die Letzte sein wird, und beschließt, den Laden dichtzumachen. Ihr Tag ist ruiniert. Sie hat Baz nicht einmal von dem Plan erzählen können, eine Wohnung in Bristol zu kaufen. So etwas sollte man unter vier Augen und ohne Zeugen tun. Bei der Aussicht auf diese Freude, die noch vor ihr liegt, bessert sich ihre Laune ein wenig.

»Ich habe ein paar zum Verkauf stehende Immobilien in Clifton ausgedruckt«, erklärt Miles, der zurückkommt, nachdem er die letzten Gäste verabschiedet hat. »Sollen wir sie uns ansehen?«

Annabel gestattet sich ein Lächeln. Die Wohnung in Bristol eröffnet neue Möglichkeiten, ein neues Leben. Dort leben bestimmt interessantere Menschen als in diesem kleinen trostlosen

Dorf. »Kannst du mir zuerst einen Tee kochen?«, fragt sie. »Ich bin dann im Salon. Aufräumen können wir später.«

Sie geht in den Salon, schiebt Daffy vom Sofa und setzt sich. Miles hat die Angebote auf den Sekretär gelegt, und sie greift danach und beginnt, sie zu studieren.

Miles brüht den Tee auf. Daffy kommt herein, und er gibt ihr einen Hundekuchen und streichelt ihr den Kopf. »Das Leben ist schön«, erklärt er ihr.

Er fühlt sich so zuversichtlich, so positiv, dass es schon fast Furcht einflößend ist. Am vergangenen Abend hat er mit Lily telefoniert, ihr von seinem Plan erzählt und erklärt, er hoffe, dass Jenny und sie ihn in der Wohnung in Bristol besuchen.

»Das ist toll, Dad«, hat sie begeistert gesagt. »Gib mir Bescheid, wenn du etwas gefunden hast. Schick mir die Fotos per E-Mail. Und hör zu, ich muss Ende August nach Paris, und Jenny begleitet mich. Könntest du da nicht herüberkommen?«

»Sehr gern«, antwortete er sofort. »Natürlich. Lass mich den Ort und die Zeit wissen. Obwohl ich nicht für Mum sprechen kann …«

»Nein, nein. Das verstehe ich schon«, versicherte sie. »Aber es wäre so schön, dich zu sehen. Und dann, in einiger Zeit, vielleicht sogar in Bristol …«

Als er jetzt den Tee zubereitet, fragt er sich, ob die Wohnung in Bristol wirklich eine Gelegenheit sein wird, sich zu versöhnen und Verständnis füreinander aufzubringen.

»Wir können es nur hoffen«, sagt er zu Daffy, während er das Teeservice auf ein Tablett stellt, und die Hündin wedelt aufmunternd mit dem Schwanz und folgt ihm aus der Küche in den Salon.

»Du siehst glücklicher aus«, sagt Sofia zu Baz, während sie auf der Dorfstraße darauf warten, dass Liv das Auto holt. »Liv hat mich für morgen früh zum Kaffee eingeladen, damit ich Matt kennenlerne. Ist das in Ordnung für dich?«

»Äußerst in Ordnung«, antwortet er, und sie ist erfreut und fühlt sich plötzlich weniger nervös.

»Gut«, sagt sie. »So, ich gehe dann zurück in den Baumstumpfladen.«

Baz lacht, als fiele ihm etwas ein. »Ich frage mich, ob wir das nicht ein wenig falsch verstanden haben. So langsam überlege ich, ob es nicht eher die Höhle des Löwen ist.«

Der Wagen mit Liv am Steuer hält neben ihnen an, und Baz öffnet die Tür. Er wirft Sofia heimlich einen kleinen Luftkuss zu, und sie geht glücklich und erwartungsvoll davon. Noch einmal prüft sie sich, während sie die Schultern anzieht, um sich vor dem Sprühregen zu schützen, und denkt an Rob. Aber die Erinnerungen haben die Macht verloren, sie zu verletzen, und sie weiß, dass sie bald in der Lage sein wird, an das Positive zu denken, den Spaß, den sie mit Seb hatte, und es nicht nötig hat, etwas zu bereuen.

Die Gärten der Cottages sind vom Duft nach Wicken und Kletterrosen erfüllt, und in Gemüsebeeten erspäht sie die hohen Stangen, an denen die grünen Bohnen emporranken. Fingerhut wächst in den Bruchsteinmauern, und am Rand des Kirchhofs steht ein Busch mit cremig pinken Weidenröschen. Der Nieselregen legt sich feucht über ihr Haar und die nackten Arme, doch die Luft ist warm, und die tief hängenden Wolken sind von Licht erfüllt, als sie sich im kräftigen Sonnenschein aufzulösen beginnen.

Sofia fragt sich, wie es sein wird, morgen Matt kennenzulernen und mit Baz, seinem Sohn und seiner ganzen Familie zusammen zu sein. Er hat so zuversichtlich geklungen, als sie auseinandergegangen sind, dass ihre üblichen Befürchtungen den Rückzug angetreten haben, und sie spürt nichts außer diesem unerwarteten Optimismus, dass alles gut werden wird.

Der Gedanke, Dave und Janet zu verlassen, die so lieb gewesen sind, betrübt sie. Sofia fährt sich mit den Fingern durch das feuchte Haar und tritt durch das Gartentor des Baumstumpfladens.

26. Kapitel

Als Matt in der Strandvilla ankommt, sind Liv und Baz noch unterwegs, und eine ziemlich erschöpft wirkende Meggie hütet die Zwillinge und Jenks. Sie lächelt ihm zu und übergibt ihm ihre Schützlinge.

»Meggie«, sagt Matt und umarmt sie. »Wie geht's Ihnen? Und Phil?« Er versucht, ihren Antworten zu lauschen, doch die Zwillinge umschlingen ihn und kleben an ihm, und sie lächelt und nickt ihm zu, als sie ihn mit sich zerren, damit er ihre Schätze bewundert und das Spielzeug von Onkel Andy ansieht: den Bagger und die Boote. Jenks springt zwischen ihnen hin und her und will, dass er Steine für ihn wirft, und Matt spürt eine Unbeschwertheit, wie er sie schon sehr lange nicht mehr empfunden hat. Die Sonne beginnt, die tief hängenden Wolken aufzulösen, und eine leichte Brise ist aufgekommen. Er streift die Schuhe ab und geht barfuß über den weichen, körnigen Sand. Dann tritt er ins Wasser und spürt seine kühle Liebkosung an seinen Füßen und Knöcheln.

Bald wird er dazu abgestellt, Kieselsteine und Muscheln zu sammeln. Als er dort sitzt, sie sortiert und die Sonne auf dem Rücken spürt, schwelgt er in seiner Freiheit. Er liebt es, hier zu sein. Es löst so viele Erinnerungen aus, angefangen in seiner Kindheit, und jetzt ist er an diesem idyllischen Ort mit seinen eigenen Kindern zusammen.

Als das Auto über den Pfad gepoltert kommt, geht er Liv und Baz entgegen. Die Zwillinge und Jenks rennen vor ihm her, und dann schlingt er die Arme fest um Liv, bereut diese törichten

Momente mit Catriona und fragt sich, wie er nur solch ein Idiot sein konnte.

»Was für eine Erleichterung, dass das vorbei ist!«, erklärt Baz und tritt um den Wagen herum, um seinen Sohn zu umarmen. »Lasst uns den Tee draußen trinken, ja? Die Sonne kommt heraus, und ich möchte mit euch über etwas reden.«

Matt sieht Liv mit hochgezogenen Augenbrauen an, doch sie schüttelt verwirrt den Kopf und folgt Baz ins Haus, um Tee zu kochen und die Malbücher und Stickeralben der Zwillinge zu holen. Bald sitzen sie mit einer Kanne Tee unter der Markise.

»Ich will nicht lange um den heißen Brei herumreden«, erklärt Baz. »Es geht um Folgendes: Liv spricht jetzt schon eine ganze Weile davon, dass sie es mit diesem Glamping probieren will, und vor ein paar Tagen hatte ich eine Idee. Angenommen, ihr seid euch beide darüber einig, dass das ein gutes Projekt ist, warum dann nicht hier? Ihr würdet natürlich in der Strandvilla wohnen, und nach allem, was ich über Glamping gelesen habe, scheint die Wiese der perfekte Platz für diese Jurten oder was auch immer zu sein. Wir können Wasser und Strom vom Haus dorthin legen. Jede Menge Parkplätze haben wir auch. Die Gäste könnten segeln, schwimmen oder auf dem Küstenpfad über die Klippen wandern. Die Wiese liegt geschützt und ist abgeschirmt vom Westwind und so hoch angelegt, dass sie nicht in Gefahr ist, überschwemmt zu werden. Zugegeben, da ist noch einige Planungsarbeit nötig, aber ich hatte mich gefragt, ob euch die Sache ernst genug ist, um einen Versuch zu starten.«

Schweigen. Matt ist vollkommen überrumpelt. Zum Teil ist er ein wenig ärgerlich, weil er so plötzlich unter Zugzwang gesetzt wird, doch dann sieht er Liv an, und als er ihre Miene wahrnimmt, die Freude, ungläubiges Staunen und Aufregung ausdrückt, da weiß er, dass die Schlacht schon geschlagen ist.

Über den Tisch hinweg schaut sie ihn an, als rechne sie mit Protest, und dann Baz, der ihr zulächelt.

»Wir wären dann Geschäftspartner«, sagt er. »Schließlich wird das alles ohnehin eines Tages euch gehören, also warum nicht gleich? Ich könnte immer noch herkommen, doch um ehrlich zu sein, wird die Herfahrt von Bristol immer schwieriger, und ich muss dafür sorgen, dass sich jemand um all das hier kümmert. Damit will ich natürlich keinerlei Druck auf euch ausüben. Also, was sagt ihr?« Baz lehnt sich auf seinem Stuhl zurück und greift nach seiner Tasse. Er wirkt ziemlich beklommen.

»Das ist eine großartige Idee«, meint Liv. »Ich weiß gar nicht, was ich sagen soll. Der Platz ist perfekt, und ich kann mir keinen schöneren vorstellen. Aber es ist dem armen Matt gegenüber unfair, ihn so damit zu überfallen. Er war nie ganz so begeistert von der Idee wie ich.«

Wieder sieht sie ihn an, und mit einem Mal denkt er an Catriona und daran, wie er fast alles, was er am meisten liebt, in Gefahr gebracht hat, und meldet sich schnell zu Wort.

»Ich finde das eine fantastische Idee, Baz. Liv wird mir wahrscheinlich beipflichten, dass wir beide spüren, dass wir eine Veränderung brauchen, und das wäre ein außerordentliches Projekt, an dem wir gemeinsam arbeiten könnten. Wir haben viel zu bedenken. Was wir mit dem *The Place* anfangen, zum Beispiel. Wir müssen die Planungen durchgehen und so weiter. Aber ich würde wirklich gern die Möglichkeiten erkunden.«

»Puh«, sagt Baz und trinkt von seinem Tee.

Liv sieht aus, als würde sie gleich in Tränen ausbrechen. »Ich kann es nicht glauben«, sagt sie. »Das ist mein absoluter Traum. Mit Matt und den Zwillingen an der Küste leben, segeln und schwimmen und einen Hund haben …«

Und plötzlich laufen ihr tatsächlich Tränen die Wangen herunter, was Liv so unähnlich sieht, dass Matt aufspringt und zu ihr geht und Jenks ihr ängstlich das Gesicht leckt, das sie in den Händen vergräbt.

»Tut mir leid«, sagt sie. »Ehrlich, nein, mir geht's gut. Tut mir leid.«

Matt kniet neben ihr nieder und legt einen Arm um sie.

»Ich finde, das erfordert eine kleine Feier«, erklärt Baz und geht ins Haus.

»Liv«, sagt Matt. »Geht's dir gut?« Er fühlt sich selbst ein wenig emotional. Und dann tauchen unvermittelt und lautlos Flora und Freddie auf und beginnen, kleine schimmernde pinke Herzen auf Livs bloße Arme zu kleben. Mit einer Miene voller Liebe und Staunen sieht sie ihnen zu, und Matt lässt sich auf die Fersen zurücksinken und lächelt ihr zu.

»So viel Liebe«, sagt er zu ihr, und dann tritt Baz mit Gläsern und einer Flasche Prosecco wieder nach draußen.

»Wir haben so viel zu feiern«, ruft er, »so viele glückliche Ereignisse.«

Liv lächelt zu ihm auf, und alles ist gut.

Nach dem Abendessen gehen Liv und Matt auf der Wildblumenwiese spazieren. Die langen fedrigen Gräser streifen ihre Arme, und auf der warmen, stillen Luft treiben die süßen Düfte heran. Jenks rennt voraus und kommt dann zurück, um sich davon zu überzeugen, dass sie noch bei ihm sind.

Liv schaut sich auf dem Feld um und betrachtet es so, wie sie es sich schon gelegentlich insgeheim vorgestellt hat, und sieht die Jurten vor sich und was für ein Bild das Ganze abgeben würde. In ihren kühnsten Träumen hätte sie nicht geglaubt, dass Baz seine Strandvilla für diese wunderbare Aussicht aufgeben würde.

»Ich habe ein schlechtes Gewissen«, sagt sie und fasst Matts Arm fester. »Eigentlich war das nie wirklich dein Ding, sondern meines.« Sie kann kaum glauben, dass es wahr ist, doch sie möchte, dass es auch für Matt das Richtige ist.

»Ich finde, es ist Zeit«, antwortet er. »Wir haben zuletzt zu eng aufeinandergehockt. Die Arbeitszeiten im *The Place* sind grauenvoll, und wir haben gar keine richtige Zeit mehr für uns. Wir brauchen ein neues Projekt, und das hier ist es. Offensichtlich müssen wir noch viel überprüfen, aber wir sollten unbedingt einen Versuch wagen. Wir würden es uns nie verzeihen, wenn wir es nicht ausprobieren.«

Dankbar umarmt sie ihn. »Ich kann es kaum erwarten, Andy davon zu erzählen. Übrigens, ich habe vorhin eine SMS von ihm bekommen. Er ist der abscheulichen Cat begegnet. Sie ist in ihrem Cottage in Rock und er in Polzeath, nur ein Stück weiter an der Straße. Anscheinend hat man ihr einen tollen Job in New York angeboten, und sie verkauft das Cottage.«

»Sie war sogar am letzten Wochenende im Bistro«, sagt Matt nach kurzem Zögern.

»Was? Im *The Place?*« Liv bleibt stehen und sieht zu ihm auf. »Warum hast du mir nicht davon erzählt?«

Matt wirkt unbehaglich, und sie wird nervös. Mit einem Mal erinnert sie sich an diese eigenartigen Telefongespräche und SMS. »Was ist passiert?«, verlangt sie zu wissen.

»Nichts ist passiert«, gibt Matt zurück. »Na ja, sie hat das arme Waisenkind gespielt. Wusstest du, dass ihre Mutter Anfang des Jahres gestorben ist?«

»Ja, aber ich kann mir nicht vorstellen, dass Cat deswegen am Boden zerstört ist.« Liv kann den gehässigen Ton nicht aus ihrer Stimme verbannen. Alles, was mit Cat zu tun hat, erweckt ihre schlimmsten Instinkte. »Und was ist passiert?«

»Nun ja.« Matt wendet den Blick ab und seufzt. »Sie hat mich gebeten, ihr dabei zu helfen, ein paar Möbelstücke in ihrem Cottage zu bewegen, und ich wusste nicht, wie ich ihr das abschlagen sollte.«

»Du warst in ihrem Cottage?«

Liv fühlt sich unglaublich verletzt, beinahe schon betrogen. Matt weiß, was sie von Cat hält, und der Gedanke, dass er dort … Wie Catriona das genossen haben muss! »Und dann?«, fragt sie kühl.

»Nichts ›und dann‹«, gibt er beinahe ungeduldig zurück. »Also, sie hat mich zum Dank noch zum Mittagessen bei Outlaw eingeladen, und, ja, es war nett, eine Weile in der Sonne zu sitzen und zu entspannen. Doch als sie mich gefragt hat, ob ich ihr noch einmal helfe, habe ich abgelehnt.«

»Aber warum hast du mir nicht davon erzählt? Ich hatte schon so eine Ahnung, dass da etwas war.«

»Am Telefon ging das nicht, weil ich wusste, wie du empfinden würdest, und ich wäre nicht da gewesen, um dich zu beruhigen. Doch es ist nichts passiert.«

Jetzt berühren sie einander nicht, sondern stehen ein Stück voneinander entfernt da, und wo vorhin nur Glück war, herrscht jetzt Zwietracht.

Und wie gut Cat das gefallen würde!, denkt Liv. Sogar aus der Ferne manipuliert sie uns noch. Als sie die Hand hebt, erhascht sie einen Blick auf die kleinen pinken Herzen, die die Zwillinge ihr auf die Arme geklebt haben, und mit einem Mal erinnert sie sich, wie sie in South Milton über dieses Gespräch mit ihrer Mutter über Angst nachgedacht hat und wie sie mit einem freundlichen Unbekannten in der Sonne gesessen, geredet und sich entspannt hat. Wie leicht hätte man diese Situation falsch deuten, sie zu etwas aufbauschen können, das das Vertrauen in ihrer Beziehung bedroht! Und doch ist kein Schaden entstanden.

Matt beobachtet sie nervös, und instinktiv streckt sie ihm eine Hand entgegen.

»Tut mir leid«, meint sie. »Ich weiß, dass ich paranoid bin, wenn es um diese Frau geht, doch ich kann nicht anders. Alle meine Instinkte sagen mir, dass sie nichts als Probleme macht.«

Dankbar nimmt er ihre Hand. »Nachdem ich sie jetzt in Aktion erlebt habe, bin ich vollkommen deiner Meinung. Aber ich schwöre dir, Liv, dass absolut nichts passiert ist.«

Doch es hätte geschehen können, denkt sie, einfach nur dadurch, dass sie Zwietracht gesät und Vertrauen zerstört hat. »Vergessen wir Cat«, sagt Liv. »Hier ist kein Platz für sie. Ich hoffe, sie wird in New York glücklich.«

Sie spürt Matts Erleichterung und legt einen Arm um seine Taille. Er zieht sie an sich und küsst sie, und gemeinsam gehen sie weiter.

Die Zwillinge lehnen an ihrem Zimmerfenster und betrachten den Sonnenuntergang. Sie staunen über das Schauspiel und schauen schweigend zu, wie sich das Meer rot färbt und der Himmel in Flammen zu stehen scheint.

Sie können Mummy und Daddy sehen, die auf der Wildblumenwiese spazieren gehen. Sie haben die Arme umeinandergelegt und bleiben ab und zu stehen, um sich zu küssen, und Jenks rennt vor ihnen her durch das hohe Gras. Es schenkt ihnen ein Gefühl von Sicherheit und Glück, sie so zu sehen. Die Zwillinge sind so gern hier. Am liebsten möchten sie für immer bleiben.

Die Sonne sinkt jetzt schnell, und es hat den Anschein, als würde sie im Meer untergehen und für alle Zeit ausgelöscht werden, und doch wird sie morgen früh wieder am Himmel stehen. Das ist rätselhaft und bedeutungsvoll. Das Meer scheint zu brennen wie flüssiges Feuer, und dann ist die Sonne verschwunden, und alle Farben verblassen.

»Du meine Güte, Charlie Brown!«, sagt Flora leise.

»Toll«, pflichtet Freddie ihr bei.

Sie beginnen zu lachen und balgen sich auf ihren Betten. Ihr Quietschen wird lauter.

Baz steht vor ihrer Zimmertür, hört ihnen zu und lächelt über ihre Possen. »Du meine Güte, Charlie Brown!«, ruft er plötzlich. »Gebt ihr beiden denn niemals Ruhe?«

Tiefes Schweigen antwortet ihm. Baz stößt die Tür auf und geht hinein. Freddie und Flora liegen in ihren Betten und sehen ihn aus großen unschuldigen Augen an. Er tritt zu ihnen, streicht ihre Bettdecken glatt, sieht nach, ob Douggie Dog und Pengy bei den Zwillingen liegen, und lächelt auf alle hinunter.

»Kein Wort mehr«, sagt er. »Das ist nicht verhandelbar. Morgen lassen wir den Drachen steigen, *wenn* … wenn ich jetzt keinen Pieps mehr von euch höre.« Er bückt sich, um sie beide zu küssen, und bleibt dann an der Tür stehen, weil er weiß, worauf sie warten. »Gott behüte euch! Schlaft gut und träumt schön.« Und sie sagen ihren Teil auf, wenn auch ganz leise. »Und nicht von den Schlafläusen beißen lassen.«

Baz geht nach unten. Er kann sein Glück kaum fassen. Tief im Herzen spürt er, dass dieses neue Projekt genau das ist, was Matt und Liv brauchen, um frischen Wind in ihr Leben zu bringen. Wie wunderbar, dass die Zwillinge hier leben und die kleine Grundschule im Dorf besuchen werden! Ein schöner Gedanke, dass die Strandvilla bewohnt sein und zu einem richtigen

Zuhause werden wird und sie die Bucht mit anderen Menschen teilen werden, die das Bedürfnis nach Spaß und Entspannung haben.

Vielleicht wird er, wenn er in Zukunft zu seinem zweiwöchigen Urlaub herkommt, auf seiner alljährlichen Party ja auch Besucher und Touristen aus den Jurten begrüßen, neue Freunde. Er braucht sich keine Sorgen mehr zu machen, in der Strandvilla könnte es einen Wasserschaden gegeben haben. Er muss keine schnellen Stippvisiten mehr unternehmen, um nach dem Rechten zu sehen, oder Freunde auffordern, sie während seiner Abwesenheit zu nutzen. Meggie ist wundervoll, und jetzt kann er Phil und sie vielleicht in ein ganz neues Projekt einbeziehen. Sie wird immer noch gebraucht.

Und was Sofia angeht … Baz setzt sich an einen Tisch im Freien und denkt über ihre gemeinsame Zukunft in Bristol nach – eine Zukunft, zu der auch Miles und El und sogar Annabel gehören werden. Gerade, als er den Eindruck hatte, sein Leben würde jetzt langsamer verlaufen, scheint er stattdessen an der Schwelle zu einem ganz neuen Abenteuer zu stehen.

Baz schenkt sich ein Glas Prosecco ein, sitzt einen Moment da und hebt dann sein Glas. Lautlos bringt er einen Toast auf Lucy und ihr Baby Benedict aus. Aus der Ferne hört er leise die Stimmen von Matt und Liv, die von der Wildblumenwiese zurückkehren. Das Meer schimmert im letzten Tageslicht, die Flut kommt herein, und Baz sieht zu, wie die Sterne funkelnd und glitzernd am Nachthimmel auftauchen.

Die Community für alle, die Bücher lieben

- ★ In der Lesejury kannst du Bücher lesen und rezensieren, die noch nicht erschienen sind
- ★ Gemeinsam mit anderen buchbegeisterten Menschen in Leserunden diskutieren
- ★ Autoren persönlich kennenlernen
- ★ An exklusiven Gewinnspielen und Aktionen teilnehmen
- ★ Bonuspunkte sammeln und diese gegen tolle Prämien eintauschen

Jetzt kostenlos registrieren: www.lesejury.de

Folge uns auf Instagram & Facebook:
www.instagram.com/lesejury
www.facebook.com/lesejury